KB267172

높은 곳에 오르다

登高

바람 세고 하늘 높은데 원숭이 울음소리 애절하고

강가 물 맑고 모래 흰데 새 맴돌며 난다

끝없이 나무들에선 낙엽이 우수수 떨어지고

그치지 않는 장강은 출렁출렁 밀려온다

風急天高猿嘯哀 渚淸沙白鳥飛廻

無邊落木蕭蕭下 不盡長江滾滾來

Fantastic Oriental Heroes

고영

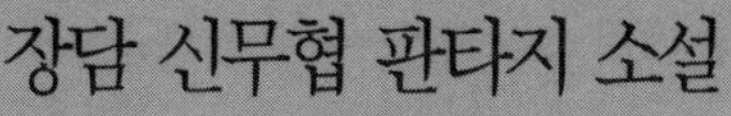

장담 신무협 판타지 소설

장담 新무협 판타지 소설

초판 1쇄 찍은 날 § 2005년 7월 14일
초판 1쇄 펴낸 날 § 2005년 7월 24일

지은이 § 장담
펴낸이 § 서경석

편집장 § 문혜영
편집책임 § 서지현
편집 § 장상수 · 최하나

펴낸곳 § 도서출판 청어람
등록번호 § 제1081-1-89호
등록일자 § 1999. 5. 31
어람번호 § 제2-0649호

주소 § 경기도 부천시 원미구 심곡1동 350-1 남성B/D 3F (우) 420-011
전화 § 032-656-4452 팩스 § 032-656-4453
E-mail § eoram99@chollian.net

ⓒ 장담, 2005

ISBN 89-5831-635-7 04810
ISBN 89-5831-514-8 (세트)

※ 파본은 본사나 구입하신 서점에서 교환하여 드립니다.
※ 저자와 협의하여 인지를 붙이지 않습니다.

孤影

Fantastic Oriental Heroes

고영

장담 신무협 판타지 소설

■ 혼돈강호(混沌江湖) 편

5

도서출판
청어람

목차

孤影　第一章・7

孤影　第二章・35

孤影　第三章・59

孤影　第四章・109

孤影　第五章・157

孤影　第六章・195

孤影　第七章・243

孤影　第八章・283

"소리없는 마고(魔鼓)가 울리면
아수라(阿修羅)가 현신한다."

孤影 第一章

1

다음날, 사마중안에 대한 취조는 유지화의 주관 하에 철저하게 이루어졌다. 천은산장에 들어가 본 적이 있는 천우만과 연부경, 천은산장에 대해 지대한 관심을 보일 수밖에 없는 백리웅천, 그리고 위경리와 진고영 등 여섯 명만이 참가한 채.

육정기는 '머리 아프게 그런 일에 내가 왜 끼냐?' 며 뒤로 빠지고, 젊은 사람들은 젊은 사람들 대로 따분한 일은 취향에 맞지 않다며 꽁무니를 뺐다. 궁무진과 악대헌은 아무 말 없이 칼을 들고 후원으로 가버렸고.

결국은 아침 식사를 마치자마자 임시로 사마중안을 가둬놓은 내원의 별실에 여섯 명만이 그를 앞에 두고 둘러앉은 것이다.

대략적인 물음은 이미 의창에서 이루어졌기에 세부적인 천은산장의 조직과 지리, 또한 그들을 돕고 있는 협력 문파들의 조직도 등 그야말로 하나에서 열까지 사마중안의 머리 속에 든 것을 모두 뽑아내는 작업이었다. 그나마 사마중안이 모든 걸 체념하고 순순히 알고 있는 바를 털어놨기에 조사는 순조롭게 이어지고 있었다.

석양이 질 무렵이 되었을 때에는 이미 기록된 종이만도 두꺼운 책 한 권에 이렀다. 심지어 주요 인명까지 작성을 했다. 하지만 누구도 불평을 늘어놓지 않았다. 아니, 늘어놓을 수가 없었다. 나중에 본격적인 싸움이 벌어지면 그 모든 것이 자신의 생사에 직접적이든 간접적이든 영향을 미칠 수밖에 없을 테니까.

그렇게 그날의 조사를 마칠 무렵 모두가 지친 듯한 표정을 짓고 있을 때, 진고영이 유지화에게 눈짓을 보내자 유지화가 고개를 끄덕이고는 말했다.

"험, 오늘의 조사는 이걸로 마칠까 합니다. 나머지에 대한 것은 내일 다시 하기로 하고……. 한 가지 드릴 말씀이 있습니다."

본래 사람을 마주 보고 취조를 한다는 것은 지루하고 답답할 수밖에 없는 작업이다. 그나마 순순히 협조를 해주니 망정이지, 아마도 성질 급한 사람은 열불이 나서라도 할 수 없을 것이다.

한데, 이제 끝났다 했더니 또 할 말이 있단다.

위경리가 뚱한 목소리로 유지화를 흘겨보며 물었다.

"뭔데?"

"어제 진 공자가 한 사람을 만났습니다. 그는 도제 장무담 노선배가 보낸 사람이었습니다. 한데……."

말이 깊이 진행될수록 뚱했던 위경리의 표정이 점점 심각해지고, 연부경과 천우만의 표정은 놀라움을 넘어서 경악으로 물들었다. 심지어는 사마중안까지.

"그대에게 물어볼 것이 있소이다."

유지화가 다른 사람의 놀람을 뒤로하고 사마중안을 쳐다보았다.

"그런 일이 왜 벌어질 수 있는지, 그대가 아는 바가 있는지……."

"그, 그, 그런……. 혹시?"

지루함에 풀어졌던 사람들의 눈빛이 다시 번뜩이기 시작했다.

이건 그간의 취조와는 다른 일이었다. 온몸으로 긴장이 몰려올 정도로 충격적인 일이었던 것이다.

"사실 혁련유천이 혁련유화를 끔찍이 위한다는 것은 장원에서 모르는 사람이 없소이다. 다만……."

"아, 말 끊지 말고 속 시원히 털어놔 보게! 이거 원……."

위경리의 속이 어지간히 답답한가 보다. 하긴 장무담과의 약조는 여기 있는 사람들 중 그와 백리웅천만이 아는 일이 아니던가.

"혁련유화의 어머니에 대해선… 그러니까 장주 부인의 이야기에 대해선 누구도 입을 여는 사람이 없소이다. 그게… 지금까지는 그저 돌아가신 장주 부인에 대한 예의로 그러는가 보다 생각했는데……."

"그게 무슨 말인가? 장주 부인에 대한 이야기를 하는 사람이 없다니?"

연부경이 의아하다는 듯 물었다.

"오래전부터, 그러니까 이십여 년 전부터 아무도 장주 부인에 대해선 이야기를 하지 않았소이다. 물론 장주께서 그분에 대해서 이야기를 꺼내는 자는 엄벌에 처한다고 하기도 했고……. 그리고 그분의 죽음이 워낙 처참해서 그렇다는 말도 있기는 하지만, 어쨌든 그 이후로 몇 사람이 장주 부인에 대한 말을 했다가 행방이 묘연해진 이후로는 아무도……. 특히 혁련유화의 앞에서는……."

"그러니까, 장주 부인에 대한 이야기를 꺼낸 사람들이 전부 행방불명됐다, 이 말인가?"

천우만의 질문에 사마중안이 표정을 찡그리며 기억을 더듬었다.

"제가 아는 한은……."

장내가 조용해졌다. 사마중안의 말은 여러 각도로 생각할 수 있는 말이었다.

"혁련유천의 부인에게 무언가 일이 있었던 것 같군요."

"혁련유천이 자신의 수하 입을 막아야 할 정도로 심각한 일이……."

"딸의 귀에 들어가지 않아야 할 일이라……."

"그의 친딸이 아닐 가능성이 큽니다."

"그렇다 해도 이제 와서 딸을 죽이려 한다는 것은……?"

"더구나 장무담이 급히 서두르는 이유가……?"

"상황이 변하고 있다는 말이겠지요. 그러한 결정을 내려야 할 정도로 빠르게."

모두의 눈이 유지화를 향하다 그가 사마중안을 쳐다보고 있자 다시 고개를 사마중안에게로 향했다.

"어쩌면 때가 되었다 생각했는지도……. 장주가 결심을 했든지, 아니면 장무담이 미리 파악했든지 말이지요."

"그렇다 해도 혁련유화를 죽이려 할 정도의 이유는 되지 못하네. 분명 다른 이유가 있을 거야. 다른 이유가……."

천우만이 말을 하다 말고 미간을 찌푸렸다. 뭔가가 생각이 날 듯한데 생각이 안 난다는 것처럼.

모두가 머리를 쥐어짜 보지만 생각으로 할 수 있는 것에는 한도가 있었다.

결국 포기하다시피 한 위경리가 사마중안에게 비켜가는 듯이 질문을 했다.

"장무담에게 천은산장 내의 세력이 있나?"

"이미 말씀드렸습니다만, 봉공에게는 나름대로 수족을 둘 수 있게 되어 있습니다. 단지 그게 누구누구인지 다는 모르지만 말입니다. 아무래도 소수의 측근만을 두게 되니 알려진 자를 제외하고도 비밀에 싸인 자들이 있게 마련이지요."

"그래, 그건 그렇다 치고, 우리가 혁련유화를 구하고 나서 얻을 수 있는 이익은 과연 무엇일까?"

무심코 던진 위경리의 말에 모두가 멍해졌다.

그렇다. 지금까지 많은 의견이 오갔지만 모두가 알다시피 혁련유화를 구하기 위해선 많은 희생을 각오해야 할지도 모른다. 그런데 무엇을 위해서?

단순히 협을 행하기 위해 사람을 구한다? 비록 적의 딸일지라도?

어쩌면 그것도 하나의 이유가 될 수 있을 것이다.

아니면 우리 중에 누구? 그녀의 친족이라도 있나?

굳이 억지로 이유를 붙이자면, 장무담의 도움을 받을지도 모른다는 것. 하지만 장무담은 이미 무공을 상실한 것으로 알려져 있다. 그의 측근 수하가 있기는 할 테지만, 과연 위험을 감수해야 할 만큼의 가치가 있을까?

그럼 대체 왜 그녀를 구하기 위해서 엄청난 희생이 따를지 모르는 위험을 감수해야 하지? 천은산장과 어차피 싸우기는 해야 하지만, 아직 제대로 준비도 안 된 상태에서 적지의 한가운데로 들어갔다가는 무슨 일을 당할지도 모르는데… 더구나 혁련유천의 딸을 빼내 오는 것이니…….

물론 진고영에게는 나름의 이유가 있었지만 이 자리에서 말할 수는 없었다.

그렇게 이마를 찌푸린 채 고심하고 있을 때였다. 심각한 표정을 하고 있는 사람들을 바라보던 사마중안이 조심스럽게 입을 열었다.

"저… 산장만뿐이 아니고 호남에는 천은신녀 혁련유화를 따르는 사람들이 제법 많습니다. 거의 광적일 정도로 따르는 사람들이……."

머뭇거리며 말하던 사마중안이 말끝을 흐리더니 눈을 크게 떴다.

"맙소사!! 설마?!"

"뭐야?!"

위경리가 깜짝 놀라 얼떨결에 소리를 지르자, 유지화의 얼굴이 딱딱하게 굳어졌다.

"혁련유화가 만일 타 문파 사람의 손에 죽으면……."

진고영이 이를 악물고 말을 이었다.

"천은산장은 복수의 명분을 얻고……."

"혁련유화를 따르던 천은산장과 호남의 젊은 무사들은 의협을 내세우며 피의 바다에 뛰어들 것……."

침묵…… 경악이 모두의 입을 막아버렸다.

능히 가능한 일이었다. 아비가 딸의 복수를 하겠다는데, 더구나 혁련유화를 따르는 사람이 많으면 많을수록 흐르는 피는 더욱 많아질 것이다. 단순하면서도 확실한 명분이다. 지독할 정도로…….

사마중안이 다시 입을 열었다.

"혁련 장주는 혁련유화를 진정 신녀처럼 키웠소이다. 별호를 천은신녀라 지은 사람도 사실 장주 본인이지요. 어쩌면 이때를 위해서 그리

지었는지도…….”

나직한 그 말에 위경리가 빽 소리쳤다.

“제기랄! 대체 그 인간 머리 속에는 뭐가 든 거야?”

“아수라의 혼…….”

심해의 검은 어둠처럼 가라앉은 진고영의 나지막한 말에 천우만이 흠칫 놀라 입을 꽉 닫아버렸다.

“헙!!”

“수라혈마기가 뇌리에 가득 차 있는 자입니다. 혁련유천은…….”

일전에 진고영에게서 수라혈마기에 대한 말은 들었다. 하지만 이렇게 피부에 와 닿은 적은 없었다.

사람들은 온몸에 달라붙는 끈적끈적한 불길함에 부르르 몸을 떨었다.

“젠장! 그러고 보니 우리가 상대할 놈이 미친놈이었군! 그것도 끝을 알 수 없는 미친놈!”

위경리가 천장을 바라보며 공허한 외침을 부르짖고, 천우만은 뭐가 그리 불만인지 머리를 쥐어뜯었다.

‘하! 거참, 생각이 날 듯 말 듯 미치겠네. 분명 뭔가 있는데…….’

방을 나서던 유지화가 진고영을 바라보며 나직이 물었다.

“어찌하겠나, 저자는?”

진고영이 깊게 가라앉은 눈으로 하늘을 올려다보았다.

살려두기에는 너무 많은 죄를 지었다. 그렇다고 죽인다는 것도, 사마중안이 아는 정보가 필요한 상황에서는 적절하지가 않다.

무공이 폐쇄당한 자를 죽이는 것이 당장에 해야 할 만큼 급한 일일까?

"좀 더 두고 봤으면 싶습니다만… 최소한 이 전쟁이 끝날 때까지만
이라도 말입니다."

"음, 내 생각 역시 그러하네. 지금으로서는 그게 최선일 것 같구
먼……."

2

한참을 머리 속에 손을 파묻고 고민에 잠겼던 문인요홍이 고개를 번
쩍 들었다.

'별수없다. 이제는 시간이 없어. 조금 무리가 가더라도 시도해 보는
수밖에.'

"사한(司寒), 있느냐?"

나직하게 부르는 소리에 아무런 고저 장단도 없는, 마치 억지로 꾸
며낸 듯한 목소리가 방문 밖에서 들렸다.

"대령하고 있소……."

"사혼(死魂)의 형제들을 불러라."

"명대로……."

"목표는 동방설리. 성공하면 사혼곡의 형제들에게 자유를 줄 것이
다."

"알겠…… 소."

'혈왕께 반기를 들었지만 그 능력을 높이 사 거두어놨거늘, 이렇게

쓸 줄은 몰랐군. 후후후. 어차피 가서 다 죽는다 해도 그다지 손해 볼 것은 없다. 성공한다면야 더 이상 바랄 게 없고. 하지만 저들만 가지고는……'

사한, 살수 문파 사혼곡의 제일살수이자 자신의 수신호위. 혈왕의 주구로 살지는 않겠다는 말 한마디에 이백여 사혼곡 살수가 죽임을 당하고, 이십여 명만이 혈왕궁의 명령에 절대적으로 따른다는 조건으로 살아남았다. 그리고 그들 중에서도 다섯 명만을 문인호용이 거두고 나머지는 혈옥에 가두어 버렸다.

자유란, 그들을 풀어준다는 이야기. 아마 저들은 죽기 살기로 일을 성공시키려 할 것이다. 혈육으로 이루어진 놈들이라 유난히 사형제 간의 우애가 두터운 놈들이니. 하지만 의욕이 아무리 넘쳐도 그것만으로는 한계가 있는 법.

"혈미조(血美鳥)! 네가 따라가라. 사혼의 형제들이 기회를 만들거든 네가 죽음을 확인해라!"

"호.호.호.호. 오랜만에 외출이군요. 확실하게 목을 따오조, 대가."

허공을 울리는 가느다란 웃음이 문인호용의 귓전을 파고들자 그의 입가가 일그러졌다.

'저 계집의 웃음소리는 갈수록 요악해지는군.'

"너의 능력을 모르는 바는 아니나 극히 조심해야 할 것이다. 동방설리를 지키는 호위 무장들의 능력은 빙혼마령수조차 상처를 입어야만 했던 실력이니."

"흥! 정면 대결은 그 늙은이에게 상대가 안 된다 해도, 살인만큼은 지지 않는 게 나 혈미조라는 걸 잊었나요?"

"후후후. 잊기는. 그래서 널 보내는 것 아니겠느냐?"

"사혈(四血)의 첫째가 본녀란 것을 확실히 보여주겠어요. 오호호호호……."

멀어져 가는 혈미조의 요악한 웃음소리에 문인호용의 눈이 뜨겁게 불타올랐다.

'동방설리와 같이 죽기만 해도 네가 사혈의 첫째란 것을 인정해 주지. 흐흐흐…….'

3

"허허허. 그래서 일단 그 서생을 받아들였다는 건가?"

"그렇습니다, 주군."

"하긴 자네가 쓸 만하다면 쓸 만한 거겠지. 두고 보겠네."

"결코 실망하지 않으실 것입니다."

"음……. 그건 그렇고, 웅천 이놈은 아예 그들과 함께 살려고 작정이라도 했단 말인가? 오자마자 떠나 버리다니!"

"대공자께선 좀 더 넓은 세상을 보고 싶어 가셨을 것입니다. 그리고 지금으로선 결코 잘못된 것이 아니지요. 누가 뭐라 해도 신협 진고영 일행이 천은산장에 가장 위협적인 것은 사실이니까 말입니다."

"그걸 누가 모르나? 단지 본 보에 그 절반이라도 신경을 썼으면 좋겠다, 이 말이네."

공야등은 빙그레 웃으며 백리단황을 쳐다보았다. 요 몇 년간 백리단황의 저런 모습은 상상도 못했다.

그런데 언제부턴지 가끔씩 우스갯소리를 곧잘 한다. 아마 진고영이라는 젊은 고수에 대해 백리웅천에게 듣고 나서부터인가? 강한 호승심을 느끼신 것 같다. 천하를 오시하던 무제 백리단황이…….

그래서인지 모든 것을 욕심보다는 편하게 관조하려 하고 있다. 일상생활을 자신의 무공 수련의 장으로 활용하며 보내고 있는 것이다. 대풍운보로 봐서는 참으로 잘된 일이다. 보주가 강해진다는 것, 그것이 곧 대풍운보의 강함으로 이어질 테니까.

"웅풍 공자께서도 폐관을 마치면 많이 달라져 있을 것입니다."

공야등의 말에 백리단황이 고개를 끄덕이며 말했다.

"흠. 당연히 그래야지. 발전이 없다는 것은 죽은 것이니까."

과연 백리단황다운 말이었다.

―죽은 자만이 발전이 없다.

"공야등."

"예, 주군."

"풍이의 귀를 최대한 크게 벌려놓도록."

"하오면…… 힘 또한 준비해 놓도록 하겠습니다."

"자네하고는 말하기가 편하단 말이야. 허허허!!"

4

밤새 바람이 불더니, 새벽녘부터 바람이 멈추고 봄비가 추적추적 내린다.

창문을 열고 밖을 바라보니 바람 한 점 없이 내리는 봄비에 젖은 매화 꽃잎이 떨어져 정원 한구석을 하얗게 물들이고 있었다.

'마치 내 마음속에 쌓인 그리움과도 같구나. 처음에는 아무것도 아닌 듯하더니, 그러다 나도 모르게 쌓인 그리움의 두께가 어느새 가슴을 하얗게 물들여 버렸구나. 어머니의 가슴에 박힌 눈물의 칼날도 다 뽑아드리지 못했는데……. 아버지의 가슴에 난 상처의 한도 갚지를 못했는데……. 아무래도 나는 불효자인가 보구나.'

진고영은 이를 악물고 주먹을 불끈 쥐었다.

'하지만 이대로 쳐다만 보고 있을 순 없다. 일단은 그녀를 구해야 한다. 그것이 대의를 위한다는 허울 좋은 포장으로 둘러싸인 거짓일지라도. 그녀를 구함으로써 혁련유천을 곤경에 빠뜨린다는 그럴싸하게 보이기만 하는 계책일지라도……. 그러다 보면 부모님의 한을 풀 수 있는 길도 보이겠지.'

마음을 다지며 질끈 감은 눈썹이 가늘게 떨린다. 마치 자신의 모든 행동과 마음이 거짓처럼 느껴지는 것이다. 진고영은 머리를 세차게 저으며 깊은 숨을 들이켰다.

'후우. 나 역시 그저 평범한 한 인간이라는 것을 잊어서는 안 되거늘……. 모든 것을 의지에 맡기고, 행함에 있어 최선을 다하자꾸나. 진고영아… 저 세상에 계신 부모님께서 이해해 주시기만을 빌자꾸나.'

얼마가 지났을까, 떨림이 멈추고 천천히 뜨이는 진고영의 눈이 만장의 무저갱처럼 깊은 본래의 눈빛을 서서히 찾아갔다.

회의는 혁련유화를 구하는 것으로 결정이 났다. 그것이 혁련유천의 혹시 모를 계획을 저지시키는 길이었기에. 하지만 세부적인 계획은 조금 더 상황을 파악하고 진행시켜야만 할 필요성이 있었다. 적의 심처에 들어가야만 하기 때문이다. 물론 혁련유화도 어느 정도는 밖으로 나올 것이지만, 그럴수록 경호는 강화될 것이기에 위험한 것은 마찬가지라 할 수 있었다.

부슬부슬 내리던 비는 이틀을 이어 내리더니, 결국은 햇살에 자리를 내주고 구름과 함께 서편으로 물러갔다. 그렇게 오랜만에 화창해진 삼월의 첫날, 첩검전의 커다란 탁자를 중심으로 사람들이 둘러앉았다.

웅성웅성거리던 사람들은 유지화가 일어서자 하던 이야기들을 멈추고 시선을 한곳으로 집중했다.

"이미 말씀을 드린 바와 같이 혁련유화에 대한 건은 진행하기로 했습니다. 마침 천 노선배께서 많은 도움을 주셨기에 사마중안에게서 얻은 정보와 취합해 계획을 세울 수 있었습니다."

사람들은 조금은 긴장한 채, 조금은 들뜬 마음으로 조용히 말을 이어가는 유지화를 주시했다.

"지금 저희가 당장 움직일 수 있는 힘이라면 여기에 계신 여러분들과 호남에서 암약 중인 비검단, 그리고……."

유지화의 눈이 한쪽에 앉아 귀를 기울이고 있는 백리웅천을 향했다.

"대풍운보의 잠풍단 정도입니다."

많다면 많고, 강하다면 강한 전력이었다.

신협이라 불리는 진고영을 비롯해서 주천괴 천우만, 천중일기 연부경, 장절 위경리, 마개 육정기, 전마도 궁무진 등 당금 천하를 떨치는 고수들 중에서도 능히 한자리를 차지하고 있는 절정의 고수들.

거기다 그들에는 못 미치지만 절정의 고수라 할 수 있는 백리웅천이

나 악대헌, 이수양. 또한 그 아래의 사마정과 염이상, 우형욱, 그리고 방거산 부부와 홍이지, 임수행까지.

비검단이나 잠풍단까지 합류하면 가히 백여 명의 일류 이상의 고수들인 것이다.

숫자는 몇 안 되지만 이토록 많은 고수들이 몰려 있는 단일 문파가 몇이나 될 것인가. 하나 이러한 전력을 가지고도 자신은커녕 전면전을 꺼려해야 하는 천은산장의 힘은 가히 거대함, 그 자체였다. 그러나 아무리 튼튼한 방벽도 한 번 금이 가면 보다 작은 힘에도 무너지는 법.

탕!

탁자를 두드려 사람들의 이목을 모은 유지화가 굳은 얼굴로 말문을 열었다.

"우리가 이번 일을 행하는 목적은 두 가지! 하나는 혁련유화를 구해 혁련유천의 계획을 어긋나게 해서 그들이 아예 발호를 못하도록 한다는 것! 또 다른 하나는…… 이 기회를 살려 놈들의 세력에 구멍을 낸다는 것! 그것도 될 수 있는 한 큰 구멍을."

유지화의 한마디 한마디 끊듯이 하는 말을 듣던 사람들의 눈에 서서히 열기가 서리기 시작했다.

어제였다. 단순하게 진행될 것 같던 상황이 회의를 거듭하면서 점차 발전을 하더니, 결국 놈들의 세력을 부수는 작전까지 함께 진행하기로 한 것이다. 어차피 쉽게 구해 나온다는 것 자체가 힘든 상황. 그렇다면 아예 적들의 깊은 곳을 쑤셔보기로 한 것이다. 과연 얼마나 많은 힘이 숨어 있는지.

그래야 다음을 대비할 수 있을 테니까. 단지 희생을 줄이기 위해서 모든 정보를 취합해 철저한 계획을 세우기로 했다.

좌악!

유지화가 펴 든 지도에 모두가 시선을 모았다.

상당히 세밀한 지도. 사마중안을 다그치고 천우만과 위경리가 끼어 들어 이틀에 걸쳐 갑론을박한 끝에 작성한 지도였다.

유지화의 음성이 힘을 싣고 퍼져 나간다.

"천은산장은 장사(長沙) 남쪽 상강(湘江)이 갈라지는 상담(湘潭)에 자리하고 있습니다. 그들은 상강의 물줄기를 타고 동정호 일대까지 그 영향력이 퍼져 있어 호남에서는 가히 왕권보다도 그들의 말이 법이라 할 수 있을 정도입니다. 또한 동정호 일대에는 그들의 눈과 귀가 사방 에 드리워져 있어 여간 조심하지 않고서는 그들의 정보망을 피해갈 수 가 없습니다. 우리가 갈 길은 바로 여기! 강서를 통해 호남의 접경지로 들어갈 계획입니다. 모두가 숙지하시고 만일의 사태가 일어나도 빠르 게 합류할 수 있도록 해주시기 바랍니다."

유지화의 말이 침중함을 담고 이어지자, 모두들 그제야 일의 심각성 을 깨닫기 시작했다.

그저 천은산장과의 싸움만을 생각했거늘 상황은 그들과의 싸움만이 전부가 아님을 알려주고 있는 것이다.

"현재 약속 기일까지는 팔 일이 남았습니다. 언뜻 보면 상당히 여유 가 있을 것 같습니다만, 저희들의 계획에 따라 일을 진행하기 위해서는 오히려 촉박한 실정입니다. 해서 준비가 되는대로 출발을 하고, 가면 서 세부적인 계획을 논하기로 하겠습니다."

유지화가 말을 맺자 백리웅천이 일어서서 가볍게 인사를 하고는 말 을 이어나갔다.

"어제의 계획에 따라 아버님께 연락을 취했습니다. 강서를 통해 뒤로 돌아가는 작전이니만큼 저희 대풍운보가 움직이는 시점이 매우 중요하리라 생각됩니다. 아마도 보의 무사들이 대대적으로 움직이면 저들은 그쪽으로 움직일 수밖에 없을 것입니다."

"그렇다 해도 절정의 고수들이 움직이지 않으면 그다지 효과가 없을 것 같은데?"

고개를 갸웃거리던 육정기가 끼어들자 이때다, 라는 듯 위경리가 한 소리 했다.

"가만이나 있으면 중간은 간다는 말을 어째 그리 잊어먹나. 백리단황이 어디 자네 같은 줄 아나?"

"아, 그도 사람인데 실수하지 말란 법은 또 어디 있다요?"

"그래서 자네하고는 격이 다르다는 거네. 자네는 이런 일에 실수할지 몰라도 그는 안 하네, 절대로! 그게 자네하고 백리단황의 차이란 점을 명심하라고."

"흥! 그거야 나나 형님이나 마찬가지지 뭐."

한 건 올리고 있다 생각하던 위경리는 육정기가 자신까지 물고 들어가려 하자 어림도 없다는 듯 냉소를 날렸다.

"말은 분명히 하자고. 자네보다는 그래도 내가 생각은 조금 더 깊게 한다고."

"당연히 잔머리야 위 노선배가 두어 수 위죠. 안 그렇……. 헉!"

무심히 한마디 끼어들던 우형욱은 느닷없이 살기 어린 눈빛이 자신을 향해 쏟아지자 가슴이 뜨끔하니 저려왔다.

'괜히…… 이놈의 입이…….'

"역시 후배들도 다 알고 있었군요. 뭐, 인정하죠. 험!"

육정기가 이어서 끌탕을 치자 위경리의 눈빛이 더욱 살벌하니 우형욱을 압박했다.

참으로 어이없어 보이는 말다툼이었지만 아는 사람은 안다, 위경리가 왜 저러는지. 너무 분위기가 긴장된 채 흐르자 분위기 좀 풀어보자는 뜻으로 말꼬리를 잡고 늘어진 것이다. 실실 웃는 사람들의 표정이 언제 긴장했냐는 듯 풀어진 것만 봐도 역시 위경리가 잔머리의 대가라는 사실이 입증된 것이다.

그런데 우형욱이 공연히 끼어들었다가 화살을 몽땅 혼자서 맞아버렸다. 그게 안돼 보였는지 진고영이 오랜만에 입가에 웃음을 머금고 위경리를 바라보았다.

"노형님, 그러다 우 형 타버리겠습니다. 그러면 노형님 챙겨줄 사람 새로 찾아야 할 텐데……."

"웅? 좋아. 진 아우가 오랜만에 부탁하는데… 우가 너, 한 번만 더 입 놀리면 앞으로 국물도 없다."

"알겠습니다요. 그런데… 뭐 주시려고?"

찌릿!

'이크!'

움찔하는 우형욱, 하지만 속으론 위경리가 더 놀랐다.

'조심해야지. 조금만 틈을 보여도 뺏어가려고 달려드니…….'

그렇게 위경리가 고민에 쌓여 있을 때, 유지화가 조용히 말문을 열었다. 조금 전보다는 부드러워진 목소리로.

"일단 길을 떠나면 빠른 속도로 움직이게 될 것입니다. 사마 공자."

"예."

"첩검단으로 하여금 지나갈 길의 정보를 최대한 빨리 받을 수 있게 준비해 주시길 바랍니다.”

“알겠습니다.”

“백리 공자 역시 대풍운보의 움직임을 신속하게 전달받을 수 있게 풍이의 정보 통로를 활짝 열어놓기 바랍니다.”

“그렇게 하겠습니다.”

두 사람에게 정보의 중요성을 한 번 더 강조한 유지화가 고개를 돌려 진고영을 바라보았다.

“진 공자.”

“예, 유 대협.”

“진 공자께서 유념하셔야 할 일이 있습니다.”

굳어진 표정으로 다짐을 받듯 말하는 유지화의 말에 진고영의 얼굴도 굳어졌다.

“진 공자께서 물론 잘 알아서 하실 거라 생각하기는 합니다만, 혹시나 해서 말씀을 드립니다.”

“말씀하시지요.”

“함부로 살인을 하지 않아야 하는 것도 고수라 칭해진 자가 가져야 할 덕목 중 하나란 것은 강호의 도리로 충분히 이해가 가는 일입니다. 하나… 이번 일에서만큼은 냉정한 판단을 하시기 바랍니다. 살아 있는 한 사람의 적이 전체의 흐름을 좌우할 수도 있다는 점을 결코 잊어서는 안 될 것입니다.”

좌중이 조용해졌다. 모두가 안다. 유지화가 무슨 뜻으로 저런 말을 하는지, 또한 그 말이 무슨 뜻인지.

기대감을 품은 눈들이 진고영을 바라본다. 그의 결정에 따라 일의 흐름에 차이가 생길 것이다. 결코 작지 않은 차이가.

"유 대협의 말씀…… 명심하겠습니다. 저로 인해서 작전에 차질이 생기는 일은 없도록 하겠습니다."

조금은 애매한 대답. 하지만 그 정도로도 사람들의 얼굴에는 희망이 떠오르고 있었다. 절대고수의 작은 결정, 그것이 미치는 파장은 결코 작을 수가 없는 것이다.

"자! 자! 모두 힘을 내자고! 까짓 거, 한번 신나게 붙어보드라고! 금왕이든 음마존이든 다 나오라고 해! 우리에겐 진 아우가 있잖아! 안 그래?!"

위경리가 힘차게 소리치며 흥을 북돋우자 모두가 고개를 끄덕이며 눈에 힘을 주었다. 그러자 덩달아서 흥이 동한 육정기가 큰 소리로 한마디.

"좋소! 내가 금왕을 맡지!!"

뭔 소리? 죽으려고?

사람들의 어이없는 눈초리에 흠칫!

'너무 기분 냈나? 그럼…….'

"위 형님하고 함께!!"

찌릿!

'저, 저, 저놈이 왜 나까지 물고 들어가?'

"어떻소, 위 형님?"

"어? 어…… 그거야… 한번 해보지 뭐."

'죽일 놈…….'

째려보는 위경리와 슬며시 안도의 한숨을 쉬는 육정기였다.

'휴……. 하마터면 기분 내다 쪽팔릴 뻔했네. 그래도… 흐흐흐……. 형님도 같이 가야지 별수있소?'

차마 웃지는 못하고 얼굴만 벌게진 사람들이 헛기침을 하며 마음을 진정시키는 사이, 유지화가 역시나 벌게진 얼굴로 좌중을 향해 조용히 입을 열었다.

"출발 시간은…… 오늘 자정입니다."

달조차 실눈을 뜨고 철한장을 바라보고, 돌아온 제비들이 집을 짓느라 바쁘기만 한 밤, 진고영은 침상에 고요히 앉아 모든 상념을 털어내기 위해 수천제마력을 끌어올렸다.

이미 시작된 일, 뒤로 물릴 수도 없는 상황. 모든 것은 진인사대천명이었다.

얼마의 시간이 지났을까, 텅 빈 마음에 한줄기 빛이 내려앉는다. 너무도 고요해 세상에 오직 하나 자신만이 존재하고, 잠시 후에는 그마저도 사라져 갔다.

나도 잊고, 너도 잊고, 세상조차도 잊어갔다. 시간조차 사라진 심처 그 한가운데 머물러 있던 빛이 움직이기 시작하자, 온몸에 퍼져 있던 모든 기운이 빛의 움직임을 따라 녹아들며 하나가 되었다.

오랜만의 평온이었다. 긴 나날 흐트러져 있던 기운들이 하나로 뭉쳐지며 환희의 노래를 부르는 것만 같다. 이때만큼은 슬픔도 기쁨도, 모든 오욕칠정이 사라져 나 자신이 누구인지조차 잊어버린다.

창문 틈으로 들어와 그의 몸을 스쳐 가려던 바람이 아무런 방해도 받지 않은 채 그의 몸을 통과해 버리자 의아한 듯 뒤돌아보고는 갈 길을 내쳐 가버렸다.

거침없이 전신을 한 바퀴 휘돈 빛이 머리 위에 자리를 잡고 똬리를 틀자, 진고영은 온 세상이 자신의 머리 속에 들어찬 것만 같았다.

그렇게 느낄 수 없는 얼마의 시간이 더 지나고, 환하게 웃음 짓던 빛이 점차 강해지더니 움직임을 멈추고 고요히 잠들기 시작했다. 그리고…….

서서히 눈을 뜨는 진고영의 눈에서 밝은 금빛이 은은히 맴돌더니 허공 속으로 사라져 갔다.

"후우……."

길게 내쉰 숨 속에 그간의 모든 상념이 다 빠져나가 버린 듯하다. 가슴이 시원해지고, 머리 속도 마치 깨끗한 정화수로 씻어내 버린 듯 맑게 개었다. 상쾌한 기운이 전신을 즐겁게 달리는 느낌이 남다르게 느껴지자, 진고영은 가만히 수천제마인을 끌어올려 보았다.

맑은 금광 속에서 붉은 불꽃이 손 위에 피어오른다. 전보다 더 밝아진 불꽃이. 하지만 그 크기는 전보다 더 작아져 이제는 한 치 정도에 불과하다.

'구단계에 완전히 접어들었구나.'

일각이나 되었을까, 그대로 상쾌한 기분을 만끽하고 있던 진고영은 밖에서 들리는 작은 발걸음 소리에 침상에서 내려와야만 했다.

"진 공자……."

유옥하였다.

"들어오십시오."

들어오는 유옥하의 손에 한 벌의 옷이 들려 있었다. 여전히 진한 감청색의 옷이었다.

"웬 옷을……?"

"그럼 그 낡은 옷을 입고 유화 동생을 만나러 했단 말이에요?"

나이를 알아보니 혁련유화가 스물둘이었다. 유옥하보다 한 살이 어렸던 것이다. 그때부터 유옥하는 혁련유화를 말할 때마다 동생이라는 것을 줄곧 강조했다. 마치 자기 자리를 확인이라도 시키듯이.

"……."

"이걸로 갈아입으세요. 그리고… 만날 때 머리도 손질 좀 하구요."

"아, 알았소."

어색하긴 하지만 그다지 나쁜 기분은 아니었다.

어머니가 돌아가신 후 언제 자신을 이렇게 챙겨준 사람이 있었던가? 오히려 은근히 기분이 좋아졌지만 내색을 안 하려고 노력하는 진고영이었다.

탁자에 옷을 내려놓고, 입가에 가볍게 웃음을 지으며 나가는 유옥하의 뒷모습을 바라보던 진고영이 어렵게 입을 열었다.

"……고맙소."

나가려던 유옥하의 발걸음이 멈칫하더니 어깨가 보일 듯 말 듯 떨렸다.

'됐습니다. 그것으로 옥하는 됐답니다.'

행여나 눈물을 보일까 봐 급히 발걸음을 옮기려 할 때였다.

"유 소저, 이거……."

돌아서면 안 되는데… 그러면 눈물이 보일지 모르는데……. 하지만 돌아서지 않을 수도 없지 않은가? 부르는데.

"……?"

"이걸 맡아주시오."

"그건……?"

"할아버지의 마지막 유품이라 할 수 있소. 그간 너무 손상시켜서… 더는 손상시키고 싶지가 않소."

　그가 내미는 것, 그것은 뇌전 문양이 금방이라도 튀어나올 것만 같은 관천곤이었다.

　넉 자 길이의 관천곤이 하늘을 무너뜨릴 때마다 줄어들어, 이제는 석 자도 못 되게 줄어들어 있었다. 아마도 이번 길에 더 짧아질 것이 분명하다. 진고영은 그것이 염려가 됐던 것이다. 조부의 유품이 사라지는 것이……

　곤을 받아 드는 유옥하는 가슴이 떨리는 것을 어쩔 수 없었다. 조부의 유품을 맡긴다는 것, 그것은 그녀에게 남아 있는 모든 것을 맡긴다는 것과 같은 말이 아니겠는가. 결국은 눈물이 앞을 가리고 손이 가볍게 떨렸다.

　"무… 겁소?"

　아이고, 맙소사!! 손이 떨린다고 무겁냐니!!

　"아, 아니에요."

　어이가 없는지 눈물도 쏙 들어가 버린 유옥하는 차마 웃지는 못하고 뒤돌아섰다.

　"걱정 마세요. 제가 잘 보관할게요."

　"정말 고맙소… 하 매."

　'하 매?!'

　진고영의 나직한 한마디에 유옥하는 쏙 들어갔던 눈물이 다시 눈 밖으로 흐르려는 걸 느끼고 재빨리 걸음을 옮겼다.

　"잘… 다녀오세요. 조심… 하시구요…… 대가."

　입가엔 환한 웃음, 눈에선 멈추지 않는 눈물. 절대! 보이고 싶지 않은 모습이었다.

유옥하가 나간 후 진고영은 그녀가 놓고 간 옷으로 갈아입었다. 그리고 한쪽에 놓여진 이름없는 자신의 도를 집어 들었다.

"이제는 네가 나와 같이 가야겠구나."

마치 사람을 대하듯 말을 뇌까린 진고영은 천천히 허리띠 안으로 도를 끼워 넣었다.

어느새 자정이 다 되어가고 있었던 것이다.

실 같던 초승달도 모습을 감춘 시각, 바람을 타고 십여 개의 그림자가 두개산 허리를 넘어가고 있었다. 그야말로 눈 깜짝할 사이였다. 그렇게 야조의 움직임처럼 빠르게 흐르던 그림자들이 어둠이 내려앉은 숲 사이로 사라지자 철한장의 문이 열리고, 십여 필의 말이 서쪽으로 달려나갔다.

그리고 잠시 후, 철한장 남쪽 삼백여 장 떨어진 숲 속에서 한 마리 비둘기가 야공을 타고 남쪽 호남을 향해 날아갔다. 동정호 저 건너편으로.

한편, 두개산을 빙 돈 그림자들이 장강에 도착해 첩검단에서 비밀리에 마련한 소선에 올라탄 것은 철한장을 떠난 지 반 시진이 지난 시각, 그리고 장강을 검게 물들인 어둠 속으로 소선이 사라지는 데는 반 각도 채 걸리지 않았다.

그야말로 검은 안개 속으로 아무도 모르게 십여 명의 사람이 사라진 것이다. 강호에 몰아칠 폭풍을 가슴에 안은 채.

5

와락!

서신이 두 손 사이에서 휴지처럼 구겨져 버렸다.

“…좋아, 아주 좋아! 웅천에게서 연락이 왔다! 호공탁!”

“예, 주군!”

“패력전의 정예들을 대기시켜라! 곧 출동이 있을 것이다!”

“옙! 주군!!”

신이 나는지 호공탁의 얼굴에 환한 웃음이 떠올랐다.

“홍요상!”

“예… 주군…….”

“암문의 아이들 중 뛰어난 아이들로 이십 명을 선발해 놓도록.”

“알겠습니다, 주군…….”

“공야등.”

“예! 주군.”

“풍운단을 소집하고, 단유에게 연락을 취해 일류 이상으로 백 명 정도를 지급으로 선발해 보내라 하라.”

공야등의 표정에 놀라움이 떠올랐다. 하지만 그것도 잠시.

“알겠습니다.”

“분명 기회가 온다. 그때! 한 번 치고 빠진다! 그러면 놈들이 움직이지 않을 수 없을 것이다. 그러면 또다시 밀어붙인다!”

백리단황의 눈이 활활 타올랐다.

“우리는 결코 신협을 보조하기 위해서만 움직이는 게 아니다! 협조는 해주되, 우리의 할 일은 따로 진행한다! 알았는가!”

"예! 주군!!"
"이 기회에 절강에서 당한 만큼 꼭 되갚는다!! 물론 이자까지 듬뿍 갚아야겠지!"

孤影 第二章

1

사마중안을 잡으러 갈 때보다는 그래도 나았다. 하지만 산길을 탄다는 것은 여전히 쉬운 일이 아니었다.

장강을 건너고 산행만 이틀, 해가 서편으로 넘어갈 무렵 제법 큰 마을이 보였다. 가까이 다가가 수수(修水)라는 입석을 바라보던 천우만이 싱긋 웃으며 일행을 둘러보았다.

"여기서 조금 쉬었다 가자구. 마침 여기에 쉬었다 갈 만한 데가 있거든."

모두의 얼굴에 반가운 기색 일색이었다.

이틀간 산행에 어디 제대로 식사라도 했겠는가. 행여나 하는 마음에 마을 근처로는 가까이 가지도 못했다. 하지만 이제 이틀이 지났으니 제아무리 천은산장이라 할지라도 자신들의 행적을 따라잡지는 못할 터였다. 이곳에 그들의 정보원들이 없는 한은.

그래도 조심하는 마음에 마을을 빙 돌아갔다. 그러자 마을 뒤편으로 자그마한 장원이 하나 보였다. 온통 대나무로 둘러싸인 장원은 넓이가 그리 넓지는 않은 듯했지만, 죽림으로 인해 그 담장의 끝이 어딘지 알 수가 없었다. 마치 마을을 둘러 담을 쌓은 듯했다.

"아는 사람 집이우?"

위경리가 궁금했나 보다.

"흐흐흐……. 가보면 아네."

얄궂게 웃음을 흘린 천우만이 장원으로 다가갔다.

죽원(竹院).

현판의 고아한 글씨는 명가의 솜씨를 자랑하듯 멋들어지게 쓰여 있었다.

"유생의 집안 같은데……."

"유생은 개뿔이나……. 험! 험!"

천우만은 기도 안 찬다는 듯 한 소리 하다가 행여나 안에서 누가 들었을까 봐 힐끔 안을 들여다보았다. 다행히 안쪽에서는 별다른 인기척은 느껴지지 않았다.

"게 있느냐?!"

크게 한 소리 내지른 천우만이 아무런 말도 없이 가만히 있자, 같이 있던 사람들은 오히려 자신들이 무안해질 정도였다.

반 각이나 지났을까. 한 노인이 문을 열더니 슬쩍 고개를 내밀고는 천우만의 위아래를 훑어봤다.

"뉘시우?"

벌컥!

대답도 않고 문을 밀친 천우만이 장원 안으로 발을 디디자 안에 있던 노인이 벌컥 화를 냈다.

"이, 이런! 이게 무슨 짓이오?"

"무슨 짓이고 뭐고! 안에 서(徐)가 있으면 빨랑 튀어나오라고 해! 안 나오면 내가 죽림 다 뒤져서 항아리 들고 나갈 테니까!"

웬 항아리? 천우만이 발걸음을 죽림 쪽으로 돌려 걸어갈 때였다.

"멈춰! 이놈아!"

느닷없이 안에서 고함 소리와 함께 유생건을 눌러쓴 노인이 튀어나왔다. 한데…… 쥐눈에 자그마한 얼굴, 빼빼 마른 체구는 대나무, 바로 그 자체였다.

"이, 이, 이놈아! 왜 죽지도 않고 살아서 이 어르신을 괴롭히는 거냐? 응?"

"흥! 네놈이 안 죽는데 내가 왜 죽냐?"

"어이그……. 웬수 같은……. 안 멈춰?!"

천우만이 다시 죽림 쪽으로 몸을 틀자 쥐눈의 노인이 빽! 소리쳤다.

"누가 뭘 했다고 소리를 질러대나, 그래?"

"으으……. 웬일로 이 먼 곳까지 왔냐? 평생 종남 아래서 살겠다던 놈이."

"일단 안에 들어가서 이야기하자. 계속 세워둘 거냐? 손님까지 데려왔는데."

"헉! 손님까지? 네, 네, 네놈이 아예 날 말아먹으려고……."

"그런 거 아니니까 걱정 말고."

두 사람이 말다툼만 하고 있자 위경리가 쥐눈의 노인을 갸웃거리며 쳐다보았다. 그러다 무슨 생각이 났는지 눈이 휘둥그레졌다.

"으잉? 저 영감……!"

"누구, 아는 사람이오?"

육정기도 궁금했나 보다.

"서상목, 사괴 중의 한 명인 서필괴(鼠筆怪) 서상목이네. 거참, 요즘 왜 이렇게 오래 사는 영감들이 많아……."

위경리가 중얼거리자, 그 말을 들었는지 쥐눈의 노인 서상목이 고개를 휙 돌려 위경리를 노려보았다. 그러더니 끌끌 혀를 찬다.

"그럼 그렇지. 천가의 손님이란 것들이 어련하려고. 쯧쯧……."

졸지에 한 꾸러미가 된 육정기가 위경리를 째려보고,

"형님 땜시 우리까지 도매금으로 넘어가잖소. 거, 말 좀 가려서 하시구려. 에잉."

"시끄럽게 하지 말고 들어와!!"

어쩔 수 없다는 듯 꽥 소리 지른 서상목이 안으로 들어가자 모두가 졸졸 뒤따라갔다. 일단은 그의 집이니까. 그러자 들어가던 서상목이 얼굴을 찌푸리며 고개를 저으며 구시렁.

"젠장. 뭐가 이리 많아? 제기랄. 천가 놈, 아예 떼로 끌고 왔네. 우라질. 자기 집 아니라고."

안으로 들어가자 제법 깔끔하게 꾸며진 내전이 사람들을 반겼다.

"아무 데나 앉아! 어차피 의자는 모자라니까."

그랬다. 서상목의 말대로 의자라곤 여섯 개. 사람은 십수 명. 당연히 모자랄 수밖에.

"무슨 일이야? 이렇게 떼거리로 다니게. 더구나… 대단한 고수들까지 데리고."

힐끔 돌아보는 서상목의 눈에는 놀람이 숨김없이 나타나고 있었다. 어찌 그러지 않으랴. 당금 강호를 뒤흔드는 고수들이 즐비하거늘. 이름은 몰라도 그 기세만은 알아볼 수 있는 서상목이었다.

"그거야 네놈이 자세히 알 건 없고, 한 가지 물어볼 것도 있고 하룻밤 신세도 좀 질 겸, 겸사겸사 왔지 뭐. 고영아!"

말하다 말고 천우만이 뺙 진고영을 부른다.

"예, 천 노선배님."

"인사드려라. 서상목이라고, 서필괴로 불렸던 영감이다."

"진가 성의 고영이 삼가 서 노선배님을 뵈오이다."

깊이 고개 숙여 인사하는 진고영을 바라보던 서상목이 고개를 돌리더니 의아한 두 눈이 천우만을 향한다. 키만 커다란 저놈 뭐야? 하는 표정을 짓고.

"둥 형님의 친우셨던 곤왕 진조현 형의 손자다."

"엉?"

놀란 얼굴로 쥐눈을 있는 대로 크게—떠봤자 쥐눈—뜬 서상목이 진고영을 멍하니 쳐다보더니 입을 크게 벌렸다.

"그럼…… 이 아이가 신협!! 그런데……. 응?"

뚤래뚤래.

"곤이 안 보이네?"

"어쭈? 그래도 완전히 귀 닫고는 안 살았구나? 곤이야 사정이 있어서 놓고 왔으니 신경 쓸 거 없고."

"대체 뭔 일이야? 엉?"

"끼어들 거 아니면 자세히 알 건 없고, 한 가지만 물어보자."

"뭘?"

"너, 장무담의 딸에 대한 것, 알고 있는 거 있지?"

"누구? 도제 장무담?"

"그려. 그 인간 딸 때문에 한바탕 난리 피웠던 적 있었잖아. 오래돼서 그런지 도무지 생각이 안 나서 말이야. 전에 네놈이 이야기해 준 것 같은데……."

"아! 그거? 장무담의 딸이 제자인 설가하고 눈 맞아 도망갔었다는 이야기?"

"맞다, 맞아! 바로 그거야! 그러다 이상하게 혁련유천하고 혼인한다는 이야기가 나와서 설평인하고의 관계를 알던 사람들을 어리둥절하게 했었지!!"

"그런데? 그게 어쨌다고 그러나? 그게 언제적 이야긴데……."

얼굴이 벌겋게 달아오른 천우만은 서상목의 말은 들리지도 않는다는 듯 뒤쪽에 있는 듯 없는 듯 조용히 서 있는 진고영을 바라보았다.

"들었지?"

"예…… 혹시?!"

진고영은 무언가 뒤통수를 얻어맞은 듯한 충격에 눈을 굳히고 천우만을 직시했다.

"그래! 장무담의 딸은 혼인 전에 장무담의 제자인 설평인하고 죽고 못 사는 그런 사이였다. 그런데 어느 날 갑자기 혁련유천하고 혼인을 해버린 것이지. 물론 그 이후에 설평인의 모습을 다시는 볼 수 없었고. 감이 잡히지?"

천우만의 말에 모두의 입이 놀람으로 다물어졌다.

그래도 강호의 경험이 수십 년씩인 사람들이다. 어찌 천우만의 말뜻을 모르랴. 이미 혁련유화가 혁련유천의 딸이 아닐 거라 생각하고 있었거늘.

사람들은 그제야 천우만이 왜 이곳으로 방향을 잡았는지를 알 수 있었다.

"자! 자! 그러고들 있지 말고 인사나 나누라고. 뭐, 이 인간은 말 안 해도 알 테고……. 어이! 거기, 연씨부터!"

참 빨리도 인사시키는 천우만이었다. 머리 속에서만 맴돌던 게 얼마나 답답했으면 그랬을까, 하는 생각마저 들었다.

하나둘 인사를 할수록 서상목의 입도 커져만 간다. 육기, 칠절에 십팔마까지……. 거창한 일행이었다.

'도대체 이게 뭔 일이다냐?'

"이수양입니다. 선사께서 황씨 성에 학 자 도 자를 쓰십니다. 서 숙부를 뵙게 돼서 반갑습니다."

그러다 이수양이 인사를 하자 눈을 부릅떴다.

"자네가… 황 형님의 제자라고?"

"응. 저놈이 황 형님 제자야. 말이 좀 없고 버릇이 없어서 그렇지, 술 빚는 솜씨 하나는 자네 뺨칠 거네. 아차! 자네 술 안 내올 거야? 안 내오면 내가 가지러 간다?"

대경한 서상목이 재빨리 밖을 향해 소리쳤다.

"잠깐! 장 노인!"

"예, 어르신!"

"술! 두 항아리 세…… 네 항아리만 내오게. 더는 안 돼!"

천우만의 눈빛을 바라보며 하나하나 늘려가던 숫자가 넷에서 멈추자, 그제야 천우만도 만족한 듯 헤벌쭉 웃었다.

"내가 뭐 날강돈가? 그 정도면 만족하지. 흐흐흐……."
'제기랄. 어째 속은 기분이…….'

은은한 죽향이 기분조차 상쾌하게 만드는 죽엽청이었다.

한 모금 살짝 입에 대어본 이수앙마저 눈을 휘둥그레 뜰 정도였으니 천우만이 왜 그렇게 욕심을 냈는지 이해할 만도 했다. 심지어 술을 잘 마시지 않던 유지화마저 한 잔 마시더니 감탄을 터뜨렸다.

"좋군요. 가슴이 다 시원해지는 것 같습니다."

한 잔 술에 가슴이 열리고, 두 잔 술에 근심마저 털어내 버린다.

그렇게 밤이 깊어만 갈 때, 진고영은 슬며시 술좌석을 빠져나와 후원의 대숲을 거닐었다.

보기보다 제법 깊은 숲이었다. 길게 뻗은 숲길이 이십여 장이 넘는 것이다.

스치는 대나무들의 부대낌이, 집 안에서 흘러나오는 웃음소리가 문득 정겹게 느껴진다.

진고영은 답답했던 가슴이 잔잔하게 가라앉는 것을 느끼고 좀 더 안쪽으로 들어가 보았다.

바스락바스락, 투둑.

마른 대나무 가지 부서지는 소리에 상념도 부서져 간다.

그저 하룻밤을 보내고 간다 생각하기에는 너무나 큰 정보를 얻었다. 그로 인해 손녀를 살려달라는 장무담의 뜻을 어렴풋이 짐작까지 하게 되었으니…….

모든 것은 의지에서 비롯되지만 그 뜻이 흐르는 곳은 하나가 될 수 없을 때가 많다. 한데 이제는 하나가 되어버렸다, 부모님의 복수와 혁련유화를 구한다는 목적이.

강한 의지와 뜻이 합쳐진 눈빛이 심해 깊은 곳으로 침잠해 들어가 버리자, 진고영은 고요함 속에 눈을 감고 불필요한 잡념을 털어내 버렸다.

날이 밝았다.

서상목을 닦달해서 아침밥까지 얻어먹고 출발한 일행이 첩검단원을 만난 것은 정오를 넘긴 시각, 의풍으로 꺾어지는 관도를 지날 때였다.

일반 상인으로 가장한 첩검단원이 접근하더니 한 통의 서찰을 전해 주고는 아무런 일도 없다는 듯 떠나가 버렸다.

천은산장이 부산하게 움직이고 있음. 비검단은 목적지로 이동 중. 철한장 임시 철수, 유 소저는 동백장으로 돌아갔음.

추신: 무림련의 무검단이 출동 준비를 갖추고 있음. 곧 혈왕궁의 하부 조직을 친다는 소문이 파다함.

계곡의 물가에서 잠깐 휴식을 취하며 유지화가 간략하게 전서의 내용을 읽자 위경리의 얼굴이 살짝 찡그려졌다.

"무림련이 혈왕궁을 너무 가볍게 보는 건 아닌지 모르겠군."

"동방설리는 혈왕궁의 무서움을 단단히 경험해 봤습니다. 당금 무림의 그 누구보다도 말입니다. 그런 사람이 혈왕궁을 상대함에 결코 가볍게 대하려는 생각 따위는 안 할 겁니다."

유지화의 신중한 말에 육정기가 의아한 표정으로 고개를 갸우뚱거렸다.

“그럼 어찌 무검단만으로 혈왕궁을 칠 생각을 한단 말이오.”

“무림련은 무검단 외에도 나머지 삼단을 새롭게 구성하고 있습니다. 아마도…… 부저추신(釜底抽薪), 약한 곳을 계속 공격해서, 조호이산(調虎離山), 적의 주력을 끌어내려 할 것입니다. 혈왕궁은 그걸 알면서도 나오지 않을 수가 없을 테니까요.”

“알면서도 나온다?”

모두가 유지화의 입을 주시했다.

“아무리 껍데기뿐인 주구들이라 해도 지단을 모두 잃고서는 힘을 쓰기 힘들 테니 혈왕궁으로서는 나오지 않을 수가 없지요. 문제는… 찾기 위해서 나오느냐, 아니면 치기 위해서 나오느냐 입니다.”

“그거참…….”

육정기가 머리를 쥐어뜯을 듯이 붙잡고 고개를 내젓자 조용히 듣기만 하던 연부경이 미간을 찌푸렸다.

“결국은 어떻게 되든 많은 피가 흐를 수밖에 없겠군.”

“그렇습니다. 무림련으로서는 이미 수주에서 적지 않은 피를 본 상태이고 보니, 몇 가지 계책이 연환계로 펼쳐질 것입니다. 결국은 어떤 계책이든 강력한 적과 싸우기 위해서는 피를 볼 수밖에 없는 상황이지요. 혈왕궁이 본래의 것을 찾기 위해 나오는 것이라면 그나마 덜하겠지만… 만일의 경우, 역공으로 전면전을 불사한다면 엄청난 혈풍이 불 것입니다.”

유지화의 말만 들어도 비릿한 혈우가 금방 내릴 것만 같아 사람들은 흠칫 몸을 떨지 않을 수가 없었다.

무림련은 무림련대로 혈왕궁을 상대하기 위해 피를 흘리고, 진고영 일행은 그들 나름대로 천은산장을 상대하기 위해 길을 가고 있는 것이다. 그 모든 것이 방법은 달라도 결국은 혈풍을 막기 위함이었다. 다만 그 와중에 보다 더 적은 피가 흐르기만을 바랄 수밖에.

"얼굴들 펴게나! 그들은 그들이고, 우리는 일단 우리 앞에 놓여진 일부터 걱정하자고! 자, 가세!"

천우만의 일갈에 사람들은 무겁게 가라앉았던 표정을 펴고 일어섰다. 갈 길이 먼 것이다. 얼마나 험할지 가늠조차 힘든 길이…….

툭툭, 옷을 털고 일어난 사람들은 마음에 쌓인 무게를 털어내려는 듯 곧바로 신형을 날리고 조금씩 속도를 더해 가더니, 한 시진이 지나자 나는 듯 달려가기 시작했다.

누가 먼저라 할 것도 없었다.

씩 웃은 천우만이 앞장서기 시작하자, 이에 질세라 위경리가 힘을 더했다. 뒤따라가던 육정기는 씩씩거리며 죽어라 발을 놀리지만 조금씩 뒤처지기 시작했다. 그러자 뒤를 돌아보며 눈을 부라린다. 마치……

'앞질러 가는 놈, 알아서 혀!' 하는 눈빛이다.

연부경이나 궁무진 등은 어차피 힘 뺄 생각도 없었으니 태연히 따라갈 뿐이고, 젊은 사람들은 공연히 벼락 맞기 싫어서 졸졸졸 뒤만 쫓아간다. 이수양과 유지화는 고소를 배어 물고, 방거산 부부는 아예 포기한 채 맘 편하게 뒤처져 갈 뿐이었다. 그렇다고 많이 처지지는 않았으니, 가히 날아가는 곰과 거대한 호랑나비의 멋진(?) 조화였다.

그렇게 바람처럼 서너 시진을 달려갔을 때였다. 사람들의 표정이 서서히 굳어져 갔다.

귓전을 스치는 바람의 여운을 미처 느끼기도 전에 나무 그림자들이 뒤로 밀려간다. 날아들던 새들은 깜짝 놀라 푸드득 도망가고, 무심히 풀을 뜯던 순박한 멧돼지들은 그대로 고개를 처박아 버렸다.

다른 때 같으면 식사거리 있다며 좋아했을 일이지만, 웬일인지 굳어진 표정들이 쉽사리 펴지지 않는다.

이대로 눈앞 저 멀리 있는 능선만 넘으면 호남에 들어선다는 것이 사람들로 하여금 당겨진 활과 같은 긴장감을 불러일으키고 있는 것이다.

그들이 달려가는 곳은 소벽산의 능선이었다. 호남과 강서를 경계 짓는 산 중에서도 험준하기로 유명한 곳. 하지만 이어진 능선이 상율까지 이백여 리나 돼, 은밀하게 남하하기에는 이 이상 좋은 곳이 없다는 천우만의 설명이었다.

그 말을 듣던 위경리가 어떻게 이런 길을 아느냐 묻자 어물거리며 답을 회피하는 것이 좀 이상해 보이기는 했지만, 어쨌든 능선을 오르내리며 이틀, 지쳐 갈 만할 때 마침내 내리막길이 이어지더니 상율에 들어섰다.

호남으로 들어서는 관도가 이어져 있어 제법 사람들로 북적거리는 곳.

상율에서부터는 백리웅천과 사마정이 눈을 빛내며 앞장서서 걸어간다. 첩검단이나 풍이의 비표를 찾기 위해서였다. 그리고 상율에 들어선 지 반 각, 마을 입구에 있는 객잔을 지나치던 중 마침내 백리웅천이 먼저 객잔의 기둥에서 풍이의 비표를 발견할 수 있었다.

"이곳에서 쉬도록 하시죠."

백리웅천의 말뜻을 모를 사람은 없었다. 그렇지 않아도 좀 쉬고 싶었는데 잘됐다는 표정들이다.

객잔에 들어가 일단 방을 잡고 오랜만에 제대로 된 식사를 한 후, 백리웅천의 방으로 모여들어 앞으로의 행로에 대해 상의하고 있을 때였다. 반 시진이 지나지 않아 누군가가 백리웅천의 방문을 두드렸다.

"들어오시오."

백리웅천의 응대에 평범한 황의를 입은 장한이 들어오더니 좌우를 둘러보곤 가볍게 몸을 떨었다. 어찌 그러지 않을까, 천하의 고수들이 자신만을 주시하고 있거늘. 하지만 그것도 잠시, 백리웅천을 향하더니 깊이 고개를 숙였다.

"황원위가 삼가 대공자를 뵈오이다."

"수고가 많네. 본 보에서 온 소식은?"

"의춘에 패력전의 호 전주께서 와 계십니다. 또한 공야 전주님과 홍 단주님께서도 바로 합류하실 거라 합니다."

"흠!"

"아버지가?"

호난연이 반가운 마음에 크게 소리치다 사람들의 시선이 자신을 향하자 배시시 웃는다.

"호호호……. 제 목소리가 좀 크… 죠?"

뭐, 어떡할 건가. 애교로 봐줘야지. 딸이 아버지에 대한 소식을 듣자 반가워서 그러는 건데.

그건 그렇고, 사람들은 대풍운보가 생각 외로 크게 움직이고 있다는 생각을 했다. 단순히 적들을 교란할 목적치고는 그 인원과 그들을 이끄는 수장이 너무 높은 자들인 것이다. 백리웅천 역시 아버지 백리단황의 생각이 궁금할 지경이었다.

그러나 그의 생각을 안다는 듯 이어지는 황원위의 말은 백리웅천의 눈을 휘둥그렇게 만들고도 남았다.

“저…… 보주님께서도 뒤이어 오실지 모른다는 연락이 있었습니다.”

“아버님이 직접?!”

그것은 백리웅천뿐이 아니고 방에 모여 있던 다른 사람들에게도 충격적인 일이었다. 무제 백리단황이 직접 움직인다는 것은 대풍운보가 이번 일을 어떻게 보고 있나를 대변하는 말인 것이다.

이미 어느 정도는 짐작하고 있었다는 듯 유지화가 미미하게 고개를 끄덕이더니 입을 열었다.

“아마도 백리 보주께서 마음먹고 흔들 작정을 하신 것 같군요.”

“거… 백리 보주가 나선다면 일이 좀 커지겠는걸?”

위경리가 고개를 모로 꼬며 이게 잘된 일인가, 하고 고민하자 한쪽에서 그간 입을 닫고 상황만 주시하던 진고영이 무겁게 고개를 끄덕였다.

“어차피 천은산장의 속내를 뒤집어볼 계획이었으니, 크게 흔들면 크게 흔들수록 효과는 커질 겁니다. 이미 저들 역시 대풍운보의 움직임을 주시하고 있었을 터, 우리가 예상했던 것보다 더 빠르게 움직인다고 봐야 할 듯합니다.”

“진 공자의 말이 맞네. 해서 아무래도 작전의 변경이 있어야 할 것 같네.”

“끄응…… 웬만하면 좀 쉽게 바꿉시다.”

육정기의 엄살 아닌 엄살에 천우만이 코웃음을 날리고,

“그렇게 몸뚱이만 키울 게 아니라 머리 속도 좀 키우지 그랬냐.”

“움하하하! 몸뚱이라면 저희 부부가 제대로 키웠죠. 연 매, 안 그……?”

방거산이 껄껄거리다가 호난연의 예리한 눈빛에 찔끔, 어깨를 움츠렸다.

"덩치에 비해서 머리가 작다는 말이 그렇게 듣기 좋아욧?!"

윽! 그 말이 그 뜻이었던가?

긴장이 풀리고 입가에 실실 웃음기가 떠오를 때였다.

"허리를 자릅시다."

느닷없이 터져 나온 유지화의 간단한 한마디. 하지만 거기에 내포된 뜻은 결코 간단한 것이 아니었다.

웃음기가 어려 있던 표정들이 순식간에 굳어지고, 훈훈하던 방 안 공기가 싸늘하게 식었다.

"대풍운보에서 백리 보주까지 나섰다면, 천은산장 역시 그에 맞춰 움직일 거라 생각해야 합니다."

"하지만 백리단황의 움직임을 처음부터 알고 있었으리라고는 생각할 수 없지 않은가?"

연부경이 조용히 유지화의 말에 반론을 제기했다.

"그래서 허리를 자르자는 것입니다."

좌중이 조용해졌다.

"일차 전력은 이미 천은산장을 출발했다고 봐야 합니다. 하나 지금쯤은 그들 역시 백리 보주가 움직였다는 것을 알고 놀라고 있을 터. 급히 이차 전력이 움직이지 않을 수 없습니다. 우리의 목표는 바로 그들!"

"우리의 움직임이 너무 빨리 노출되는 것은 아니겠습니까?

사마정이 미간을 모으며 곤혹스럽다는 듯 말하자, 유지화가 천천히 사람들을 둘러보았다.

"빠르고 단호해야 합니다. 뒤돌아보고 판단할 시간도 주지 않고 몰아쳐야 합니다. 굳이 마무리까지 할 필요는 없습니다. 기세를 완전히 꺾고 움직일 엄두를 내지 못할 정도면 됩니다. 그 상태에서 그대로 천은산장까지 질풍이 되어야 합니다."

굳어 있던 표정에 열기가 피어오른다. 그러자 싸늘해졌던 방 안의 공기마저 후끈 달아오르기 시작했다.

사마정을 바라보고,

"첩검단은 최대한 적들의 정보를 차단하는 데 주력해 주시기 바랍니다."

"알겠습니다."

백리웅천을 돌아본다.

"풍이(風耳)는 백리 보주와의 연락이 신속히 이루어질 수 있도록 연락망을 최대한 가동해 주시기 바랍니다."

"예, 즉시 움직이도록 하겠습니다."

"진 공자!"

잠시 숨을 가다듬은 유지화가 무거운 눈빛으로 진고영을 직시했다.

"말씀하십시오."

"일단 천은산장에 도착하면 장 노선배를 먼저 구하십시오. 그분이 살아 있어야 만일의 경우 혁련유천의 역공을 피할 수 있습니다."

"알겠습니다, 유 장주님."

"봉공전에는 금왕과 음마존뿐이 아니고 그 외에도 고수들이 다수 있을 텐데……. 혼자서는 위험하지 않겠는가?"

염려가 가득 담긴 위경리의 말에 유지화가 고개를 끄덕였다.

"그래서 진 공자가 가야 한단 것입니다. 시간을 끌어서는 죽도 밥도 안 될 테니까요. 아마 장 노선배도 나름대로의 방법을 세워놓았을 것입니다만, 그것만으로는 탈출 확률이 희박하다는 것을 본인도 잘 알고 있을 것입니다."

"그럼…… 백령곡은?"

천우만은 아무래도 계획이 바뀌다 보니 백령곡의 비밀을 캐지 못한다는 것이 아쉬운가 보다.

"진 공자가 봉공원을 흔들면 모든 관심이 그쪽으로 몰릴 수밖에 없습니다. 어찌 보면 오히려 더 좋은 기회라고 할 수 있을 것입니다."

"호? 그건 그렇군!"

기대감이 가득 찬 천우만의 눈동자가 떨리자,

"하지만 너무 무리를 해서는 안 될 것입니다. 자칫 모두가 위험해질 수 있다는 점, 천 선배께선 명심하셔야 합니다."

혹시 모를 행동에 쐐기를 박는 유지화였다.

"끙……. 그거야…… 알겠네."

"작전은 언제라도 상황에 따라 변할 수 있다는 점 항상 생각하시고, 죄송합니다만 한 시진 후에 출발할 것입니다. 그때까지라도 편히 쉬시길."

2

먼지 떨어지는 소리도 들릴 정도로 고요한 밀영각의 이층 내실.

동방설리의 눈이 반짝일 때마다 앞에 앉아 있는 자들의 눈들 또한 반짝였다.

"가지를 치며 몸통을 흔들어 뿌리가 나오게 해야 합니다. 물론 많은 피가 흐를 것이나, 워낙 단단히 박힌 뿌리인지라 직접 뿌리를 캔다는 것은 불가능한 상황. 어쩔 수 없음을 이해하시고 괘념치 마십시오."

아름다운 옥음 속에는 차가운 얼음의 결정이 맺혀 있었다.

"여러분들이 제출한 계획 중 채택된 계획에 따라 진행될 것이나, 중간중간 상황에 따라 조금씩은 틀어질 수도 있을 겁니다. 그때는 지체 없이 연결되는 차선의 계획을 세워야 합니다."

주욱 둘러보는 동방설리의 눈이 굳은 결의로 다져져 있다.

"첫 번째 가지를 치기 위해 무검단이 출동합니다. 정보 수집과 분석에 최선을 다해주시기 바랍니다."

"알겠습니다, 각주!"

밀영사들이 조용히 일어나 밖으로 나가자 동방설리는 다 식은 찻잔의 연화차를 입에 가져다 댔다.

'곧 오대세가와의 회동이 있을 것이다. 나는 그들에게 약속을 했다. 그런 만큼 이번 일에는 구파가 앞장서게 될 것이다. 상황이 좀 더 오대세가에게 유리하게 흐르기 위해선 구파의 피가 더 필요할 테니까.'

빈 찻잔을 내려놓는 동방설리의 손이 가늘게 떨리고, 입술이 지그시 깨물렸다.

'설리야, 설리야, 용기를 내라! 악을 괴멸시킬 때까지는 어차피 너의 가슴에 피가 마르지 않을 것이다.'

*　　　　*　　　　*

“군사의 계획에 따라 우리의 출정이 조절될 것이다. 아우는 군사의 명령이 조금 이상하게 흐른다 해도 일단은 철저히 따라야 할 것이다. 절대 조급한 마음은 갖지 말도록.”

남궁환의 나직하면서도 힘이 실린 말에 남궁수는 조금 불만이 있기는 했지만 따르지 않을 수 없었다. 그 역시 세가의 부흥에 주역이 되고 싶은 마음은 굴뚝같았던 것이다. 하지만 현실은 냉정히 바라봐야 한다. 세가가 부흥한다는 것, 그것은 곧 구대문파의 쇠락을 말하는 것이니. 혈왕궁과의 싸움에서 구대문파의 피가 많이 흐를수록 세가에는 유리하게 작용하는 것이다. 그야말로 남의 피가 나의 살이 되는 상황인 것이다.

“하나…… 결정적인 일에서는 결코 물러나지 않아야 할 것이네.”

명예는 취하라는 말. 남궁수의 입가에 실같은 미소가 물렸다.

“명심하겠습니다, 가주 형님…….”

*   *   *

“한 시진 후에 잠입한다.”

무림련 총단이 내려다보이는 우두봉의 바위틈에서 음울한 목소리가 새어 나왔다.

다섯 명의 형제를 대동하고 천당봉 서쪽 우두봉에 도착한 것은 이틀 전, 형제들을 보내 무림련의 경비 상황을 면밀히 살핀 사한은 마침내 기회가 왔음을 본능적으로 느끼고 있었다. 무검단이 이십 명씩 조를 이뤄 빠져나가느라 경비 상태가 전체적으로 흐트러진 모습을 보이고 있었다.

55

예전에 비해 훨씬 삼엄해진 경비 상황이 발목을 잡고 있었거늘, 언제 또 지금과 같은 기회가 올지 알 수 없는 것이다.

한 시진 후면 석양이 질 것이다. 그때가 사람들의 감각이 최대한 무뎌질 때라는 것을 사한은 어릴 적부터 귀에 못이 박히게 교육받아 왔었다. 그리고 이제는 자신이 배우고 익힌 모든 능력을 아낌없이 끌어내야만 할 때가 되었다. 그동안 드러내지 않고 숨겨놨던 모든 것을. 그래야 형제들이 혈왕궁의 마수에서 벗어날 수 있을 테니까.

조용히 품에서 빼낸 한 자 반 길이의 날카롭고 폭이 좁은 사령검을 바라보는 사한의 눈이 새파랗게 빛을 발했다.

'형제들을 구하고 나면 그때부터다. 놈들……. 이백일곱 원귀의 한을 받아내리라! 기다려라…….'

'꼴에 신중하기는…….'

우두봉에서 백여 장 떨어진 숲 속, 아름드리 거목의 갈래진 나뭇가지 사이에 몸을 누이고 있던 혈미조는 아미를 찌푸리며 입술을 비틀었다.

도착하자마자 부산을 떠는 것이 금방이라도 실행할 것 같았다. 그런데 검은 복면을 한 수하들만 움직일 뿐 사한이라는 놈은 꼼짝을 않는 것이 아닌가. 그러더니 이틀을 그대로 흘려 버리고, 무림련에서 수백 무사들이 줄줄이 빠져나가자, 그때서야 움직일 준비를 하고 있었던 것이다.

일개 살수문인 사혼곡의 살수치고는 제법 기회를 탈 줄 아는 놈이었다.

'흥! 지가 무슨 살왕이라도 된다고…….'

우두봉의 바위틈을 노려보던 혈미조의 눈꼬리로 가느다란 욕정의 눈빛이 스쳐 지나갔다.

'그래도 몸은 제법 잘 빠졌던데……. 그냥 죽게 놔두기에는 아깝단 말이야. 호호호!!'

무료함에, 문득 전에 훔쳐보았던 사한의 벗은 몸이 생각나는 혈미조였다.

*　　　*　　　*

어깨가 저려온다.

힘줄마저 끊겨 버려 힘을 쓸 수 없는 어깨가 아파올 때마다 가끔씩 그 사람의 얼굴이 떠오른다.

강하기만 한 사람, 한없이 깊은 두 눈에는 한 점 욕망도 보이지 않던 순수한 사람. 자신이 쓰러질 때 차마 손을 댈 수 없어 곤으로 받쳤다는 말을 듣고 동방설리는 하마터면 자지러질 뻔했다. 외숙부는 아물어가던 등의 상처가 다시 터지는 줄도 모르고 웃었으니…….

피식!

이제는 잊어야 할 사람…….

무검단이 떠나갔다. 일차 목표인 흑곡과 혈정곡을 치기 위해.

이제 첫발을 디딘 것이다.

나머지 삼 단이 마저 조직되면 혈왕궁의 힘이 아무리 강해도 충분히 상대할 수 있으리라. 그때까지는 최대한 놈들의 힘을 약화시켜야 한다.

계속 치다 보면 놈들이 언젠가는 참지 못하고 도발을 할 것이다. 그

57

때 일거에 쓸어버려야 한다, 물러설 틈도 없이.

문제는 십정이 은거를 깨고 나와주어야 하는데……. 그래야 수뇌부를 상대하기가 편해지는데…….

가능성은 반밖에 되지 않는다는 것이 동방설리의 마음을 무겁게 짓누르고 있었다. 하긴, 그래 봐야 자신들의 제자와 사손들이 피를 더 많이 흘리는 결과만을 가져올 뿐이지만.

눈을 반쯤 감은 채 훗날에 벌어질 대회전에 대해 생각하자 가슴이 싸늘하게 식어간다. 자신이 계획한 대로 흐르다 보면 필연적으로 일어날 상황이다. 하지만 동방설리는 결코 후회하고 싶은 생각이 없었다.

'어차피 피할 수 없는 상황이라면…….'

부르르 떨리는 어깨를 주무르며 창밖을 바라보자, 저 멀리 우두봉 허리 어름으로 석양이 내려앉고 있었다. 붉게 타오르는 태양이……. 그래서인지 봉우리의 바위틈에서 미끄러지듯 빠져나오는 여섯 개의 그림자는 볼 수가 없었다.

"숙부님들……."

"말씀하시오, 소공녀."

천장에서 작게 울리는 답이 들리자 동방설리는 약간 굳은 음성으로 입을 열었다.

"앞으로 많은 일들이 있을 것입니다. 부디 조심들 하세요."

"우리 걱정은 마시구려."

그저 자신으로 인해 빙혼마령수에게 죽어갔던 숙부들이 생각나 염려의 마음으로 던진 말이었다. 단순히…….

孤影　第三章

1

석양마저 넘어가 버리고 살짝 치켜뜬 달마저도 구름에 먹혀 버리자 어둠이 온 세상을 삼켜 버렸다.

야조조차도 길을 잃을 정도로 어두운 밤, 어둠을 뚫고 열일곱의 검은 그림자가 고요에 물든 관도를 질주하고 있었다. 그야말로 날아가는지 달려가는지 모를 정도로 빠른 속도였다.

"시원하구만!"

천우만이 가슴이 탁 트이는 구릉 아래를 내려다보며 한 소리 내질렀다. 그러자 뒤따르던 위경리가 슬쩍 째려봤다. 다행히 어둠으로 인해 눈빛을 감지하지는 못한 듯 천우만은 진고영의 뒷모습만 보며 달려갈 뿐이었다. 용기를 얻은 위경리가 육정기를 쳐다보며 천우만을 손가락질했다.

"저 양반 요즘 너무 나가는 거 아니냐?"

“그러게 말입니다. 진 아우 앞세우고는 아주 신이 났구만요.”

그때였다.

“손가락 치워라, 좋게 말할 때. 뿐지러지고 나서 후회하지 말고.”

천우만이 귀신같이 눈치채고는 칼날 같은 구공을 날린다.

“헉!”

어떻게?

미처 몰랐다. 구름이 흩어지며 살짝 내민 달로 인해 땅에 옅은 그림자가 비춰지고 있었던 것이다.

그렇게 삼십여 리를 더 달려가자 예릉이 보였다. 이제부터는 천은산장의 중심 세력권으로 들어가게 된다. 주주까지 이백여 리, 상담까지는 사백여 리가 남은 것이다.

적들의 눈을 피하기 위해 마을 안으로 들어가지 않고 우회해서 예릉을 지나쳐 갈 때였다. 앞서 가던 진고영이 눈빛을 빛내더니 서서히 걸음을 늦추기 시작한다. 그러자 천우만이 의아한 표정으로 진고영을 바라보았다.

“무슨 일인가?”

“아무래도 천은산장의 무리들 같습니다.”

“엉? 어디?”

“삼백 장 앞, 숲 속에 백여 명이 모여 있습니다.”

“삼… 백 장? 백 명?”

되새기며 묻는 천우만의 눈이 놀람으로 크게 뜨였다. 그러자 위경리가 한마디 덧붙여 묻고,

“어느 정도의 놈들 같은가?”

“미친놈…….”

천우만은 별 미친 소리 다 듣는다는 듯 위경리를 꼬나봤다.

저 먼 거리에 있는 적들의 숫자를 안다는 것조차 절정고수라 해도 불가능한 일이거늘, 뭐? 어느 정도? 한데… 왜 다들 아무 말도 않고 당연하다는 눈빛이지?

"상당한 자들이 섞여 있습니다. 그중에서도……."

잠시 걸음을 멈추고 앞을 노려보던 진고영.

"십여 줄기의 기운이 조금 이상합니다."

"뭐, 뭐야?"

휘청! 하마터면 넘어질 뻔한 천우만을 보는 위경리의 눈에 고소하다는 표정이 확연하다.

"거 모르면 가만하나 있으시지……. 그런데 뭐가 이상한데?"

"딱히 마기라 칭할 수는 없습니다만… 아주 강력한 기운입니다. 끈적끈적한 기운……. 천루동의 마인들과 비슷합니다만 그렇다고 같은 기운은 아닙니다."

"헉! 천루동의 마귀들이라고?"

지레 놀란 육정기가 크게 소리치자 진고영의 입가에 씁쓸한 미소가 물렸다.

"움직이고 있습니다. 아무래도 우리를 인식한 것 같습니다."

"잉? 이…… 육가야, 너 언제고 그놈의 목소리 때문에 일 한번 치를 줄 알았다. 에혀."

위경리의 핀잔에 육정기가 어깨를 움츠리며 한마디 했다.

"아, 그거야…… 어차피 부딪칠 놈들 아니었소? 까짓것 한번 붙어버리지 뭐."

"유 장주님이 볼 땐 저들이 선발대 같습니까, 아니면 지원대 같습니까?"

진고영의 물음에 유지화가 두어 걸음 앞으로 나오더니 어둠에 묻힌 숲을 바라보았다.

"글쎄, 조금 이상하긴 하군. 선발대라고 보기에는 너무 뒤처져 있고, 지원대라고 하기에는 너무 빠른 움직임이네."

"그렇다면 혁련유천이나 공손곽에게 무언가 꿍꿍이가 있다고 봐야겠군요."

"음……."

예상을 빗나간 움직임이었다. 하지만 그들 중 누구도 정확한 상황을 알 수는 없었다. 정확히 판단하기에는 정보가 미흡한 것이다.

"일단 부딪쳐 보고 나서 판단하기로 하지."

위경리가 굳은 목소리로 말하자 육정기가 크게 고개를 끄덕였다.

"내 말이 그 말이오!"

"조심하셔야 합니다. 놈들의 전력이 결코 만만치 않습니다."

"알겠네!"

그간 심심하던 차에 잘됐다는 듯 육정기가 청망검을 움켜쥐고 먼저 앞으로 나섰다. 그러자 방거산이 재빨리 그 뒤를 따른다. 물론 호난연과 함께.

2

만락산은 예릉을 앞두고도 숲 속에서 유숙을 해야 한다는 것이 불만

일 수밖에 없었다. 물론 풍령대 백여 명이 모두 예릉으로 들어간다면 사람들의 이목을 끌 수밖에 없으니 계획에 차질이 생길 수가 있었다.

그렇다고 자신까지 유숙을 해야 하다니……. 천하의 풍령마도(風靈魔刀) 만락산이. 더구나 저런 기분 나쁜 놈들까지 데리고 말이다.

저놈들, 백령곡 반혈동의 열두 마리 괴물, 자신이 아는 것은 그것뿐이다. 굳이 더한다면 저들의 능력이 결코 자신보다 크게 떨어지지 않는다는 것 정도랄까.

하지만 저 괴물들을 이끄는 놈은 만락산도 잘 알고 있는 자다. 역시 기분 나쁜 놈인 건 마찬가지지만.

유혼비자(幽魂秘者) 신헌상, 우내십팔마 중의 하나이며 정확한 정체는 아무도 모른다고 알려진 인물.

십여 년 전, 장강을 무대로 수적질을 일삼던 우룡채 수적 일백팔십 명을 심장 없는 시체로 만들고는 어느 날 갑자기 사라진 자였다.

한데 온몸에서 흐르는 기괴한 기운이 공연히 소름이 돋게 만든다.

만락산은 그것이 기분 나쁜 것이다. 감히 풍령마도를 기운만으로 긴장하게 만들다니…….

"제기랄……. 응?"

불만 섞인 탄식을 하던 만락산의 눈이 반짝 빛을 발했다.

분명 무슨 소리가 들렸다. 그것을 증명이라도 하듯 신헌상의 실 같던 눈이 뜨이는 게 보였다. 그러자 옆에서 죽은 듯 아무런 움직임도 없이 앉아 있던 괴물들이 스르륵, 유령처럼 몸을 일으킨다.

"뭐요?"

"자네도 들었지 않나?"

"듣긴 했소만, 그렇다고 사람 소리 날 때마다 매번 대응을 할 수는 없잖소?"

"아이들이 긴장하고 있네. 그게 무슨 말인 줄 아나? 누군지 모르지만 강한 자라는 말이네, 그것도 매우."

"하지만 우리들은 남들의 눈에 안 뜨이게 움직여야 하오. 신 선배는 군사의 계획을 망칠 생각이오?"

"우리가 움직이지 않아도 저들이 우리를 찾아올 것이네. 설마 이대로 앉아서 당할 생각은 아니겠지?"

"아니, 누가 감히 우리의 힘에 대항할 수 있단 말이오?"

만락산이 불쾌하다는 투로 비꼬듯 말을 내뱉을 때였다. 신헌상이 땅에 귀를 갖다 대더니 곧바로 고개를 들고 벌떡 일어섰다.

"이백 장! 빠른 속도야!"

"뭐요?"

그제야 만락산도 심상치 않음을 느꼈는지 몸을 일으키고는 수하들을 둘러보았다. 두 사람의 말을 들었는지 수하들이 일어서고 있는 게 보였다.

"조심해! 온다!"

신헌상이 가늘면서도 날카로운 대갈을 터뜨릴 때였다.

촤라락!

숲이 갈라지는 소리와 함께 몇 개의 시커먼 인영이 쇄도해 온다.

"감히!!"

만락산이 재빨리 도를 잡아가며 노한 외침을 토하고,

"감히는 개뿔!!"

한 소리 비꼬는 소리와 함께, 번쩍! 커다란 검영이 온몸을 내리 쪼갤 듯이 덮쳐 온다.

쾅! 쩌정!

내려치는 청망검과 올려 막던 풍령도가 중간에서 부딪치며 굉음이 터졌다.

주르륵…….

물러선 만락산이 창백한 안색으로 앞을 노려보자, 허공에서 공중제비를 돌며 내려선 육정기가 큰 소리로 물었다.

"천은산장의 개들이냐?"

"네놈은 누군데 감히 본 장을 모욕하는 것이냐?"

"천은산장이 맞네, 뭐. 그럼 시작해 보더라고요!"

만락산의 말쯤은 상대할 가치도 없다는 듯, 거대한 인영이 육정기의 머리를 타 넘더니 만락산을 향해 무식하게 생긴 쇠몽둥이를 휘둘러 간다. 그러자 한 마리 호랑나비가 그림자처럼 뒤따른다.

"어? 그건 내 거야, 이놈아!"

"이런……. 개 같은……!!"

육정기의 말에 만락산은 귀에서 연기가 날 지경이었다. 대체 저놈들이 누구길래 감히 자신을 가지고 논단 말인가!

'뭐라? 내 거?'

"타앗! 아싸!"

미처 화를 낼 시간도 없이 방거산이 기합(?)과 함께 한 자루 거대한 쇠몽둥이로 머리를 내려쳐 오자, 만락산의 창백한 안색이 시커멓게 물들어 버렸다.

쾨콰콰!! 쩌저저저…….

풍차처럼 휘둘러 오는 몽둥이, 갈지자를 수십 번 그어 겨우 막아내는 풍령도. 순식간에 수십 번의 부딪침이었다. 그나마 뒤에 서서 낭군의 싸우는 모습을 흥미롭게 바라보고 있는 호난연이 끼어들지 않고 있는 것이 만락산으로선 천만다행이었다.

한쪽에서 두 사람의 싸움을 흘낏 바라보던 신헌상은 숲 바깥에서 몇 사람이 빠르게 들어오고 있는 것을 보고 이를 지그시 깨물었다.

'하나하나가 보통 놈들이 아니다. 대체 저놈들은 누구란 말인가? 하나 네놈들은 오지 말아야 할 곳을 왔다. 후후후…….'

"놀랍군, 놀라워. 이런 곳에서 유혼비자를 보다니. 하마터면 누군지 몰라볼 뻔했군."

위경리가 흥미롭다는 투로 입을 열자 뒤에서 유지화가 긴장한 채 소리쳤다.

"위 선배님, 일단 저놈들부터 제압하고 대화를 나누시죠!"

"어? 이런, 내가 뭐 하는 거야?"

눈을 부릅뜬 위경리가 신형을 날려 신헌상을 덮쳐 갈 때, 이미 다른 사람들은 일백 풍령대의 머리 위에 떨어져 내리고, 오직 진고영만이 신헌상의 뒤에 유령처럼 서 있는 열두 명의 괴인을 바라보고 있었다.

'이자들, 천루동의 마인들과 비슷한 기운…….'

진고영은 눈앞의 괴인들이 매우 위험한 존재라는 것을 직감할 수 있었다.

유혼비자 신헌상은 위경리가 맡는다 하지만, 이자들은 위경리라 해도 둘을 상대할 수 있을지 자신할 수가 없을 정도였다.

슬쩍 상황을 둘러보았다.

괴인들을 자신이 맡는다는 말에, 천우만을 필두로 모두가 청의를 입은 무사들에게 달려들고 있었다. 제법 강해 보이는 자들이지만 절정고수를 감당할 수준은 아니었다. 숫자가 많아 위험한 경우가 생길 수는 있을지 모르나, 그것은 시간이 흐른 다음의 일이었다.

더구나 저들의 우두머리로 보이는 자를 방거산 부부가 정신없이 몰아치고 있으니…….

잠깐 사이에 생각을 정리한 진고영은 허리의 도를 잡아갔다. 그러면서 한 걸음. 주욱, 늘어지는 신형에서 번쩍! 한줄기 빛이 어둠을 갈랐다.

가가각!

맨앞에 있던 괴인이 미처 뒤로 물러서기도 전에 한줄기 빛이 가슴을 가르며 기이한 소음이 울린다.

"역시…….”

우려했던 결과라는 듯 진고영의 음성이 나직하게 깔렸다.

도기만으로 시험해 보았다. 그런데 옷만 잘라졌을 뿐, 신체에는 긁힌 자국도 남지 않았다. 결국 도기만으로는 안 된다는 말이다.

우웅!!

무명도에서 흐릿한 공명음이 일더니, 어둠보다 더 시커먼 도강이 숏아오른다. 그러자 진고영을 둘러싸고 다가오던 괴인들의 눈빛이 가볍게 흔들렸다.

"커억!"

"으악!"

비명이 사방에서 터져 나오기 시작하고, 검강 도강이 어둠 속에서 번뜩인다. 풍령대의 가운데로 뛰어든 사람들이 사정을 두지 않고 손을 쓰고 있었다.

흐느적거리는 천우만은 곰방대로 사정없이 풍령대 무사들의 머리를 휘갈기고, 이수양이 손을 뻗을 때마다 눈을 부여잡고 목을 부여잡고 비명을 지르며 쓰러진다. 하지만 괴인들은 다른 자들이 죽어가든 말든, 오직 진고영만을 향해 달려들었다.

순간이었다. 진고영의 신형이 흐릿해지는 듯하더니 눈앞에서 사라져 버렸다.

달려들던 괴인들이 어리둥절해하고 있을 때, 허공에서 흑룡의 비늘이 쏟아져 내린다.

콰과과과…….

백린도(百鱗刀)의 도결이 대연일기공을 바탕으로 펼쳐지고 있는 것이다.

수백 개의 도강 비늘이 전신을 찢어발길 듯이 쏟아져 내리자 괴인들은 우왕좌왕하며 손을 흔들어댔다.

쩌저저정!!

육신과 부딪치는 거라 믿을 수 없는 소리가 들리고, 분분히 뒤로 물러나는 괴인들의 입에서 괴로움 섞인 비음이 새어 나온다.

"끄으으으……."

하지만 그뿐이었다.

너덜너덜해진 옷 사이로 보이는 육신에는 가늘게 긁힌 자국만 남아 있을 뿐이다. 그나마 비음을 흘리는 것으로 보아 내부에 약간의 타격을 받은 듯하다.

마치 그럴 줄 알았다는 듯, 땅으로 내려선 진고영의 신형이 좌우로 흔들리며 괴인들의 가슴으로 스며들었다.

다섯 자 거리, 괴인들의 들어 올려진 손에서 푸르스름한 안개가 일렁인다. 그러자 무명도의 도첨이 빙글 돌면서 파란 안개를 휘어 감았다.

순간, 묵광이 도의 날을 타고 흐르더니, 그대로 손을 타고 올라가 괴인의 목을 휘어 감아버렸다.

츠츠츠……

강력한 타격에는 견디는 것도 베는 칼날에는 못 견디는 법이다.

물구나무서듯 신형을 날린 진고영의 도가 순식간에 목을 휘돌아서 베어버렸다.

"끄억!"

처음으로 신음이 터지더니 핏줄기가 솟구친다.

"아! 헛!"

한쪽에서 그 상황을 지켜보던 유지화가 탄성을 터뜨리다 말고 경악성을 발한다.

괴인이 피가 솟구치는 목을 하고서도, 돌아서며 진고영을 향해 달려들고 있는 것이다.

진정 사람이 아닌 괴물들이란 말인가!

"타아!"

찰나, 뒤로 날아 내리던 진고영의 도가 뇌전이 되어 내려쳐졌다!

쩌적! 쾅!

"끄으으……."

더는 견딜 수 없었나 보다. 머리가 반쯤 잘라진 괴인이 눈을 뒤집으며 그대로 뒤로 넘어간다. 그러자 진고영의 신형이 괴인을 타 넘어 달려드는 다른 괴인을 향해 빗살이 되어 쏘아져 갔다.

부딪치기 직전, 양유대력이 실린 좌수가 괴인의 두 팔 사이를 미끄러져 가더니 가슴에 일장을 찍고,

쾅!

우수의 도가 옆쪽에서 달려드는 괴인의 목에 뇌전을 심어버렸다.

쩌적!

훌훌 날아가는 자를 보지도 않고 삼 장 허공에 몸을 띄운 진고영의 무명도에서 묵금빛이 어리기 시작했다.

'최대한 빨리 끝낸다!'

마침내 수천제마력을 끌어올린 것이다.

그러자 괴인들의 눈빛이 격렬하게 흔들리기 시작했다. 두려움, 공포, 생전 떠오를 것 같지 않던 눈빛이 괴인들의 눈에 떠오르고 있었다.

"크아!!"

두려움을 떨치려는 듯, 푸르스름한 기운이 서린 쌍수를 앞세우고 대여섯 명의 괴인이 한꺼번에 신형을 날려 달려들었다.

그러자 한쪽에서 지켜보던 유지화가 대경해 소리쳤다.

"조심!!"

안 되겠는지 뒤처진 괴인 하나를 향해 신형을 날리는 유지화의 두 손에서 은은한 백광이 뿜어져 나왔다.

귀원선법에 바탕을 둔 백옥수. 자신의 독문수법, 단단한 암석조차 두부처럼 파고드는 절정의 수공을 펼친 것이다.

번개처럼 신형을 날린 유지화의 백옥수가 괴인의 옆구리를 그대로 가격했다.

퍽! 콰직!

뼈가 부러지는 소리.

하지만 유지화는 뭔가가 잘못됐다는 것을 느끼고, 나아갈 때보다 더 빠르게 물러났다.

순간 시퍼런 손 하나가 얼굴을 몇 치 차이로 스치고 지나간다.

'흡!'

숨을 삼키는 유지화의 얼굴이 창백하니 굳어져 버렸다. 스쳐 지나간 자리가 불에 데인 듯 따갑게 느껴진 것이다.

남들에게 내보이진 않았어도 스스로가 능히 절정의 고수라 자부했건만, 대체 저 괴물들은 뭐란 말인가!

전에 위경리와 육정기 등이 천루동의 마인들을 말할 때 너무 엄살을 부리는 것이 아닌가 생각했었다. 한데…….

유지화가 믿을 수 없다는 듯 망연한 표정을 짓고 있을 때였다.

오금을 저리게 하는 기운이 하늘에서 쏟아져 내린다.

견딜 수 없는 위압감에 급히 고개를 들고 우측 하늘을 바라보았다.

진고영은 유지화가 괴인에게 달려들어 한 수 가격하다 급히 물러가는 것을 보고 더 이상 지체할 수 없다는 것을 느꼈다.

신형을 날려 다가오는 괴인은 다섯. 수천제마력이 가득 실린 무명도를 치켜들더니, 삼 장 발 아래 대지를 찢어발길 듯 내려쳐 버렸다.

일순간! 어둠이 숨을 죽이고,

츠츠츠…… 후우웅!

한줄기 금빛 선이 갈래갈래 갈라지더니 그물처럼 사방으로 퍼져 나간다. 포혼망겁(捕魂罔劫)!

달려들던 괴인들의 눈이 암울한 공포로 물들고, 덮쳐 간 금빛 그물이 다섯 괴인을 휘감아 버렸다.

"끄으으아!!"

"케에엑!"

처음으로 비명다운 비명이 터진다, 공포에 가득 찬 비명이!

자기 병에 금이 가듯 쩌저적 갈라진다. 얼굴이, 가슴이, 팔다리
가…….

붉은 피가 전신에서 뿜어지자 하늘에서 혈우가 내린다. 괴인들의 시
뻘건 몸뚱이도 떨어져 내린다.

털썩! 쿵!

한데…… 맙소사! 그럼에도 떨어져 내린 괴인들이 꿈틀대며 일어서
려 한다. 팔다리를 덜렁거리며.

파앗!

순간, 뒤따라 땅을 밟은 진고영의 신형이 다시 쇄도해 들어가며,

"뇌락절혼겁(雷落切魂劫)!"

쩌저저저!!

내려치는 도에서 금빛 뇌전이 떨어져 내리자, 어둠이 세로로 쩍 벌
어지며 갈라지고,

촤촤촤!!

쓸어가는 도에서 금빛 칼날이 길게 늘어지자 허공이 양단되어 버린
다.

그곳! 어둠이 벌어지는 곳에서 괴인들의 얼굴도 벌어지고 있었다.

갈라진 허공 저쪽에서도 괴인들의 허리가 꺾여 뒤로 무너져 버린다.

그야말로 눈 한 번 깜박일 시간도 되지 않아 일어난 일이었다. 오죽
했으면 유지화가 탄성을 터뜨릴 시간도 없을 정도였다.

그렇게 미처 놀랄 사이도 없이 진고영의 신형이 다시 튀어 오른다.

아직도 여섯이 남은 것이다.

신헌상은 위경리와 일진일퇴를 하며 공방을 벌이다가 놀라 눈이 튀

어나올 뻔했다. 앞에 위경리가 없었다면 주저앉았을지도 모를 지경이
었다.

자신이라도 둘을 감당할 수 없는 반혈인들이 속절없이 무너지고 있
는 것이 보였다. 그것도 강철보다 더 단단하다는 신체가 토막토막 잘
라진 채.

저들을 데리고 가는 이유가 대풍운보의 수뇌들을 처치하기 위해서
였다. 경각심을 가지기도 전에 은밀히 접근해서 일거에 죽이려 한 것
이다.

주군과 군사가 특별히 계획한 비밀 계획이었다. 설사 백리단황이 직
접 온다 해도 자신이 있었다. 한데… 그런 반혈인들이, 정체도 알 수
없는 커다란 키의 젊은이가 휘두르는 도에 무너지고 있는 것이다.

젊은 자로 저 정도의 신위를 보일 수 있는 자가 있다는 말은 들어본
적이 없다.

아! 한 명 있다. 하지만 그는 곤을 쓰는데……. 헉!

신헌상은 시커먼 현고기령을 앞세우고 달려드는 위경리를 자세히
바라보았다.

"장절 위경리?!"

"흥! 이제야 눈치채다니, 네놈도 어지간히 둔한 놈이로구나!!"

"그, 그, 그럼? 저자는?!"

"우하하! 미친놈! 그럼 저만한 고수가 신협 말고 누가 있단 말이냐?"

그랬다. 곤이 없다고 신협이 아니라 할 수 없는 것이다. 이런……!

주춤 물러서는 괴인들 사이로 뛰어든 진고영의 금광 어린 좌수에서
붉은 불꽃이 일렁이더니 시퍼런 팔을 휘두르며 발악하는 괴인의 가슴

을 찍어버리고,

"끄악!"

반탄력을 이용해 빙글 돌며 우수의 묵금빛 서린 무명도를 휘두르자, 뒤로 물러서며 도망가려는 괴인의 목젖이 그대로 잘라져 버렸다.

"켁!"

물러서는 괴인들의 눈이 반쯤 풀어져 있다.

푸들거리는 안색이 어둠보다 더 시커멓게 죽었다. 수천제마력의 기운이 그들의 내부를 뒤흔들어 버린 것이다.

주춤주춤, 이미 달려들 의지를 상실한 괴인들을 바라보던 진고영이 도를 움켜쥐고 이를 악물었다.

찰나, 흐릿한 잔영이 네 갈래로 갈라지더니, 삼 장 밖 괴인들의 머리 위에서 합쳐지기 시작했다.

이 장 위 허공, 괴인들은 본능에 반응해 머리를 들고 위를 쳐다본다. 순간, 그들은 무엇을 보았는지 온몸을 부들부들 떨기 시작했다.

으으으…… 저것은…….

제석천의 얼굴인가, 아수라의 얼굴인가?

진고영의 무명도에서 환한 묵금광이 회오리치며 휘돌자, 그 한가운데에서 하나의 얼굴 형상이 나타나기 시작한 것이다. 하지만 그것은 찰나의 시간, 쫙 퍼지며 덮쳐 오는 묵금빛 뇌전이 공포에 질려 물러서는 네 괴인의 전신을 관통하며 지나가 버렸다. 제마참혼겁(制魔斬魂劫).

웅웅웅…… 후우웅…… 쩌저저적!

뒤로 물러서는 괴인의 다리가 잘라지고, 고개를 돌리는 괴인의 목이 미끄러지며 떨어진다.

도망가려 몸을 트는 자는 허리 위쪽만이 돌아갈 뿐이고, 다리는 여전히 앞을 향해 있다. 허리 아래로 잘려진 채 분수처럼 피를 뿜으며…….

난도분시, 그 말 이상 더 정확히 설명할 말이 없다.

멍하니 지켜보던 유지화의 얼굴조차 공포에 물들었다.

'뭐, 뭔가? 좀 전에 그것은……! 악마인가? 제석천인가?'

분명 무언가를 보았다.

비록 찰나간이었지만 사찰을 지키는 천왕상의 형상 같기도 하고 아수라의 얼굴 같기도 했다. 분명한 것은 너무도… 공포스럽게 느껴진다는 것이다. 다시는 마주 보고 싶지 않을 정도로.

고개를 돌려 진고영을 쳐다보자 뒤돌아선 그의 모습이 마치 태산보다 더 크게만 보인다. 하지만…….

'조금 무리를 했나? 후우……. 아직도 구겁전도를 내 마음대로 펼칠 수 없다니……. 진정 수천제마력이 십단계에 이르러야만 한단 말인가?'

조용히 서서 내력을 휘돌리는 진고영의 표정은 어둡기만 하다.

신헌상의 얼굴은 창백하다 못해 시퍼렇게 죽어 있었다.

앞에서 무지막지하게 공격해 들어오는 위경리 때문이 아니다. 위경리가 아무리 장절이라지만 자신의 무공도 결코 그에 못지않았다.

조금 전, 자신의 혼벽장과 위경리의 현고기령이 정면으로 격돌하고, 콰쾅!

주르륵 세 걸음 물러난 신헌상의 눈에 보인 것, 그것은 반혈인들이 잘라져 나가는 모습이었다. 웬만한 강기에도 견딜 수 있을 정도의 단

단한 몸이, 묵금빛 빛줄기가 스치고 지나가자 짚단처럼 베어져 넘어가
고 있었다.

'세상에! 반혈인 열둘을 홀로 상대할 수 있는 사람이 있다니……'

도저히 믿을 수 없는 광경을 보면 사람들은 자신도 모르게 힘이 빠
지고 몸이 굳는다. 지금 신헌상의 상태가 그러했다.

위경리가 혼신의 힘으로 밀고 들어오는데 그는 움직일 수가 없는 것
이다. 마치 공황중에라도 걸린 것처럼.

현고기령이 가득 실린 우수로 신헌상의 우수를 비켜 쳐내고, 좌수로
옆구리의 허점을 쳐오건만 반응이 늦어진 신헌상은 막을 수가 없었다.

픽!

시커먼 좌수가 손목까지 박힐 정도로 신헌상의 옆구리를 강타하고,

콰직!

여유를 얻은 우수가 어깨의 빗장을 부러뜨려 버렸다.

"크억!"

나뒹굴며 비명을 토하는 신헌상의 입에서 피분수가 솟구친다. 그것
을 바라보는 위경리의 얼굴에 안도의 표정이 떠올랐다.

강했다. 강해도 너무 강했다. 만일 주위 상황과 관계없는 싸움이었
다면 승리를 장담할 수 없을 정도였다.

그런데 나가떨어진 신헌상이 일어서려는 것이 보인다. 위경리가 마
지막을 장식하려는 듯 가까이 다가가려 할 때였다.

"위 선배님, 그를 죽이지는 마십시오!"

다급한 유지화의 목소리가 귓전에 울렸다.

"응? 그래? 그래도……"

스윽, 미끄러지듯 몸을 날린 위경리가 신중하게 신헌상의 마혈을 건

어차 버렸다. 그대로는 안심할 수가 없었던 것이다.

한편 만력산은 방거산의 풍차 같은 쇠몽둥이만 해도 정신이 없을 지경이었다. 하지만 자신이 누구인가? 풍령마도 만력산이 아닌가. 저까짓 쇠몽둥이쯤은…….

시간이 지나면서 어느 정도 여유를 되찾은 만력산이 반격을 가하기 위해 이를 악물었을 때였다.

"호호호! 저도 함께 놀아요!!"

한쪽에서 구경만 하던 커다란 체구의 여인이 달려드는 것이 아닌가?

그런데 이게 또 장난이 아니다!

뻗어내는 솥뚜껑 같은 손에서 광풍이 몰아친다. 게다가 움직이는 모습은 한 마리 나비처럼 유연하기 짝이 없다. 그가 어찌 알까, 호공탁조차 어려워하는 사람이 호난연이라는 것을.

'젠장!'

십여 초식을 더 버텨보지만 내려쳐 오는 쇠몽둥이가 점점 무겁게 느껴지고, 휘둘러 오는 나비의 날갯짓이 더욱더 거세져만 간다. 그러다 결국…….

따다당! 퍽! 쾅!

"커억!!"

앞뒤로 일곤 일장을 두들겨 맞고 그 자리에 주저앉아 버렸다. 그나마…….

쾅!

다시 한 번 내려쳐진 쇠몽둥이에 머리를 정통으로 얻어맞고 별 고통 없이 세상을 끝내 버려 다행이었다.

"헉! 헉! 그놈, 드럽게 힘 좋네……."

숨을 거칠게 내쉬던 방거산은 고개를 돌려 호난연을 바라보고 씩 웃었다.

마치, '내 마누라 최고!' 라고 외치고 싶은 것을 참고 있는 것만 같았다.

신헌상이 잡히고 만력산이 죽어버리자, 강력하게 버티고 있던 풍령대가 무너지기 시작했다. 숫자는 일백이지만, 하나같이 추령검위를 상회하는 자들이었다.

사람들은 천은산장에 삼단 외에도 이러한 무력 단체가 또 있다는 것을 전에 사마중안에게서 들은 바가 있었기에 그다지 놀라지는 않았지만, 가슴속이 서늘해지는 것은 어쩔 수가 없었다.

처음에 공격해 들어갈 때 만해도 이십여 명의 적을 순식간에 몰아쳐 베어버렸다. 해서 손쉽게 제압할 수 있으리라 생각했던 것이다. 더구나 어둠이 깔린 밤은 고수들에게 더욱 유리한 환경이었으니…….

한데, 시간이 갈수록 전열을 정비하더니 연수합격으로 덤벼들자, 상황이 만만치 않게 변하기 시작하는 것이었다. 심지어 절정고수들도 칠팔 명을 상대하기가 쉽지 않았던 것이다. 그러니 그렇지 못한 다른 사람들은 어떠하겠는가. 하지만 만력산과 신헌상이 무너지자 상황은 급변하기 시작했다.

염이상은 머리마저 풀어헤쳐진 채 세 명을 상대로 자신의 진혼도를 마음껏 펼쳐 내고 있었다. 하얗게 웃는 그의 표정에 덤벼들던 풍령대의 무사들은 창백하게 질린 얼굴로 겨우겨우 진혼도를 막아내지만, 얼마 버티지 못하리라는 것을 직감하고 있었다. 그리고 그것은 다른 자들도 마찬가지 심정이었다.

사마정의 검에 연신 물러나던 자들, 우형욱의 창날에 옷이 갈기갈기 찢긴 채 뒤로 연신 물러나는 자들, 홍이지의 연검이 날름거릴 때마다 자신의 목을 언제 물어뜯을지 모른다는 불안감에 시달리고 있는 자들까지…….

또한 물러서려는 자들 사이에서 흐느적거리는 인영이 실실 웃음을 흘리며 돌아다닌다.

"히히히히!! 요놈들아! 그렇게 느려서 어디 어른 옷에 손이나 댈 수 있겠느냐?"

그러다 일격!

퍼벅!

"아따! 장난 말고 제대로 좀 하시란 말이오! 이놈들 보통이 아니고 만!!"

육정기가 마음대로 안 되자 열불이 나는지 청망검을 휘두르며 천우 만을 향해 고함을 쳐대면서 일검!

차차창! 쩌정!

"크윽!"

장검과 함께 어깨뼈가 부러져 나간 무사가 팔을 덜렁거리며 한쪽으로 밀려간다. 그러자,

사삭!

"확실한 것이 좋겠지?"

악대헌이 자신에게 멋모르고 다가온 자의 목을 베어버렸다.

그렇게 정신없는 전장에서 그나마 조용히 싸우고 있는 사람은 궁무진과 이수양이었지만, 죽은 자가 가장 많이 쓰러져 있는 곳이 바로 그들의 근처였다. 특히나 궁무진은 고수답지 않게 옷이 찢어지고 머리가

산발한 채였으나, 그의 눈만큼은 그 어느 누구보다도 더 빛나고 있었다. 마귀 같은 전사의 칼, 전마도라는 이름이 괜히 붙은 것이 아닌 것이다.

일각, 단 일각이 조금 넘은 시간이었다, 어둠 속에서 벌어진 싸움이 진행된 시간은.

그사이 백여 명이 죽거나 거동 불능이 되어버렸다. 몇몇이 두려움에 질려 도망가기는 했지만, 남아 있는 자는 죽은 자와 움직일 수 없는 자들뿐이었다.

도망간 자들은 천우만과 위경리, 백리웅천 등 신법이 빠른 사람들이 쫓아갔다. 일각을 쫓다 잡지 못하면 되돌아오기로 하고.

초승달은 구름 뒤로 숨고, 밤바람조차 겁에 질렸는지 싸움이 벌어진 숲을 피해가는 것만 같다.

남아 있던 사람들은 주위를 둘러보았다. 피로 얼룩진 전장이 어느 정도는 어둠에 가려져 있었지만, 그렇다고 고수들의 눈까지 가릴 수는 없었다. 더구나 비릿한 피 냄새는 가린다고 가려지는 것도 아니고.

굳은 표정의 진고영이 무겁게 가라앉은 목소리로 입을 열었다.

"유 장주께선 이들이 무엇 때문에 움직였다고 생각하십니까?"

"그것을 알기 위해서 유혼비자 신헌상을 잡았소. 일단은 추적한 사람들이 돌아올 때까지 알아보기로 합시다."

"도망친 자들을 못 잡으면?"

육정기가 고개를 갸웃거리며 묻자, 유지화는 조용히 자신의 생각을 말했다.

"워낙 어두운 밤이라 모두를 잡는 데는 한계가 있을 것입니다. 하지만 그들도 곧바로 천은산장으로 달려가지는 못할 것입니다. 전장을 도망친 장수는 결코 환영을 못 받는 법이니까요."

"하긴, 도망간 놈이 무슨 낯으로……."

추적에 나선 사람들이 오기 전에 모두들 휴식을 취하며 기다리기로 했다. 몇몇 사람은 작지 않은 상처를 입은 것이다. 특히나 우형욱의 어깨에 난 상처는 제법 깊어서 옷을 찢고 금창약을 바른 후, 단단히 싸매야만 했다. 염이상은 다행히 허리 어름에 길게 옷이 찢어졌지만 상처는 그다지 깊지는 않은 듯했다.

그렇게 각자의 상처를 돌보고 있을 때 한쪽에서 조용히 눈을 감고 있던 진고영도 내기를 끌어올렸다. 아무에게도 말은 하지 않았지만 내력이 많이 흔들려 있었다.

귀왕 순우곤과의 싸움 이후로 가장 힘든 싸움이었다. 게다가 빨리 끝내기 위해서 무리하게 수천제마력을 운용하고 있었으니……. 그나마 이 정도로 끝난 것도 그간 수천제마력의 성취가 조금은 있었기 때문이라 할 수 있었다.

짧은 휴식 시간이었지만, 일단은 최대한 내력을 회복해야만 한다. 아직 갈 길은 멀고 본격적인 싸움은 시작도 되지 않은 것이다.

정확히 이각이 지나자 사람들이 돌아왔다.

"두 놈을 잡았네. 하지만 한 놈은 놓쳐 버리고 말았네. 제기랄!"

위경리의 불만 섞인 말에 천우만이 뚱한 목소리로 말했다.

"나보단 낫구만. 나는 한 놈밖에 못 잡았어. 당최 어디로 갔는지 보여야 말이지……."

서너 명이 도망갔지만 그리 염려할 상황은 아니었다. 유지화는 사람들을 둘러보더니 고개를 끄덕였다.

"일단 이 자리를 피한 후 신헌상을 취조한 내용을 말씀드리겠습니

다. 우리의 다음 행동은 그때 가서 다시 정하도록 하고, 백리 공자! 사
마 공자!"

"예, 말씀하시지요."

"백리 공자와 사마 공자는 해가 뜨는 즉시 풍이와 첩검단에 연락을
취할 수 있도록 해주십시오. 놈들의 행동이 예측 범위를 벗어나고 있
으니 더 많은 정보가 필요합니다."

"알겠습니다."

"천 선배님, 어디 잠깐 쉬어갈 만한 곳이 근처에 없겠습니까?"

"왜 없겠나? 삼십 리쯤 가면 제법 좋은 곳이 있네. 가세!"

3

'가자!'

사한의 손이 아래로 내려가자, 검은 복면을 한 다섯 형제가 움직이
기 시작했다.

석양이 넘어갈 무렵, 무림련의 열여덟 개 대전각 중 가장 취약해 보
이는 진양전의 지붕으로 파고들어 가 숨을 죽이고 기다려 왔다. 그렇
게 세 시진이 지나고, 자시를 알리는 북이 울리자 마침내 사한이 결정
을 내린 것이다.

진양전에서 밀영각까지는 두 개의 전각이 가로막고 있었지만, 밀영
각의 특성상 소란스러움을 피하려다 보니 많은 무사들보다는 고수들
위주로 경비가 배치되어 있었다.

그런데 그것이 오히려 사한 일행에게는 더 득이 되었다. 어차피 절정의 고수가 아닌 바에는 경비 무사의 숫자가 적은 것이 발견될 확률도 더 낮은 것이다.

달조차 구름 속에 가려지고 전각이 완전한 어둠에 잠긴 시각, 밀영각 우측으로 두 개의 그림자가 벽에 물이 스며들듯 사라지고, 좌측의 지붕 위로도 세 개의 검은 그림자가 내려앉는다 싶더니 그 형체를 감추어 버렸다.

그리고 숨 두어 번 정도 쉴 시간이 지난 후, 밀영각 이층 창문이 마주 보이는 처마 끝에 한 마리 거미가 스르륵 미끄러져 내려온다. 그러더니 창문에 소리없이 달라붙었다.

동방설리는 이제 겨우 자정밖에 되지 않았거늘 왠지 자꾸 눈이 감기려 하자 의아한 생각이 들었다. 항상 축시가 되어야 잠드는 버릇이 있었기에 이렇게 일찍 졸린 적이 근래에는 없었던 것이다.

'오늘 무검단 때문에 꽤나 피곤했나 보구나. 흐음……'

눈앞에 놓인 책을 덮고 고개를 뒤로 젖혔다. 죽 당겨지는 신경이 찌르르 하니 전신을 떨리게 만든다.

그때였다. 그녀의 귀에 한 소리 전음이 다급하니 들려왔다.

"소장주! 조심하시오!"

팍!

천장에서 소음이 일고 무언가가 쏘아져 온다.

"헛!"

급히 몸을 틀어 보려 하지만 오늘따라 몸이 무겁게만 느껴지는 동방설리였다. 반쯤 튼 어깨를 비켜가는 세 치 길이의 혈정이 눈에 들어오고, 뒤따라 천장이 갈라지며 검은 복면인과 백의를 입은 비객이 얼싸안 듯이 뭉쳐서 떨어지고 있는 것이 눈에 들어왔다. 그리고 이어지는 소음.

픽픽!

창문을 뚫고 정체를 알 수 없는 비침이 정면에서 날아오고 있었다.

뒤에서 먼저 치고 앞을 나중에 친다.

일반적인 상식을 뒤엎는 살수!

입술을 깨문 동방설리의 우수가 새하얗게 빛을 발하고, 궁장을 이용해 크게 원을 그리자,

파파팍!

한령소수공이 담긴 소맷자락이 비침을 튕겨냈다. 한데…….

'미혼약? 산공분?'

끌어올린 내력이 흐트러지고 있는 것이 느껴졌다. 하지만 산공분은 아니다. 효력을 발휘하기에는 너무 반응이 빠른 것이다.

놈들이 누군지는 몰라도 철저히 준비를 한 놈들이다. 조금 전 때 이르게 졸리던 상황이 이해가 갔다. 아마 그때 놈들이 미혼약을 푼 것 같다. 고수들에게 미혼약은 그다지 효력을 발휘하지 못한다. 하지만 잠시 동안은 영향을 줄 수가 있는 것이다. 그거면 된다. 잠깐이면 목숨이 몇 번은 왔다 갔다 할 수 있으니까.

쉬익!

또다시 창문을 통해 빛줄기가 날아들었다. 그러자,

와직!

우측 벽이 부서지며 한 명의 백의인이 뛰어들더니 휘두르는 백색 장검에 무언가가 튕겨져 나갔다.

따당!

동시에 백의인의 신형이 창문으로 폭사되어 나갔다.

"감히!!"

일순간에 벌어진 일이었다. 그사이에 동방설리가 움직인 것은 기껏해야 고개를 틀고 손을 한 번 휘저은 것밖에 없었다.

'이대로 있어서는 위험하다.'

동방설리는 비객의 도움으로 약간의 틈이 생기자, 급히 한령소수공을 끌어올려 미혼분의 약기운을 몰아내려 했다. 하지만 그러기에는 시간이 너무나 짧았고, 여유를 가질 상황도 아니었다.

미처 약기운을 다 해소하기도 전, 부서진 벽 쪽에서 하나의 인영이 번개처럼 날아드는 것이 보였다.

은밀히 숨어 있던 비객들이 형제들에게 유인되자, 기회만 노리고 있던 사한이 마침내 모습을 드러낸 것이다.

입술을 깨문 동방설리는 억지로 운공을 멈추고, 날아드는 번개를 향해 한령소수를 내갈겼다.

"크윽!"

입술 사이로 핏물이 배어 나온다. 하지만 멈출 수는 없는 상황.

흔들리는 소수영이 순식간에 여덟 개로 늘어나고, 석 자 가까이까지 접근했던 빛줄기가 철벽에 부딪친 것마냥 튕겨져 나간다.

쩌러렁!!

"우욱!"

"크억!"

한 모금의 핏물을 토해낸 동방설리의 표정이 창백하게 변해 버렸다. 상대를 튕겨내기는 했지만 내부가 심하게 흔들렸다.

생각보다 강력한 위력이다. 비록 미혼약에 의해 팔성의 공력밖에 못 쓴다 하지만, 자신에게 이토록 강력한 타격을 줄 수 있는 고수는 그리 흔한 편이 아니다. 더구나 일개 살수의 무공이라면 더욱 그러할 것이다.

튕겨져 나간 자가 다시 비틀거리는 몸을 바로 세우고 달려들려는 것이 보인다.

동방설리는 재빨리 주위를 훑어보았다. 비객 숙부들은 다른 자들에게 손발이 묶여 있는 상태였다. 물론 일개 살수들에게 당할 분들은 아니지만 단 몇 초식이라도 상대해야 할 테고, 그 시간이면 모든 것이 결정날 정도의 시간이다. 또한 무림련의 경비들이 몰려오고 있을 것이지만, 그들을 기다릴 만한 시간 역시 없었다.

절망적인 상황에 주위를 살필 때였다. 섬뜩한 느낌!

탕!

우수로 바닥을 치고 허공으로 일 장을 떠오르자,

팟!

한 자루 시뻘건 비수가 자신이 앉아 있던 의자에 꽂혀 버렸다.

"누가 감히!"

"호호호! 네년의 목숨은 본녀가 접수하마!"

고개를 돌린 틈도 없이 요악한 웃음소리와 함께 또다시 두 가닥 붉은 빛줄기가 반짝였다.

"혁!"

허공에 떠 있던 동방설리의 소수가 휘둘러지자, 땅! 한줄기 빛이 소멸되었다.

하지만 또 한줄기의 붉은 빛은 여전히 쏘아져 온다!

쉬이익! 팍!!

"아악!"

가녀린 여인의 날카로운 비명이 터져 나오고, 떨어져 내리는 동방설리의 얼굴은 고통으로 일그러져 있었다. 하지만 눈만은 여전히 쏘아져 오는 혈미조에게 고정되어 있었다. 아니, 그녀의 손가락 사이에 끼워진 세 개의 붉은 비도에.

"오호호홋! 이제는 가라!! 어리석은 년!"

혈미조의 요악한 음성이 실내를 울리며 손가락 사이의 비도가 사라질 때, 큰 소리 외침과 함께 한 사람이 방으로 뛰어들었다.

"감히 계집 따위가!!"

휘리리링!

휘두르는 장검에서 파란 검영이 사위를 휩쓸고,

따다당!

혈미조가 날린 세 자루 비수는 검영의 포위망을 뚫지 못하고 사방으로 튕겨 나갔다. 그러자 혈미조의 눈이 새파랗게 번뜩였다.

"제법이구나! 흥! 하지만……."

"거기까지다, 계집!!"

순간, 뛰어들어 온 자가 한 소리 외침과 함께 동방설리의 앞을 가로막았다. 밖으로 유인되었던 비객이 속았다는 생각에 바로 발걸음을 돌리고 되돌아온 것이다. 또 다른 곳 역시…….

"어딜 도망가겠다는 것이냐!"

동방설리의 한령소수에 튕겨져 나간 사한을 향해 백색 그림자가 덮쳐 갔다. 천장에서 두 사람의 복면인을 처치한 비객이 검을 내리그으며 날아든 것이다. 그때였다.

"적이다! 적이 밀영각에 침입했다!!"

경비를 보던 무림련의 순찰대가 몰려오며 외치는 소리가 들렸다.

황급히 손에 쥔 비침을 비객에게 날린 사한의 신형이 안개처럼 흩어져 갔다. 이미 상황은 끝났다. 더 이상 이곳에 남아 있는다는 것은 어리석은 일. 목표물은 문인호용이 자신들을 못 믿어 보낸 혈미조의 독비에 맞았다. 결과는 두고 볼 일이다.

사한은 감추어두었던 절기 무진설(霧塵雪)의 환신법을 펼치며 허공 속으로 사라져 갔다. 그러자 이어서 붉은 안개가 실내에 가득 퍼지고, 요약한 웃음소리와 함께 혈미조마저 사라져 버렸다.

그렇게 상황은 순식간에 벌어져 일순간에 끝나 버렸다. 그리고 방 안팎으로 복면인 시신 다섯 구와 가슴에 붉은 비수가 박힌 동방설리만이 비객의 외침 속에 쓰러져 가고 있을 뿐이었다.

"소장주!!"

4

때마침 구름 사이로 얼굴을 내민 초승달이 도대체 무슨 일인지 궁금해 미치겠나 보다. 고개를 가로로 눕히고는 환하게 눈을 밝힌다.

깎아지른 절벽을 앞에 두고 세워진 누각에 모인 사람들이 지도를 앞에 두고 고개를 끄덕이고 있었던 것이다.

"신헌상의 말에 의하면 자신들은 비밀리에 뒤쪽에 도사린 수뇌들을 치기 위해 움직였다 했습니다. 그렇다면… 놈들은 이차 지원 무사들을 바로 출발시키지 않았을 공산이 큽니다. 그만큼 신헌상 일행에 대한 기대가 컸을 테니까요."

"흠. 그럼 가는 길이 그만큼 편하지 않겠나?"

유지화의 말에 위경리가 토를 달았다. 그러자 유지화가 고개를 가로 저었다.

"그게 그렇지만도 않습니다. 지금 같은 상황은 오히려 저들이 움직여 주는 것이 낫습니다. 그래야 산장에 있는 무력이 그만큼 줄어들 테고, 주위 상황이 어수선해져야 우리가 상담(湘潭)에 들어가기도 쉬울 테니까요."

"유장주의 말대로라면 저들이 신헌상의 일을 알아도 상관없다는 말인가?"

연부경이 미간을 찌푸리며 묻자 다시 유지화의 고개가 저어졌다.

"제 말은 백리 보주의 일에 그들의 힘이 더 나와야 된다는 것입니다. 아무래도 그들에게 역정보를 흘려야 할 것 같습니다."

"역정보? 아니, 왜 저들에게 정보를 건네준단 말이오?"

육정기가 눈을 크게 떴다. 그러자 놓치지 않고 위경리가 한마디.

"너는 그냥 있어라. 시간이 아까우니까. 응!"

"거… 너무 그러지 마시구랴. 다 같이 늙어가는 처지에."

"잘한다! 그러다 잘하면 맞먹겠다고 하겠다! 에이그……. 나이 먹은 것도 서러운데, 어째 요새 것들은……."

천우만이 참지 못하고 짓누르자 육정기의 한 자는 튀어나온 입이 쏙 들어갔다. 그도 천우만의 심술 변덕에 대한 소문은 들어 알고 있는 것이다.

'똥이 무서워서 피하나? 더러워서 피하지…….'

육정기의 속을 알 수 없는 위경리가 유지화를 바라보며 웃자, 유지화는 헛기침을 내뱉으며 말을 이었다.

"험험……. 백리 보주의 세력에 대해 약간 부풀려서 소문을 퍼뜨려야 합니다. 저들이 튀어나오지 않을 수 없게 말입니다. 그렇다고 너무 크게 해서도 안 되고, 너무 작게 해서도 안 됩니다. 대풍운보에서 비밀 세력이 움직여 신헌상 일행을 처치한 것으로 소문을 퍼뜨리는 것이 나을 것 같습니다. 백리 공자."

"예, 유 대협."

"날이 밝는 대로 풍이를 통해 대풍운보의 비밀 세력이 움직였다는 정보를 주주 일대에 퍼뜨리라 해주시오."

"알겠습니다."

"사마 공자의 첩검단은 횡으로 퍼져 있는 정보망을 종으로 바꾸고 최대한 신속히 연결될 수 있도록 해주시오."

"예, 그렇게 하겠습니다."

유지화를 천천히 사람들을 둘러보다 지도에 눈을 고정시켰다.

"상담까지 이틀거리, 지원 병력을 치려던 계획을 바꾸어 그들을 그냥 흘려보내야 합니다. 이유는 모두가 아시다시피 저들이 나온다 해도 거리가 너무 가깝습니다. 신헌상을 쳤으니 우리의 목적은 어느 정도 달성됐다 할 수 있는 터, 굳이 모험을 할 필요는 없습니다. 더구나 늦게 출발한 저들은 대풍운보와 부딪치기도 전에 우리의 소식을 듣게 될 것이니, 결코 대풍운보에도 영향력을 미치지 못할 것입니다. 아마… 저들은 가던 길을 멈추고 되돌아오게 될 공산이 크다고 봐야 합니다."

"그래도 계속 대풍운보를 공격하기 위해 간다면?"

"그때는 이미 일진은 당해 있을 것, 이미 상담의 본 장에 대한 소식을 듣고 사기가 떨어진 그들만으로 백리 보주를 감당할 수 있을까요?"

모두가 입을 다물고 고개를 끄덕였다. 특히 백리웅천은 자신의 아버지 백리단황이라면 결코 그들에게 당하지 않으리라는 것을 자신할 수 있었다.

5

쾅!

한 자 두께의 원목으로 만들어진 탁자가 부르르 떨렸다.

"그래서! 신헌상과 반혈인들이 모두 당하고, 만력산이 이끌고 간 풍령대 일백 고수가 모두 전멸했단 말이냐?"

"지금 주주에서 들리는 소문이 그러합니다, 각주."

공손곽은 지그시 깨문 입술에서 피가 흐르는 것도 잊고 눈을 치켜떴다.

"대체 대풍운보의 숨겨진 전력이 어느 정도이기에 반혈인들마저 당했단 말이냐?"

"그것이… 알려진 바로는 대풍운보주 백리단황의 직속 비밀 세력이라 하옵니다. 그들이 본 장의 지원 세력을 중간에서 칠 목적으로 숨어 있다가 급습을 하는 바람에……. 그들도 타격을 입기는 했지만……."

조이경의 어깨가 가늘게 떨렸다. 영무각의 신임 각주는 그들의 노고따위는 아랑곳하지 않았다. 오직 성과만이 모든 것을 가늠할 뿐이었다. 그런 면에서는 전임 각주가 훨씬 조이경에겐 편한 상관이었다. 하

93

지만 어찌하겠는가, 상관인 것을.

"대체 영무들은 그간 뭣 하고 있었기에 그들의 움직임을 눈치채지 못했단 말이냐!!"

'제길……. 그게 어찌 우리들만의 잘못인가. 영무들을 배신자 취급하며 가져 온 정보조차 믿지 못한 당신 잘못이지…….'

말은 못하고 속으로만 불만을 삭인 조이경이 고개를 숙였다.

"지금 전력을 다해……."

"그만! 지금 즉시 장주님을 뵙고 후속 조치를 할 것이다! 너는 영무들을 지휘해서 그 일에 대한 상황을 더 자세히 파악하고 추가 병력이 갈 수 있는 길을 열어놓도록!"

"알겠사옵니다, 각주!"

"흥! 이번 행로에 결코 방해자가 있어서는 안 될 것이다! 만일 그리 되면 모든 책임은 영무에게 있음을 명심하도록!"

"명심… 하겠습니다."

'젠장……!'

두 시진이 조금 더 지난 시각, 천은산장의 정문이 활짝 열리고 백여 명의 무사가 빠져나가자 천은산장은 작은 동요가 일었다.

처음 있는 일이었다, 무사들이 빠져나간 지 얼마 되지도 않았는데 연이어 출동한다는 것은.

더구나 침중히 굳은 얼굴들이라니…….

하지만 일반 사람들은 백령곡 쪽에서 나간 철립인 십 인에 대해서는 알지도, 알 수도 없었다.

6

봉공원의 만발한 꽃들이 세상의 혼탁함 따위는 저리 가라는 듯 환하게 웃음 짓고 있을 때, 장무담은 화인을 앞에 앉혀두고 한 잔의 찻잔에 느긋하니 철관음을 따르고 있었다. 한 손은 다탁을 쓰다듬으며.

"허허허! 한번 맛을 보게나. 이래 뵈도 복건성 안계에서 직접 가져왔다는 것이라네."

상황이 어떤가?

"제가 차 맛에 대해 뭘 알겠습니까?"

무뚝뚝한 말투 속에서 전해지는 전음이 장무담의 귓전을 울린다.

"이차 병력이 나간 지 얼마 되지도 않았는데 삼차 병력이 출동했습니다. 무영각 첩인의 말로는 대풍운보의 비밀 세력에게 반혈인들이 당해서라고 합니다만 조금 이상하다고 합니다."

"어떤가? 은은한 향이 좋지 않은가?"

이상하다?

후르륵…….

"대풍운보에서 영무들의 눈길을 완전히 피해서 움직인다는 것도 힘들지만, 신헌상과 반혈인들, 거기다 만력산과 풍령대까지 한순간에 몰살시킬 수 있는 병력이라는 것이 의심스럽다는 것입니다."

그럼……?

"아무래도, 서쪽으로 사라진 후 행방이 묘연한 진고영 일행이 아닐까 하고 의심을 하는 자들도 있습니다."
"으음……. 맛이 없나?"

설마? 그것을 공손곽에게 말하지 않았단 말인가?

"공손곽은 영무를 사마중안의 그림자로 생각하기에 아직 그들을 완전히 믿지 못하고 있습니다. 그러다 보니 영무들도 확실하지 않은 생각은 말하기를 피하고 있는 상황입니다."
화인의 전음을 듣던 장무담의 눈이 가늘게 좁혀졌다. 그렇게 잠시 생각에 잠긴 듯하던 장무담이 다시 입가로 웃음을 흘리며 화인을 바라보았다.
"허허허……. 자꾸 마시다 보면 입에 맞을 거네."

만일 그게 진고영 일행이라면 대충 감이 잡히는군. 아무래도 준비를 해야 할 것 같다. 화인, 아이들에게 만일의 사태에 대해 준비를 하라 이르게. 삼 일간은 절대 외부로 나가지 말고 봉공원에서 눈을 떼지 말라 하게.

"하오면……?"
"며칠이면 저 꽃들도 다 지겠지?"

장무담이 창밖의 백매화를 쳐다보며 말하자 화인의 눈이 반짝였다.

그사이 무슨 일이 일어난다는 말씀…….

"꽃이 떨어지기 전에 유화와 함께 정원을 걷고 싶구먼……."

장무담의 노안이 가늘게 떨리자 화인의 가슴도 찡하니 저려왔다.

"제를 모시러 가기 전에, 시간이 나면 한 번 들르시라고 전하지요."

무뚝뚝한 화인의 말. 하지만 그 속에는 온갖 심정이 다 담겨 있었다.

'부디… 아가씨께서 충격을 받지 말아야 할 터인데……. 후우.'

7

상강을 타고 내려가는 주주에서 상담까지의 뱃길은, 여느 곳보다도 따스한 호남의 봄바람을 만끽할 수 있는 여행길이었다. 하지만 모두가 그렇게 느끼는 것은 아니었다.

팔십여 리의 뱃길, 물길을 따라 내려가는 길이니 잠깐 한두 군데 들른다 해도 기껏 세 시진 남짓 걸리는 거리였지만, 그 세 시진이 삼 일보다 더 길게 느껴지는 사람들이 있었던 것이다.

선미에 나와 있던 몇 사람과 선실에서 쉬고 있던 몇 사람이 그들이었다. 첩검단이 비밀리에 수소문해 놓은 배에 타고 있던 진고영 일행. 그들의 머리 속에서는 세 시진의 뱃길 동안 수많은 생각이 강물을 따라 흘러가고 있었다. 그러다 보니 살얼음판 같은 긴장이 배 안을 맴돌고 있었다. 그렇다고 또 모두가 그런 것만은 아니었다.

"흠……. 참 좋은 날씨구만."

위경리가 하늘을 쳐다보며 날씨 예찬론을 펼치자, 바로 옆에 있던 우형욱이 흘낏 쳐다보며 속으로 한심하다는 듯 혀를 찼다.

'참나, 태평도 하셔.'

"쯔쯔. 도대체가⋯⋯. 헙!"

그런데 그만 혀 차는 소리가 밖으로 흘러나와 버렸다. 순간, 잔머리 눈치 귀신의 한줄기 칼 같은 눈빛이 우형욱의 뒤통수에 꽂혀 버렸다. 손바닥과 함께.

딱!

"너! 다른 놈도 아니고 니가!!"

'컥! 에라, 모르겠다⋯⋯.'

"아이고! 아버지!! 흐흐흑!"

멍!

느닷없는 우형욱의 통곡에 쌍심지를 치켜세웠던 위경리는 물론이고, 천우만이나 육정기, 심지어 조용히 생각에 잠겨 있던 유지화와 진고영까지 멍하니 우형욱을 바라봤다. 그러다 서서히 위경리를 향해 눈길이 돌아간다.

"어⋯⋯ 왜 그래?"

그러자 위경리는 뭐가 뭔지 모르겠다는 듯 우형욱을 쳐다봤다.

"거, 어린 후배를 그렇게 닦달하는 거 아니오. 더구나 다친 곳도 다 안 나았는데⋯⋯."

뭣도 모르는 육정기가 눈을 흘기며 한 소리에 눈을 부릅뜨고,

"험, 좀 심하게 뭐라고 한 것 같긴 하구만⋯⋯."

덩달아 나서는 천우만의 간섭에 눈가의 잔주름이 늘어만 간다. 그러다⋯⋯.

“그래도 형욱이만큼 위 형 챙겨주는 사람도 없던데…….”

연부경의 부러움이 섞인 질책에 질끈 눈을 감고 고개를 숙였다. 그런데 우형욱이 뭐라고 중얼거리는 소리가 들린다.

“…국물도 안 주면서…….”

‘끄악! 저, 저, 저… 날강도 같은……!’

그래도 일단은,

“으음……. 우가야, 저번에… 내가 뭐 가르쳐 준다고 했었냐?”

“…장법…….”

질끈 감은 위경리의 눈가가 바르르 떨렸다.

‘그래, 준다, 줘! 도적 놈……. 크으. 한 번 당했으면 됐지, 또 당하다니……. 그렇게 조심했는데.’

떨리는 신형을 돌리고 흘러가는 강물을 바라보는 위경리의 표정이 아까움으로 가득 차 있다.

그러자 부스스 일어난 우형욱이 위경리의 옆으로 슬며시 다가갔다. 그리고 첫말은 작게,

“저… 제가 앞으로 절대 노선배님 안 놀리고…….”

뒷말은 크게, 허리까지 굽히며.

“잘해 드릴 겁니다! 그래도 저 생각해 주고 무공 전수해 주는 사부 같은 분은 위 노선배님뿐인걸요!”

“그, 그래… 고맙다.”

모든 사람들이 우형욱을 보며 대견하다는 듯 고개를 끄덕이고 있는 게 보였다.

‘크윽! 졌다, 졌어!’

세 시진이 삼 일 같던 긴장이 한바탕 소란으로 풀어져 버렸다. 시간

이 지나면서 상황을 알게 된 사람들의 입가에 웃음이 떠오르고, 위경리에게 물을 떠다 받치는 우형욱도 즐겁게 콧노래를 부르고 있었다.

단지 물을 받아 마시는 위경리를 바라보는 육정기만이 뚱한 표정이었다. 그러자 보다 못한 천우만이 육정기의 어깨를 툭툭 쳤다.

"너는 또 왜 그러냐?"

"신경 끄쇼!"

'제길. 나도 제자 하나 얼른 구해야지, 눈꼴 시려서……'

그렇게 육정기가 툴툴거릴 때, 유지화가 모두를 불러 모았다.

"상담에서 오 리 못 미처 하선을 하게 될 것입니다. 전에 말씀드린 대로 삼인 일조가 되어 상담으로 들어가야 합니다. 혹시라도 불미스런 일이 발생되면 즉시 발길을 돌리고, 두 번째 약속 지점으로 우회해서 가시기 바랍니다. 우리의 목적은 정면 대결이 아닌 장 노선배를 구하는 것과 적들이 숨기고 있는 것을 알아내는 것이라는 점, 명심하시고, 게다가 뒤에 더 큰일이 기다리고 있으니……"

또다시 배 안에 긴장감이 감돈다. 하지만 그것은 좀 전처럼 막연한 긴장이 아니라 코앞에 다가온 싸움을 기다리는 투지가 솟는 긴장이었다.

폭풍 전야에 전사들이 느끼는 긴장감 같은……

8

구름이 내려앉았는가.

매화 향기 가득 피어 있는 봉공원의 장원을 두 사람이 나란히 거닐고 있었다.

백매화와 하나가 된 듯한 백의의 노인과 매화향보다 더 그윽해 보이는 눈을 가진 여인이었다.

차마 입이 떨어지지 않는지 말없이 백매화를 바라보던 노인 장무담의 눈이 오래전의 기억을 더듬는 듯 아련해졌다.

옛날, 이십수 년 전에도 그는 백매화를 바라보며 깊은 생각에 잠긴 적이 있었다. 하지만 그때는 홀로 서서 집을 나간 딸과 아끼던 제자를 원망하며 보았었다. 그런데 지금은…….

"유화야, 이제 조금 있으면 저 꽃도 다 지고 말겠구나."

그 딸과 제자의 아이, 자신의 외손녀와 함께 보고 있는 것이다.

"그러게요, 할아버지."

'그런데 오늘은 어쩐지 할아버지의 어깨가 무겁게만 느껴져요.'

"할아버지와 이렇게 꽃을 본 것이 오래됐지?"

"예…….”

혁련유화는 무슨 일인지 몰라도 할아버지의 음성이 떨리는 것만 같다는 생각이 들었다.

"너는…… 내일 아침 녹산사에 제를 올리러 가야겠구나."

"예, 어머니를 만날 수 있는 날이 그날뿐이잖아요. 다른 날도 갈 수 있으며 좋겠는데…….”

천천히 발걸음을 옮기는 장무담의 귓가로 화인의 전음이 들려왔다.

"어르신, 아직은 아무도 접근하는 자가 없습니다. 최대한 음성이 새어나가지 않도록 노력하고 있으나 저의 능력으로는 반 각 이상 지탱하기는 힘들 것 같습니다. 그 안에…….”

“유화야.”

“예.”

“너는 이 할아비를 절대적으로 믿을 수 있겠느냐?”

“예? 참, 할아버지도……. 그럼요, 유화는 할아버지의 말이라면 뭐든지 믿는다구요.”

“그렇구나. 유화는 할아비의 손녀니까……. 그래… 그럼, 이 할아비 말을 잘 듣거라.”

“예, 말씀하세요. 뭐 부탁할 일 있어요?”

“부탁이라……. 그렇지…… 부탁이라면 부탁이겠구나.”

참으로 이상하다.

지금까지 할아버지가 오늘처럼 신중하게 말씀을 하신 적이 없었다. 한데 오늘은 마치 영원히 헤어질 사람처럼 무겁게 말씀을 하신다.

“내일 녹산사에서 제를 드리고 나면 누군가가 너를 안내할 것이다.”

“예?”

“너는 무슨 일이 있어도 그를 따라가야만 한다.”

“할아버지……?”

“무슨 일이 있어도……. 네가 할아비를 믿는다면 무조건 그렇게 해야 한단다.”

“도대체… 유화는 할아버지가 무슨 말씀을 하시는지…….”

“너를 살리기 위해서다. 그리고…… 이 할아비도 살기 위해서고.”

거짓이 섞인 말이었지만 어쩔 수가 없었다.

“누가… 누가 할아버지를…… 저를……. 할아버지……?”

어안이 벙벙한 손녀의 말에 장무담은 지금이라도 사실을 다 말하고 싶었다. 하지만 그리되면 손녀는 떠나지 않을 것이다. 정확한 사실을 알아볼 때까지.

"너를 안내하는 사람이 모든 게 적혀 있는 서신을 전해줄 것이다. 그때까지는 의문을 접어두고 할아비의 말을 따라다오."

맙소사! 이게 무슨 일이란 말인가! 할아버지가 나더러 집을 떠나라니!

"말씀해 주세요……. 유화가 알 수 있도록……. 예? 할아버지."

가늘게 떨리는 음성에 눈물이 배어 나온다. 뭔가 몰라도 엄청난 일이 자신을 중심으로 일어나고 있었다. 그런데 자신만 모르고 있는 것 같다.

'호, 혹시 어머니 일 때문에……?

"혹시… 아버지하고 다투기라도 했나요? 그래서……? 할아버지, 만일 제가 떠나지 않으면… 할아버지의 말씀을 어기고 제가 떠나지 않으면…… 할아버지께서 어떻게 되는 건가요? 걱정 마세요. 제가 아버지께 말씀드릴게요. 아버지는 제 말이라면 뭐든지 들어주시잖아요. 예? 할아버지……."

"너는……."

노안에 안개가 서린다. 두 자 앞에 있는 백매화가 흐릿하게만 보인다. 장무담은 참을 수 없는 아픔에 목소리조차 옅게 떨려 나왔다. 하지만 이제는 말해야 한다.

"…너의 성은… 혁련이 아니다, 유화야."

"……?"

잠시 말을 잃은 혁련유화의 눈이 가늘게, 그러다 점점 심하게 떨리기 시작했다.

무언가 알 수 없는 불안감이 그녀의 가슴을 짓누른다. 머리 속, 사고의 실타래가 뒤죽박죽 헝클어지고 있다.

답답하고 불안한 느낌, 언제부터인지 알 수는 없지만 최근 들어 자신의 주위에서 자신만 모르는 일이 진행되고 있는 것만 같았다. 누구에게 물어볼 수도 없고, 물어도 답이 나오지 않을 것 같은 그런 일이. 한데 오늘… 할아버지는 너무도 어이없어 농담으로조차 받아들여지지 않는 말씀을 하고 계시다.

혁련유화의 성이 혁련이 아니면 뭐란 말인가. 우습지도 않은 말씀이시다.

그런데 왜 내 손이 이렇게 떨린단 말인가. 왜 온몸의 힘이 빠져나가고, 머리 속이 텅 비는 것이 세상의 사랑하는 모든 것이 나를 버릴 것만 같다는 생각이 든단 말인가.

벌어지지 않는 입을 열어 억지로 물어보려 하지만, 그녀는 자신이 무엇을 물어야 할지 알 수가 없었다.

"하, 할아버지… 무슨……?"

장무담의 눈이 질끈 감기자, 끝내 노안에 서려 있던 안개가 뭉치더니 한 방울 눈물이 되어 떨어졌다.

"너의 성은…… 설씨다."

멍하니 아무 소리도 귀에 들어오지 않았다.

"설유화… 그것이 너의 이름이다."

깜깜하니 아무것도 눈에 보이지 않았다.

"그, 그, 그게… 무슨……."

유화는 쓰러지지 않기 위해서 후들거리는 다리에 혼신의 힘을 다 해야만 했다.

그렇게 얼마의 시간이 지났을까, 깨문 입술에서 피가 흐르는 것도 모른 채, 그녀는 고개를 들고 할아버지의 얼굴을 바라보았다. 한줄기 눈물이 흐른 자국이 나 있는 장무담의 두 눈을.

"저는… 도대체가… 무슨 소린지……. 오… 할아버지……."

부들부들 떨리는 손녀의 말에 장무담은 창백하니 굳은 얼굴을 한 채 그녀의 눈을 직시했다. 손녀의 커다란 눈에선 눈물이 넘쳐 금방이라도 폭포수가 되려 하고 있었다.

"네가 이 할아비의 말을 믿는다면, 내일 내 말대로 하거라. 제발… 그것만이 아직 생사를 알 수 없는 너의 아비를 위한 것이고, 원통하게 죽어간 너의 어미를 위한 길이다. 모든 것은…… 내가 써놓은 서신에 다 있을 것이다, 유화야."

털썩!

끝내 혁련유화의 다리가 꺾였다. 바닥에 주저앉은 혁련유화의 눈에서 하염없는 눈물이 흐른다. 그 속에는 믿을 수 없는 현실에 대한 불신과 지금껏 거짓을 모르고 살아온 할아버지의 말에서 전해져 오는 슬픔과 고통이 모두 뒤섞여 있었다.

'생사를 알 수 없는 아버지? 원통하게 죽은 어머니……? 대체 무슨 말씀인가요. 지금 제가 꿈을 꾸고 있는 건가요? 모르겠어요. 유화는 모르겠어요. 그 말이 무슨 뜻인지 아무것도 모르겠어요, 할아버지…….'

그렇게 텅 비어버린 유화의 가녀린 가슴속으로 할아버지의 말이 계속 울려온다.

"너는…… 강한 아이다. 나는 그것을 잘 안단다. 어떤 슬픔도, 그 어떤 어려운 시련도 모두 이겨낼 힘이 너의 안에 감춰져 있다는 것을 다 안단다. 아마… 서신을 읽게 되면 너는 더욱 슬플 것이고, 더욱더 아픔이 많아질 것이다. 하지만 모두 이겨낼 힘이 너에게 있을 거라 이 할아비는 믿고 있단다, 유화야……."

마치 주문을 외우듯 고저, 장단도 없이 흐르는 장무담의 말에 혁련 유화는 가슴 저 깊은 곳에 있던 생각이 입으로 새어 나왔다.

"모르겠어요. 저는 모르겠어요, 할아버지……. 뭐가 뭔지도… 어떻게 해야 하는지도……. 흑흑흑……."

"안내인을 따라가면 한 사람을 만나게 될 것이다. 그가 있기에 오늘의 일을 계획할 수 있었다. 아마 너도 아는 사람일 것이다, 진고영이라고……. 이 할아비의 어깨에서 무거운 짐을 내려놓을 수 있게 만든 사람이지."

"그, 그 사람이 왜……?"

가끔씩 떠오르던 얼굴. 잘생기지는 않았지만 남자다움이 넘치고, 젊은 나이에 대협의 풍모를 보이던 사람. 한 번 본 것뿐이거늘, 그의 이름이 들릴 때마다 마치 오래전부터 알고 지낸 것같이 입가에 웃음이 지어지고 푸근함이 느껴지던 사람. 왜 그의 이름이 이 자리에서 나온단 말인가.

"내가 부탁을 했단다. 당금 천하에서 나를 도와줄 사람은, 또한 너를 도와줄 사람도 오직 그뿐이란다."

장무담의 표정이 서서히 풀리기 시작했다. 한순간의 격정이 오랜 시간 가기에는 그의 인생이 결코 짧지만은 않았던 것인가. 아니면 손녀의 혼란스러움이 서서히 진정되는 것처럼 보여서인가.

"네가 궁금한 것이 있거든 일단 그 사람을 만나고 안전하게 된 다음 천천히 알아보도록 하거라. 그리해도 결코 늦지는 않을 것이다."

장무담을 손을 뻗어 주저앉아 있는 손녀의 머리를 쓰다듬어 주었다.

'불쌍한 것…….'

그런가? 정말 그리해도 괜찮은 걸까? 하긴 할아버지의 말대로 떠난다 해도 무작정 영원히 떠나는 것은 아니다. 언제든 돌아올 수 있는 길이다. 그렇다면 믿을 수 없는 말로 얽힌 할아버지의 말을 확인해 보고 돌아와도 늦지는 않을 것이다. 잠시 외유했다 오는 셈치면 될 테니까.

물론 아버지가 많이 놀라실지도 모르지만…….

그녀는 입술을 깨물며 떨리는 목소리를 있는 힘을 다해 억지로 누르며 말했다.

"알겠어요, 할아버지. 일단은 할아버지가 원하시는 대로 떠나겠어요. 하지만…… 사실인지, 사실이 아닌지는… 유화가 밝혀낼 거예요. 그런 후 집으로 돌아올 것인지, 아니면… 어찌할 것인지… 결정하겠어요, 할아버지."

"그래……."

"저는… 할아버지를 믿지만 아버지도 사랑하거든요. 그러니 제 결정에 대해서도 할아버지가 이해를 해주세요."

"물론이란다. 나는 내 손녀의 결정을 존중한단다. 내 손녀는 강한 아이거든."

"저는 아직도 모르겠어요, 뭐가 뭔지. 너무 혼란스럽고…….."

"가서 쉬도록 하고, 마음을 가라앉히거라. 다만……. 지금의 이야기는 누구에게도 해선 안 된다. 특히 혁련유천에게는……. 절대로……."

"…갈게요. 흑!"

힘없이 일어서는 그녀의 두 볼로 소리없는 눈물이 흘러내리고 있었지만, 결연한 표정만큼은 결코 장무담이 그녀를 잘못 판단하지 않았다는 것을 보여주고 있었다. 그녀의 내면에 들어찬 강한 의지, 장무담 자신의 딸이 지녔던 그 당찬 의지가 손녀에게도 그대로 이어져 있었던 것이다.

그렇게 뒤돌아서 멀어져 가는 혁련유화를 바라보던 장무담은 천천히 돌아서며 중얼거리듯 입을 열었다.

"그때가 되면 너 자신이 설유화로 불리게 되길 바랄 것이란다. 나의 사랑하는 아이야."

무거운 짐을 내려놓은 표정으로 조용히 걸어가는 그의 등 뒤에서 가는 전음이 들려왔다.

"내일 계획대로 진행하겠습니다, 어르신."

"거참, 갈수록 상강의 안개가 더욱 짚어져만 가는 것이 이제는 완연한 봄이구먼."

고개를 끄덕이는 장무담의 어깨 위로 안개를 뚫고 올라온 밝은 햇살이 내려앉았다. 마치 그대 마음 안다는 듯 다독거려 주려는 듯이.

孤影 第四章

1

상강운무(湘江雲霧)는 보는 이에 따라 천차만별의 감상을 지니게 만들기로 유명했다.

울퉁불퉁 솟은 기암괴석 사이를 흐르면 그야말로 한 폭의 산수화를 연상케 하여 여행객들의 감탄을 터뜨리게 하지만, 배를 타고 나가는 선원들에게는 자신들의 앞을 가로막는 웬수, 그 다름이 아니었다.

그러나 그 상강의 안개를 고맙게 여기는 사람들도 있었다.

어제 오후에 상담에 발을 디딘 후 날이 새자마자 은밀히 이동하는 몇 사람의 비장한 얼굴에서 안개에 대한 고마움이 물씬 묻어 나오고 있었던 것이다.

"이거, 안개가 고맙기는 처음이고만."

위경리의 말에 진고영이 무심히 고개를 끄덕였다.

"덕분에 가까이까지 접근할 수 있을 것 같습니다."

"그런데 다른 분들도 별일없어야 할 텐데……."

걱정된다는 듯 우형욱이 한마디 하자 곧바로 반사되어 오는 말.

"재수없는 소리 하지 말아라. 말이 씨가 된다는 말도 모르냐?"

"그래도……."

찔끔.

우형욱이 고개를 쏙 집어넣고 흘낏 위경리를 쳐다보다 위경리의 눈초리가 사납게 변하자 후다닥 고개를 앞으로 향했다.

"진 대형, 들은 대로라면 얼마 남지 않은 것 같은데요."

"예. 우선 천 노선배께서 말씀하신 노송을 찾도록 하지요. 천 년이 넘은 노송이라 했으니 그다지 찾기는 어렵지 않을 것입니다."

세 사람이 천년송을 찾아낸 것은 한 시진이 더 지나서였다.

안개 속에서 모습을 드러낸 세 그루의 천년송은 웅장함 그 자체였다. 방원 삼십여 장이 모두 천년송의 그림자로 덮여 버릴 정도였으니. 하지만 그들이 찾아가는 곳은 천년송이 있는 곳이 아니었다.

천년송이 보이는 곳, 야트막한 야산에 우뚝 솟은 거암 절벽, 바로 그 위였다. 언뜻 보면 이끼와 덩굴로 덮여 있어 그저 야산의 한 부분으로만 보였지만, 실제로는 전체가 하나의 거암으로 이루어져 있었다.

천우만이 왜 그곳을 약속 장소로 정했는지는 거암을 오르고 나서야 알 수 있었다. 올라와 보니 눈앞에 넓게 펼쳐진 송림이 보이고, 저 너머로 한 채의 성과 같은 웅장한 전각군이 흩어지는 안개 사이로 한눈에 들어왔던 것이다.

천은산장, 바로 천은산장이었다.

그 끝을 알 수 없을 정도로 줄지어 뻗어 있는 담장. 전체 넓이가 얼마나 될지 감조차 잡히지 않을 정도로 넓은 대장원. 단지 장원의 뒤쪽

에 있는 바위산이 산장을 가로막고 있어서 어렴풋이 그 끝을 짐작할
수 있을 뿐이었다. 하지만 천우만이나 사마중안의 말대로라면 저 산이
바로 백령곡이 있다는 바로 그 산일 터, 결국은 그곳도 천은산장의 영
역이었다.

"굉장하군요!"

자신도 모르게 감탄이 터져 나오는 우형욱이었다. 그러자 위경리가
한마디를 덧붙였다.

"들은 대로라면 사방 십 리라고 하던데."

세 사람이 감회가 서린 눈으로 천은산장의 위용을 감상하고 있을 때,
아래쪽에서 사람들이 올라오기 시작했다.

천우만 일행을 필두로 연부경, 육정기, 유지화가 이끄는 사람들이
모두 올라오고 있었다. 다행히 별다른 일은 없었는지 모두가 약속 시
간에 모여든 것이다. 하긴 일의 중요성을 아는 터에 사건을 만들었
간 당장 따돌림을 받을 것이니 어지간히 조심들 했으랴.

나중에 말을 들으니 육정기는 아예 스스로 아혈을 봉했다나 어쨌다
나.

다만 임수행과 홍이지는 그들이 끼기에는 너무 위험한 작전이라는
이유로 미리 악록산으로 먼저 출발을 시킨 상태였다. 비검단과의 연락
도 유지할 겸.

사람들의 면면을 살피던 유지화가 품에서 하나의 두루마리를 꺼내
들었다.

"모두 숙지하셨겠지만 다시 한 번 봐주시기 바랍니다. 우리가 목적
하는 곳은 바로 이곳, 봉공원."

손가락이 장원 뒤쪽의 오른쪽 한 지점을 가리키고,

"그리고 이곳, 십은이 있다는 벽은전."

좌측 중간 지점에 있는 독립된 구조의 전각군을 가리킨다.

"마지막으로… 일차 목적이 달성되면 일단 밖으로 빠져나갔다가 뒤돌아서 바로 여기, 백령곡으로 잠입해야 합니다."

유지화가 굳어가는 목소리로 말하며 바위산이 그려진 곳을 손가락으로 짚자 사람들의 표정이 얼음물을 뒤집어쓴 듯 차갑게 굳어져 버렸다.

"우리의 목적은 적들을 혼란시키고 그 와중에 진 공자가 장 노선배를 구출하는 것 하나, 또 하나는 십은으로 대변되는 벽은전의 고수들을 끌어내 그들의 역량을 파악하고 할 수 있는 데까지 제거하는 것. 그리고…… 백령곡의 비밀을 밝혀내 천은산장의 치부를 천하에 드러내는 것입니다. 하나 명심하실 것은 절대 무리해서는 안 된다는 점입니다. 자칫 그로 인해 전체가 위험해질 수도 있음을 상기하시고, 위험한 상황이다 싶으면 지체없이 빠져나오셔야 합니다."

모두가 말없이 고개를 끄덕였다. 무슨 말이 더 필요하겠는가. 이미 천은산장의 저력을 누구보다도 확실히 알고 있는 사람들이거늘.

"백리 공자."

"예."

"잠풍단의 역할이 그 어느 때보다 중요하다는 것은 잘 아실 것입니다. 준비는 되어 있습니까?"

"이미 적당한 사람들을 뽑아 준비를 마치고, 서쪽 십 리 지점에서 대기 상태입니다. 나머지 역시 상황이 벌어지면 즉시 움직일 것입니다."

"사마 공자, 혁련 소저는?"

"장원을 나선 지 한 시진 정도 되었습니다."

“음… 진 공자.”

“말씀하십시오.”

“진 공자께선 우리 모두의 구심점입니다. 진 공자의 안위가 전체의 안위와 직결된다는 것을 잊지 마시기 바랍니다. 혹시라도 그를 만난다면, 지금은 때가 아니라는 점 명심하시길.”

“알겠습니다.”

유지화는 혹시 모를 상황을 걱정하고 있었다. 침입하고자 하는 곳이 천은산장이다, 바로 혁련유천이 있는. 천은산장이 아무리 넓다 하나 그를 만나지 말란 법이 없는 것이다. 그럴 경우 그는 결코 혼자가 아닐 것이고, 결국은 최악의 경우가 닥칠 수도 있는 것이다.

유지화는 진고영에게 혁련유천을 만나거든 피하라는 주문을 하고 있는 것이었다. 그리고 그것을 모를 진고영도 아니었다.

하지만 막상 그를 만난다면 자신이 어찌할지는 진고영 자신도 장담할 수 없는 게 현실이었다. 일단은 최선을 다하는 수밖에.

모두의 눈길을 받으며 유지화가 선언하듯 무겁게 입을 열었다.

“일각 후 출발합니다. 모두 무사하시길…….”

2

오시에 접어들자 바람의 방향이 바뀌기 시작했다.

그러자 상강에서 불어오는 강바람에 안개가 춤을 추고, 넘실대던 안개가 천은산장의 전각을 휘감아 돌며 빠져나갈 길을 찾아 헤맨다. 다른 때라면 지금쯤 안개가 걷혀야 할 시간이었다. 한데 요즘 따라 유난히 짙은 안개가 오시까지도 걷히지 않고 사람들을 괴롭혔다.

그렇게 안개에 싸인 전각이 제대로 보이지도 않은 시각, 사방을 주시하던 경비들의 짜증이 극에 달할 때였다. 아무도 모르게 몇 개의 그림자가 천은산장의 이 장 높이 담장을 유령처럼 넘어가고 있었다. 그러나 '천하제일장에 누가 감히 침입할 생각을 품으랴' 하는 생각으로 자만하고 있던 경비들은 아무도 그들을 발견할 수 없었다. 더구나 안개조차 낮게 깔려 있었으니…….

흐릿한 모습의 경비가 보였다. 하지만 자신조차 저들을 보지 못하니 저들 역시 자신을 보지 못할 것이다.

진고영은 조용한 장원의 내원 쪽으로 들어가면서부터 오히려 모습을 드러내 놓고 움직이고 있었다. 지붕을 타고 다닐 수도 있지만, 건너편의 전각이 안개로 인해 보이지 않으니 오히려 위험할 수도 있었다. 그것은 내원의 경비가 단순히 평지에만 있는 것이 아니라, 전각의 비밀스런 곳에도 있었기 때문이다. 안개에 덮인 상황에서는 그들의 기세를 파악하며 움직이는 것이 은밀히 전각 사이를 누비는 것보다 의심을 덜 받고 감시망을 피하기도 훨씬 쉬웠던 것이다.

그렇다고 무조건 모습을 내놓을 수는 없었다. 맞닥뜨릴 상황이 되면 신형을 전각 사이에 숨겨야만 했던 것이다.

짧은 시간에 몇 개의 전각을 지났지만 아직 이렇다 할 고수의 기운은 느낄 수가 없었다. 그런데 어느 순간 한 걸음 한 걸음 살얼음판과 같은 행보를 하던 진고영의 신형이 순식간에 사라져 버렸다. 누군가가 내원의 이름 모를 전각에서 나오는 것이 느껴지자 전각의 처마 밑으로 몸을 날린 것이었다.

청색 경장의 장한이 빠른 걸음으로 사라지는 것을 보던 진고영의 눈이 깊게 안으로 갈무리되었다.

'더 이상 모습을 드러내고 움직이긴 힘들 것 같군.'

전각들이 많아지자 언제, 어디서, 누가 튀어나올지 모른다. 만일 누군가와 마주친다면 자신이 천은산장의 사람이 아니라는 것을 금방 눈치챌 것이다. 그렇다고 적이란 것도 바로 알아내진 못할 테지만. 설마 이 깊은 곳에서 적이 활보하리라 누가 생각이나 하겠는가.

하지만 더 이상은 오히려 위험했다. 안쪽에서 고수들의 기운이 느껴지고 있는 것이다. 일류 이상의 위험한 기운이. 전각 안에도 전각 밖에도.

그만큼 중지라는 말, 봉공원이 가까워졌다는 뜻이었다.

스슥.

진고영의 신형이 자욱한 안개 속으로 빨려 들어가더니 처마 끝을 잡고 지붕으로 날아올랐다. 그리고 그때부터 한 마리 비조가 유영을 시작했다.

아래쪽은 안개가 흐르고 위에선 비조의 눈이 날카롭게 빛나며 자신이 내려앉을 자리를 찾는다. 한순간에 목표물을 찾지 못했는지 소리없이 나뭇가지 위에 내려선 비조가 그 탄력을 이용해 높이 솟아올랐다.

그러자 이십 장 밖, 말로만 들었던 정원의 모습이 눈에 들어온다. 안개 속에서 화려하게 뽐내고 있는 하얀 백매화의 정원이.

'저기다!'

일순, 허공에서 한 바퀴 빙글 돌던 진고영의 신형이 쏘아진 살처럼 날아간다. 단층으로 이루어진 전각과 백매화가 흐드러지게 피어 있는 정원으로.

단숨에 십여 장을 날아간 진고영이 가볍게 발을 찍고 재도약하더니 오 장을 더 날아갔다. 그러고는 소리없이 목표 지점이 마주 보이는 전각의 지붕에 내려섰다.

한데 그때, 진고영의 감각에 세 줄기의 기운이 빛살이 되어 쏘아져 오는 것이 느껴졌다.

'아차!'

누군가가 자신을 발견했다.

장무담의 거처를 찾는 것에 너무 신경을 집중했었나? 아니면 숨어 있던 자들이 자신의 기조차 감출 정도의 고수들이란 말인가.

하지만 원인은 그 둘 다 아니었다. 단지 재수가 없었을 뿐이다.

삼대봉공의 비밀 호위 겸 감시 임무를 맡고 있던 호은무령 하나가 소변을 보기 위해 자리를 이탈했다가 때마침 진고영이 날아오는 것을 본 것이다.

봉공원은 그 누구도 날아서 올 수 있는 곳이 아니었기에 그들은 무조건 공격할 권리와 의무를 갖고 있었다. 그리고 그들은 자신들의 직무에 충실하고 있었던 것이다.

츠웃.

한줄기 빛살이 어깨 위로 날아오자 진고영의 신형이 비틀하더니 허깨비처럼 안개 속으로 흩어져 버렸고, 남아 있는 잔영을 향해 두 가닥의 빛살이 뚫고 지나갔다.

가히 찰나에 세 가닥의 기운이 상중하를 뚫고 지나간 것이다.

하지만 결과는 헛손질.

대경한 호은무령 세 명의 얼굴이 어리둥절함과 동시에 경악으로 일그러졌다. 신형을 바로 하기도 전에 자신들의 이 장 허공에서 강력한 기운이 쏟아져 오고 있는 것이다.

놀라 급히 고개를 든 그들의 눈에 아름답기 그지없는 붉은 빛줄기가 보인다.

이미 신형을 날려 피하기에는 늦었다. 이것저것 판단할 시간조차도 없다.

순간, 그들은 반사적으로 손에 들린 첨검을 휘둘러 빛줄기를 잘라갔다.

파파팡!

홍루지와 첨검이 부딪치며 마치 악기를 탄주하는 듯한 소리가 울렸고, 홍루지의 기운이 사방으로 비산했다. 하지만 하늘에서 쏟아지는 공격은 그것이 다가 아니었다.

소리없이 쏟아지는 빗줄기, 아니, 흑린의 우박이 그들의 머리 위로 쏟아지고 있었던 것이다.

콰아아……!

'헉!'

부릅뜬 눈으로 경악성을 발할 시간도 없었다.

검은 비늘이 이마를, 목을, 가슴을 뚫고 지나가자 세 호은무령의 신형이 벼락을 맞은 듯이 튕겨져 날아갔다.

그때였다.

한줄기 인영이 전각 옆에서 튀어나오더니 떨어지는 호은무령의 몸을 받아내고는 땅에 내려섰다. 그러자 진고영의 손가락이 붉게 물들어가더니 한 방울 붉은 눈물이 튕겨졌다. 순간!

"멈추시오!"

급박한 전음이 귀를 울렸다. 하지만 이미 홍루지는 발출된 후. 안색이 창백히 굳은 화인이 눈앞까지 쏘아져 온 홍루지에 이를 악물고 신형을 비틀려 했다. 하지만 그전에 홍루지가 마치 눈이 달린 것처럼 옆으로 휘어져 백매화의 밑동에 구멍을 내버렸다.

팟!

식은땀을 등 뒤로 흘리며 땅에 내려선 화인이 다급히 다시 전음으로 말했다.

"나는 장 어르신을 모시는 사람이오. 당신이 진고영 쪽 사람이라면 나를 따라오시오."

진고영이 심해처럼 깊은 눈으로 화인의 눈을 바라보다가 천천히 고개를 끄덕이자, 화인은 재빨리 주위를 돌아본 후 안으로 들어갔다, 마치 시간이 얼마 없다는 듯이. 그리고 그의 생각을 증명이라도 하듯 방으로 들어가자마자 장원 안으로 몇 줄기 강력한 기운이 모여들고 있는 것이 느껴졌다.

그러자 화인은 진고영만을 안으로 들여보내고 급히 밖으로 다시 나갔다. 아마 밖에 온 자들을 상대하기 위해서인 듯했다.

안으로 들어간 진고영은 한 노인이 단정히 앉아 있는 것을 볼 수 있었다. 장무담, 광혼도제 장무담이었다.

"오랜만에 뵙습니다."

"허허허, 그렇군. 어째 더 헌앙해진 것 같구먼. 허! 한데 곤은 어디 놔두고 도를……?"

전에 본 적이 있었다. 봇짐에 들어 있어 별다른 신경은 쓰지 않았지만.

"아무래도 많은 피를 봐야 할 듯해서… 할아버님의 혼이 서려 있는 곤에는 이미 너무 많은 피가 묻은 것 같아서 말입니다. 그건 그렇고, 장 노선배님이 시간이 별로 없을 것 같습니다."

"시간이야 언제나 있다가 없다가 하는 것이지. 그건 그렇고, 여긴 어쩐 일인가?"

"기다리고 계셨으니 아시겠지만 노선배를 모시고 가려 왔습니다."

진고영의 말에 장무담이 빙그레 웃었다.

"나같이 힘없는 늙은이를 뭐 하러?"

"노선배님이 계셔야… 유화 소저가 안심할 테니까요."

조금은 어물쩡한 대답. 하지만 진고영의 솔직한 마음이었다. 유지화가 말한 이유와는 조금은 다른.

그 말을 들은 장무담은 문득 손녀가 진고영이라는 이름을 듣고 격한 감정을 진정시키던 상황을 떠올리고 눈빛이 묘하게 빛났다.

"응? 허허허허!"

기분이 좋은 듯 장무담의 입에서 너털웃음이 터져 나왔다. 그럴 상황이 아닌데도.

"참 알 수 없는 게 남녀 간의 일이야. 유화를 봐도 그렇고. 그러고 보면 내가 딸아이에게 너무 못할 짓을 했다는 생각이 드는구먼. 허."

그의 말뜻을 알아들은 진고영의 얼굴이 살짝 붉어졌다. 하지만 그것은 순간적인 변화였을 뿐.

"장 노선배님……."

바깥의 상황이 염려된 진고영이 정색을 하고 다시 장무담에게 재촉하는 말을 하려 할 때였다.

"봉공께오선 손님을 만나고 계시오. 당신이 감히 봉공 어른을 능멸하겠다는 말이오? 누구도 봉공원에는 함부로 들어와서는 안 된다는 장주의 명을 어기겠다는 말이오?"

화인의 무뚝뚝하면서도 굳은 목소리가 크게 들려왔다. 아마도 상황이 다급해지고 있음을 알리려는 듯했다.

"우리는 단지 호은무령을 죽인 살수를 찾으려 할 뿐이오. 어찌 감히 우리가 봉공을 능멸할 수 있겠소?"

화인의 말에 약간은 기가 죽은 말투였다.

"글쎄, 그런 사람이 왜 장 어른의 방에……."

상대의 기세가 누그러지자 시간을 더 끌기 위해 화인이 입을 열 때였다.

"있으니까 있다는 것이 아니겠느냐!"

카랑카랑한 목소리가 화인의 목소리를 누르며 터져 나왔다.

"음? 염 노괴가?"

밖에서 들린 음성에 장무담이 의외라는 듯 미간을 찌푸렸다.

"염 노괴라면… 음마존(陰魔尊) 염천초 말씀이십니까?"

"흠? 알고 있었나? 아! 그렇군. 사마중안에게 들었겠군."

"예, 그에게 들었습니다."

"세상사에 별다른 흥미를 느끼지 못하는 귀신이 왜?"

장무담의 의문을 해소라도 시켜주려는 듯 밖에서 웃음소리가 터졌다.

"끌끌끌. 장가야, 그놈 좀 나와 보라고 해라. 안 나오면 내가 들어갈 게다."

염천초의 말에 장무담이 코웃음을 쳤다.

"세상사 다 귀찮다는 놈이 웬일이냐?"

"그거야 너와 같이 있는 놈이 궁금해서지. 봉공원에서 호은무령 셋을 소리없이 죽일 수 있는 놈이 대체 어떻게 생긴 놈인지 너라면 안 궁금하겠느냐?"

염천초가 금방이라도 들어오겠다는 듯 말하자 진고영은 음성이 새어 나가지 않도록 주위를 강기로 감싸고 나직한 목소리로 입을 열었다.

"장 노선배님, 화인이라는 사람 말고도 도움 될 만한 사람이 얼마나 있으신지……."

"다섯이 있네. 모두 대기 상태일 걸세. 한데 일이 급박하게 돼서 어찌 될지 모르겠군."

"만일 제가 염천초를 막는다면?"

"금왕 노적문까지 나설 걸세."

"그럼 그자까지 막는다면."

순간 장무담이 눈을 크게 뜨고는 웃음을 지으며 말했다.

"아마 저놈들이 자네 말을 들었다면 노화가 치밀어서 제 풀에 쓰러졌을 것이네. 허허허!"

한바탕 시원하게 웃은 장무담이 고개를 끄덕였다.

"그렇다면 내가 데리고 있는 사람들만 해도 이곳을 빠져나갈 수는 있을 것이네. 하지만 곧 추적이 이어지겠지."

"저들은 추적할 정신이 없게 될 것입니다."

"음? 그게……?"

"다른 곳에 불이 붙으면 그들은 그 불을 끄기도 바쁠 테니까 말입니다."

"자네 말은… 그럼 다른 사람들도?"

"조금 있으면 벽은전 쪽이 시끄러워질 것입니다. 그때 움직이십시오."

아연한 표정의 장무담을 놔두고 진고영은 몸을 일으켰다.

"이제 음마존과 금왕이 과연 장 노선배보다 나은지 시험해 볼 일만 남은 것 같습니다."

조용히, 마치 만 근 바위가 내려앉는 듯한 목소리로 말을 맺은 진고영이 방문 쪽으로 걸어가자, 장무담은 진심으로 자신의 앞에 있는 젊은 이에게 감탄하지 않을 수가 없었다.

천하에 고수가 많다 하지만 누가 있어 삼십삼천의 두 사람을 상대로 시험 운운을 할 수 있단 말인가!

"허허허! 하하하!"

그저 웃음이 나올 뿐이었다. 참으로 오랜만에 기분 좋은 웃음이었다.

밖에서 들어갈까 말까 망설이던 염천초는 느닷없이 웃음소리가 커다랗게 들려오자 어리둥절해졌다.

"장가가 드디어 미쳤나?"

한 소리 하며 막 발걸음을 내실 쪽으로 옮기려 할 때였다.

그의 눈에 누군가가 방문을 열고 나오는 것이 보였다.

키가 큰 청년, 나이는 잘해 봐야 이십대 중반, 그야말로 새카맣게 어린 녀석이었다.

"저건 뭐야?"

염천초가 이마를 찡그리며 자신에게 묻듯이 말하자, 걸어 나오던 진고영이 별다른 감정도 느껴지지 않는 목소리로 입을 열었다. 염천초를 똑바로 바라보며.

"노인네가 그렇게 함부로 말을 해서야 후배들이 뭘 배우겠습니까."

무거운 말투와는 영 다른 내용.

그도 주위 사람들에게 제법 배운(?) 게 있었나 보다. 하긴 위경리와 같이 다닌 것이 얼만데.

"뭐라?"

염천초는 자신이 잘못 듣지 않았나 귀를 후비고 싶은 심정이었지만, 이어지는 말에 아무 말도 못하고 입을 닫을 수밖에 없었다.

"그래도 염 노선배 정도 되는 사람이면 후배의 귀감이 되어야 한다, 이 말이지요."

"그러니까… 나를 안다?"

"알면 어떻고 모르면 어떻겠습니까, 모든 것은 결과가 증명할 터인데."

말을 맺은 진고영의 입가로 부드러운 웃음이 살짝 걸리는 듯하더니, 눈빛은 점점 깊어져 가고 표정은 만년거암처럼 무겁게 변했다.

그리고… 손은 도의 손잡이를 잡아간다.

"네놈이 감히?"

"짧게 끝냅시다!"

주욱, 말의 여운이 끝나기도 전에 늘어지는 신형.

오 장의 거리가 한걸음에 좁혀지고,

번쩍!

칼집을 벗어난 무명도의 시커먼 도신이 염천초의 머리를 쪼개간다.

그러자 붉게 달아오른 염천초의 얼굴이 제 색깔을 찾기도 전에 놀라움으로 물들었다.

하지만 그가 누군가?

슬쩍 한 발을 빼며 들어올린 하얀 손이 쪼개오는 도신을 후려쳐 가고, 어느새 제 색을 찾은 표정에선 싸늘한 코웃음이 터졌다.

"흥! 시건방진!"

그러나 그는 더 이상 코웃음 따위는 날릴 수가 없었다.

쾅!

일수격돌!

뒤로 주르륵 세 걸음을 물러선 염천초의 얼굴에 아연한 표정이 떠오를 뿐이다.

'대체……?'

놀랄 시간도 없이 다섯 자 정도 밀려났던 젊은 놈이 다시 도를 세우는 것이 보인다.

얼굴이 굳어진 염천초는 다급히 자신의 독문내공 음황마기(陰皇魔氣)를 끌어올렸다.

*　　　*　　　*

한편, 남쪽의 담장을 넘어간 일행은 벽은전을 향해 쏜살같이 몸을 날리고 있었다.

그들은 다수, 결코 진고영처럼 드러내 놓고 움직일 수는 없었기에, 전각과 전각 사이를 누비며 최대한 빠른 속도로 목표물을 찾아가는 것이었다.

그렇게 다섯 개의 전각을 돌아가고 나서야 마침내 그들은 자신들이 원하던 장소에 도착할 수 있었다.

"여긴가?"

발걸음을 멈추고 주위를 돌아보았다.

수십 명의 무사가 그들을 쫓아와 뒤쪽에 포진하다시피 하고 있는 것이 보였다.

위경리 일행은 담을 넘자마자 '누구냐?' 묻는 질문도 상관하지 않고, '웬 놈이냐' 소리치며 앞을 막는 자는 걷어차 버리고, '어떤 놈이 감히!' 하고 건방떠는 놈은 패대기치면서 무작정 달리기만 했다.

그야말로 무식하게 무조건 돌격이었다.

그래야만 목적지에 빠르고 안전하게 도착할 수 있을 테니까.

그리고 그들의 생각대로 '설마?' 하며 그들에게 직접 대들지 못했던 사람들은 졸졸졸 그들을 따라서 이곳까지 온 것이다.

물론 짙은 안개 때문에 가로막던 자들이 일순간에 판단을 내릴 수 없었던 점도 한몫하였지만.

"자! 이제 한 번 해보드라고!!"

우뚝 멈춰 섰던 육정기가 웃는 얼굴로 돌아섰다.

그동안 답답했을 것이다, 그 성질에 달리기만 했으니.

참았던 성질을 한바탕 싸움으로 풀기라도 해야겠다는 듯 청망검을 꺼내 들고 앞으로 나선 그의 검에서 웅풍사자검기가 넘실댄다.

그러자 위경리가 뒤도 안 돌아보고,

"육가야! 너는 여기서 놀고 있어라! 우리는 저 안에 어떤 놈들이 있는지 보고 올 테니까!"

한 소리만을 남기더니 휙, 몸을 날려 벽은전을 감싼 담 안으로 날아간다. 그러자 다른 사람들도 우르르 뒤따라서 몸을 날렸다.

"어어?"

육정기는 입만 벌리고 쳐다보다가 안 되겠는지 휘잉! 시퍼런 검강이 서린 검을 휘둘렀다.

“들어오는 놈은 본 어르신을 무시하는 놈이라 간주하고 모가지를 잘라 버린다!”

깜짝 놀란 무사들이 뒤로 물러서자 육정기는 씩, 웃고는 담을 넘었다.

하지만 그의 말을 무섭게 아는 사람은 한 사람도 없었다. 검강은 좀 두려웠을지 몰라도.

무사들은 분주히 어디론가 달려가고, 그중에서도 담 큰 자들은 벽은전의 담을 넘었다.

*   *   *

진고영은 일도를 내쳐 염천초의 내력을 가늠하고는 다시 도를 들어 올렸다.

상대는 천하가 좁다 하는 고수 삼십삼천의 일인, 음마존 염천초다.

쉽게 끝낼 수 있는 상대가 아닌 것이다.

일단 상대의 심기를 건드리고 일도로 자존심을 꺾어놓았다.

이제는 전력을 다해 최대한 빠른 시간 안에 결말을 지어야 한다. 그래야 금왕을 대비하고 다음 일을 진행할 수 있다.

대연일기공을 끌어올리자 무명도에 검은 도강이 넘실거린다.

신형을 날리며 백린도의 도결로 흑린을 쏘아내고, 뇌진도로 번개를 부르며 신형을 숏구쳤다.

염천초는 가공할 경력이 실린 채 새카맣게 몰려오는 묵린을 향해 백색 지강을 화살처럼 튕겨냈다.

떠더더덩!

음황지가 흑린을 부수어 나간다.

굉음이 일며 사방으로 비산하는 묵린이 주위에서 멋모르고 구경하던 자들을 다급히 도망치게 만들었다.

하지만 문제는 묵린에 이어 일 장 허공에서 내려쳐 오는 시커먼 뇌전!

"하앗!"

십여 년 만에 기합을 내지르는 염천초의 얼굴이 일그러진다.

하얗다 못해 파랗게 보이는 쌍수를 휘둘러 뇌전에 정면으로 부딪쳐 간다.

우르르르…….

두 줄기 엄청난 기운이 부딪치며 우레가 일고,

콰웅!

결국 견디지 못한 기운들이 사방으로 터져 나갔다.

"으음……."

흐트러진 머리카락에 신경 쓸 사이도 없이 염천초의 눈이 경악으로 일그러졌다.

자신이 일 장이나 밀려난 것이다.

한데 상대는 겨우 두어 걸음. 그로선 열받을 만한 일이다.

"노옴!!"

음황마기를 십성 끌어올린 염천초의 표정이 악귀와 같이 변해 갔다.

허공에서 한 바퀴 재주를 부리듯 돌고 내려선 진고영은 두 걸음을 밀려난 후 도를 고쳐 잡았다.

'이미 부딪쳐 본 다른 절대고수들에 비해 더 나을 것이 없는 자다. 그렇다면…….'

생각은 순간. 천천히 들어올리는 도에서 뭉실, 묵기가 춤을 춘다.

눈은 악귀처럼 변한 염천초의 눈을 노려본다.

춤을 추던 기운이 서로 부딪치며 뇌전이 일어난다.

그때였다!

화악!

염천초가 한 마리 학처럼 팔을 벌리더니 가슴으로 뭉치며 쇄도해 온다.

그러자 온 세상을 얼리겠다는 듯 극한의 차가운 기운이 파도처럼 밀려온다. 아마도 이번에는 선기를 뺏기지 않겠다는 뜻이리라.

진고영도 마주쳐 몸을 날리고, 원을 그리듯 휘둘러지는 무명도로 뇌전을 폭사시켰다. 십여 줄기의 시커먼 뇌전이 음황마기의 파도를 부숴버릴 듯이 밀려간다.

일순간, 음황마기와 대연일기공이 실린 뇌전이 정면으로 부딪쳤다.

콰과과……. 치지지지지…….

듣기만 해도 괴로운 소리.

사람들이 귀를 틀어막으며 더욱 멀리 물러선다.

하지만 부딪쳐 가는 두 가람의 얼굴 표정은 여전히 변함이 없었다. 누구도 우세를 점하지 못한 상태.

틈을 주지 않겠다는 듯 진고영은 대연일기공의 기운을 배가시키며 무명도를 열십자로 그어버렸다.

찰나간에 수십 개의 번개가 폭출한다.

열십자로 교차된 시커먼 번개가 폭풍우 속의 파도처럼 밀려간다.

음황마기의 벽이 갈라질 때까지. 뇌진십자파랑(雷振十字波浪)!

콰콰콰콰!!

염천초의 얼굴이 해쓱하니 질려가는 것이 보였다.

수십 줄기의 뇌전이 더욱 강한 힘을 담고 자신이 쏟아낸 음황마벽을 부수어오자, 그로서는 견디는 것 자체가 힘든 것이다.

결국,

쩌저저저적!

갈기갈기 찢어지는 음황마벽을 뚫고 시커먼 번개가 몰려오자, 주르륵 뒤로 물러서던 염천초의 신형이 황급히 솟구쳤다.

그러자 진고영의 무명도가 손목의 움직임에 따라 비틀린다.

비틀리는 도의 기세를 따라 번개가 비틀린다. 그러더니 허공에 솟구친 염천초를 향해 이를 내밀며 날아오른다. 뇌진역류참(雷振逆流斬)!

입가에 핏줄기를 보인 염천초가 음황마장을 내려친다.

하지만 이를 악문 그의 표정은 일그러질 대로 일그러져 있었다. 믿을 수 없는 상황에 심기까지 흔들린 것이다.

우르르……. 쿠르룽!

"크읍!"

하늘을 거슬러 올라간 묵뢰가 음황마장의 위력에 산산이 부서지지만, 그 충격으로 염천초의 신형이 신음을 흘리며 훌훌 날아갔다.

순간!

쏘아낸 묵뢰가 부서지는 것을 보던 진고영의 신형이 빨랫줄처럼 뻗어나가더니, 일순간에 염천초의 머리 이 장 위, 무명도의 묵광 속에서 은은한 금빛이 피어오르고.

"타앗!"

일성 기합과 함께 내려쳐지는 무명도에서 한줄기 묵금빛 뇌전이 똬리를 풀고 염천초를 덮쳐들었다.

고오오…….

그것은 뇌룡이었다.

천지의 악마를 모조리 부숴 버릴 것만 같은 아홉 마리의 뇌룡, 전룡참마겁(電龍斬魔劫)!

염천초의 눈이 아연해진 채 부릅떠졌다.

저건 또 뭐란 말인가!

전신을 오그라뜨리게 하는 가공할 기운에 자신의 음황마기가 두려움에 몸을 비튼다.

그가 어찌 알 것인가, 그것이 마공의 절대상극 수천제마력의 공능임을.

콰아아아!

덮쳐 오는 뇌룡이 어깨를 물어뜯는다.

가슴을 할퀴어온다.

그런데도 자신이 할 수 있는 것은 아무것도 없다.

오직 기를 쓰고 뇌룡에게서 벗어나기 위해 몸을 틀어볼 뿐.

세상에, 천하의 음마존이 몇 수 지나기도 전에 온몸에 상처를 입고 공세를 벗어나기 위해 발버둥을 치고 있다니…….

지켜보던 사람들의 표정은 놀라움을 넘어서 넋이 빠져 버렸다.

특히 화인은 자신이 안내했던 사람이 진고영 본인이라고는 생각도 못하고 있었다. 곤이 없었으니까. 하지만 천하에서 음마존 염천초를 저리 몰아칠 사람이 그 말고 또 누가 있단 말인가.

그의 머리 속에 있는 혁련유천을 제외하고는 아마 진고영뿐이리라, 장무담의 말대로라면.

사실 그는 오늘의 일을 보기 전까진 장무담의 말이 과장되었다고 생각했다. 그런데… 이건 강해도 너무 강하다.

생각도 잠시.

'아차! 이러고 있을 때가 아니다.'

슬며시 안으로 들어가는 화인을 눈여겨보는 사람은 아무도 없었다.

이미 제정신들이 아닌 것이다.

가까스로 뇌룡의 공격 범위에서 벗어난 염천초는 땅에 내려서자마자 질린 얼굴로 진고영을 바라보았다.

한데 무지막지한 놈이 다시 날아오는 것이 보이는 것이 아닌가?

자신도 모르게,

"으으으……. 지독한 놈!"

부들부들 떨리는 음황마수를 들어올리며 신음이 새어 나온다.

어깨가 뚫리고, 오른쪽 가슴이 깊게 파여 버렸다.

분수처럼 뿜어져 나오는 핏줄기가 자신의 눈을 가리고 있었다.

염천초는 흐릿한 눈을 들어 다가오는 진고영을 바라보았다. 이제 그에게 진고영은 악마와 다름이 아니었다.

진고영 역시 내력이 격심하게 흔들리고 있었다.

전력을 다한 염천초의 음황마기는 천하에서 가장 무서운 음공(陰功) 중 하나.

이토록 빨리 염천초의 기세를 꺾을 수 있었던 것은 수천제마력 덕분이었다.

혈맥이 요동을 친다.

한데 도를 쥔 손에서는 또다시 묵금광이 피어오른다.

'절호의 기회!'

그는 싸움에서 승리의 요건 중 하나가 기세라는 것을 일찌감치 경험한 터였다. 특히 강자와의 싸움에서는.

이렇게 좋은 기회를 그냥 흘려보낼 수는 없다.

그랬다간 다른 자들이 정신을 차리고 벌 떼처럼 달려들지도 모르니까.

이를 악물고, 목으로 넘치려는 핏물을 삼키며 쇄도해 가는 진고영의 도에서 묵뢰가 번쩍인다.

'아차!'

그제야 정신을 차린 천음산장의 호은무령주 배운걸이 대경해 소리쳤다.

"막아! 봉공을 구해라!!"

외침과 함께 몸을 날리는 배운걸을 따라 네 명의 호은무령 무사가 진고영을 향해 신형을 날렸다. 그러나 찰나간의 차이였다. 그리고 그 차이가 염천초의 운명을 결정지어 버렸다.

콰우!! 쩌저적!!

묵뢰가 약해질 대로 약해진 음황마기의 벽을 뚫고 덮쳐들었다.

그러더니 한줄기 번개가 염천초의 목을 스치고 지나가 버린다.

스각!

"꺼어억!"

답답한 신음이 잘려진 목에서 새어 나오고, 눈동자가 흰자위만 남은 채 뒤집어져 버렸다. 들어올린 손이 허공을 휘젓는다.

염라사자를 향해 손을 젓는가, 놓쳐 버린 생명의 동아줄을 잡으려 하는가.

목에서 솟구치는 피분수가 손목을 시뻘겋게 물들이며 흘러내린다.

회한이 담긴 표정으로 서서히 쓰러져 간다. 무너져 내린다.

그렇게… 또 하나의 하늘 음마존 염천초가 지옥의 명부에 이름을 올렸다.

뒤로 넘어가는 염천초를 바라볼 사이도 없이 진고영의 신형이 빙글, 뒤로 돌았다. 그러더니 마치 역으로 거슬러 올라가는 연어마냥 자신이 날아온 길을 그대로 되짚어 날아간다.

휘둘러지는 무명도에서 또 한 번의 번개가 작렬했다.

짜자작! 쩌정!

번개가 배운걸의 장검을 튕겨 내며 검신을 훑어 내리더니 그대로 팔목을 잘라 버리고,

"으억!"

팟! 솟구쳐 날아가며 물구나무서듯 돌던 진고영의 도에서 묵린이 쏟아져 내린다.

"아악!"

"크억!"

이마가 쪼개지고 어깨가 갈라진 호은무령들의 신형이 달려오던 자세 그대로 무너져 내린다.

그와 동시에 그들을 보지도 않고 진고영의 신형이 환영만 남긴 채 뒤로 튕겨지고,

"이놈!!"

한줄기 거세고도 무거운 기운이 쩌렁, 울리는 고함과 더불어 하늘에서 쏟아져 내렸다.

신형을 날리며 호은무령을 베어가던 진고영은 벌써부터 다가오는 기운을 느끼고 있었다. 하지만 지금은 눈앞의 일을 먼저 처리해야 할 때.

그 기운을 무시한 채 다섯을 베어버리고, 동시에 안색을 굳히며 전력을 다해 신형을 뒤로 튕겨냈다.

연이어 펼쳐진 구절미보 중 역상신행(逆像身行).

흐릿한 그림자는 계속 앞으로 나아가는 듯 보이지만 그것은 환영. 그 환영을 향해 떨어져 내리던 기운이 대지를 뒤집어 버린다.

콰콰콰쾅!

그러자 일순간 물러섰던 진고영의 환영이 합쳐지고, 땅으로 내려서는 자를 향해 일도양단의 기세로 쇄도해 들어간다.

찰나, 번쩍! 진고영과 그자의 사이가 쩍 갈라진다. 본래부터 갈라져 있었다는 듯이.

그리고 그 사이를 시커먼 뇌전이 줄기줄기 뻗어 나갔다.

노적문은 도저히 눈앞의 일을 믿을 수가 없었다.

염천초가 누군데 새파랗게 젊은 놈에게 거꾸러진단 말인가.

금천패왕기(金天覇王氣)로 뻗어오는 뇌전을 쳐가면서도, 그의 눈에서는 불신의 빛이 사라지지 않고 있었다.

쩌저…… 쾅!

격돌!

노적문의 눈이 휘둥그레 커졌다.

불시에 날아온 공격이었지만 약하지 않을 거라 생각은 했었다.

그렇다고 자신의 금천패왕공을 뒤흔들 정도라니…….

'그랬던가? 염천초가 무너진 것이 결코 우연이 아니었던가?'

그는 지금까지의 편견을 모조리 버리기로 작정했다.

젊다고 강하지 말란 법은 없으니까.

"좋아!"

그의 입에서 호기에 찬 외침이 터졌다. 그러더니 어느새 한 자루 짧고 넓은 검을 뽑아 들었다.

참으로 오랜만에 뽑아보는 패왕검이었다.

사람들은 그의 무공 중에서 금왕수를 제일로 친다. 하지만 그를 제대로 아는 사람들은 패왕검으로 펼치는 금천패왕검결을 제일 꺼려한다.

진고영이 빈손이었다면 꺼내지 않았을지도 모른다. 그러나 무명도가 예사롭지 않게 보이는 데다 한 번 받아본 진고영의 도격은 그의 상상을 넘어설 정도로 날카롭고 힘이 있었다.

패왕검을 뽑아 든 노적문의 안색에서 조금 전의 분노는 흔적도 찾아볼 수가 없다. 남은 것은 오직 흥미로운 표정뿐.

그것은 진고영이 염천초를 실력으로 이겼다는 것을 인정해 주는 것과 다름이 아니었다.

조부께선 삼십삼천 중 패왕이라고까지 불렸던 금왕 노적문은 진정한 적수를 만나면 즐거워하는 진짜 무인이라 말씀하셨다.

진고영은 그 말이 사실임을 알 수 있었다.

금왕 노적문의 얼굴에 즐거움이 떠올라 있었던 것이다.

*　　　　*　　　　*

자신의 처소에서 조용히 눈을 감고 죽은 어미의 제를 지내러 간 딸의 일을 어떻게 처리할까 생각에 빠져 있던 혁련유천은 아련히 들려오는 굉음에 천천히 눈을 떴다.

처음에는 그저 누군가가 비무를 하는 것일 거라 생각했다.

한데 제법 길게 이어지더니, 마치 절대고수들의 싸움에서나 나올 법한 기의 파동이 느껴진다.

절대고수의 기운, 그것은 천은산장 내에서도 몇 안 되는 사람들의 기운이다.

'봉공들이 다투고 있나? 아니면 벽은전의 사람들이……. 아니지, 그들의 기운이라고 보기에는 너무 강한데?'

미간이 찌푸려졌다. 하지만 사소한 일로 자신의 명상을 방해받고 싶지 않은 혁련유천이었다. 더구나 혁련유화의 일은 그 무엇보다 중요했으니.

'누군지 몰라도 심심했나 보군. 늙은이들, 조금만 기다려라. 심심치 않게 해줄 테니까.'

혁련유천은 속으로 중얼거리며 그렇게 그냥 다시 눈을 감았다.

공손곽이 달려올 때까지.

*   *   *

금왕을 바라보던 진고영의 안색이 침중하게 굳어졌다.

금왕 노적문은 염천초와는 또 다른 강자다.

염천초는 마공을 익혔기에 수천제마력으로 생각보다 쉽게 제압했지만, 금왕은 마공이 아닌 정심한 무공을 익힌 자다. 그러면서도 삼십삼천 중에서도 강자로 알려진 인물.

어쩌면 일이 생각보다 더 힘들게 풀릴지도 모른다. 그렇다면…….

'지금쯤 공격이 시작됐을 것이다. 시간이 없다. 무리를 해서라

138

도…….’

“삼 초로 하시죠.”

“응?”

의아해하던 노적문이 진고영의 말을 이해하는 데는 잠깐의 시간이 필요했다. 하지만 그 말을 이해하고 나자 절로 터져 나오는 웃음을 어쩔 수가 없었다.

“우하하하!! 정말 광오한 놈이로다!”

노적문의 광소가 터지고,

‘삼 초 승부다. 이것저것 따질 겨를이 없다. 내부가 흔들린 상태. 최대한 강하게 치고, 결과와 상관없이 빠져나간다.’

“갑니다!”

진고영의 일갈이 뒤이었다.

“좋아! 어디 해보자!!”

패왕검의 검신에서 황금빛 노을이 떠오른다.

그러자 진고영의 무명도에서도 묵금빛 기운이 도신을 휘어감고, 파앗! 신형을 날리는 진고영을 따라 묵금빛 뇌전이 몰아친다.

그걸 바라보던 노적문의 입에서 씻은 듯이 웃음이 사라졌다.

이 장 허공으로 떠올라 쇄도해 오는 진고영의 무명도에서 줄기줄기 묵금빛 뇌전이 쏟아지고 있었던 것이다. 뇌락절혼겁(雷落切魂劫)!

콰우우…….

고오오…….

패왕검에서도 황금빛 노을이 요동치며 뇌전을 부숴 버린다.

콰콰콰!! 쩌저저!!

다시 한 번 대지가 갈라지고, 지나가던 바람이 찢기어 비명을 질러

댄다. 하지만 두 사람의 몸에서 피어나는 기운은 더욱 거세져만 간다.

팅기듯이 삼 장 밖으로 물러선 두 사람은 조금의 망설임도 없이 또 다시 마주쳐 갔다.

"타앗!"

진고영이 일성 기합과 함께 쇄도해 갔다.

그의 신형이 갈래갈래 쪼개지듯 흩어져 버리더니, 순간적으로 노적문의 허공 이 장 높이에서 나타났다.

그리고……

콰우!!

휘몰아치는 회오리와 함께 허공에 나타나는 하나의 형상! 제마참혼겁(制魔斬魂劫)!

노적문의 표정이 경악으로 굳어지고 눈이 부릅떠졌다.

그는 본 것이다, 묵금빛에 휩싸인 공포스런 형상을…….

"맙소사!"

경악과 경탄이 어우러진 탄성.

그러면서도 수십 갈래로 뻗어 나오는 황금빛 노을, 패왕층층검(覇王層層劍)!

구구구…… 콰르릉!

주위의 전각이 뒤흔들리고 정원의 매화나무가 허공에서 가루로 스러져 버린다.

가공할 경력의 회오리.

인간의 힘이라 믿을 수 없는 미증유의 거력이 사방을 휩쓸어 버렸다.

"으음……."

"크헉!"

충격으로 물러선 두 사람의 입에서 답답한 신음이 터진다.

노려보는 네 개의 눈동자에 진심이 담긴 경탄이 떠올라 있다.

특히 노적문은 수십 년 만에 자신을 뒤로 물러서게 만든 젊은이가 사람 같지 않게 보였다.

"자네…… 누군가?"

상황에 어울리지 않는 질문. 하지만 그만큼 노적문은 정말로 궁금했다.

"진고영이라 합니다."

"진고영?! 자네가? 그렇군, 그랬어…….”

놀라움에 고개를 주억거리는 노적문의 입에서 주르륵, 핏물이 흘러내린다.

"마지막 하나 남았네."

그러나 결코 겁힘이 없는 태도. 역시 금왕 노적문이었다.

진고영은 눈을 반개한 채 아무런 말도 없이 도를 상단으로 들어올렸다.

그러자 노적문도 패왕검을 가슴에 끌어안았다.

무명도에서 굼실대던 묵금빛 광채가 도신을 휘감더니 완전한 하나의 뇌전으로 변해간다.

여섯 자 길이의 묵금빛 뇌전이 그의 손에서 빠져나가기 위해 꿈틀댄다. 뇌룡망망겁(雷龍亡亡劫).

콰우!

마치 환청이 들리는 것만 같다.

울부짖는 뇌전.

광포한 울음을 터뜨리는 뇌룡!

그러다 어느 순간, 마침내 무명도가 진고영과 한 몸이 되어 사 장 밖의 노적문을 향해 폭사해 간다.

콰우우우!

뇌룡이 눈을 뜨고, 입을 벌리고, 노적문을 한입에 삼키기라도 하겠다는 듯 날아간다.

노적문은 극한으로 끌어올린 금천패왕공을 모조리 패왕검에 집중시키고, 날아오는 뇌룡을 쳐갔다.

초식? 하늘조차 공포에 떨게 할 위력의 뇌룡이 덮쳐 오는데 무슨 초식이란 말인가. 그저 전신의 모든 기운을 끌어올리고 결과는 하늘에 맡길 뿐이다.

묵금빛 뇌룡이 황금빛 노을을 갈기갈기 찢으며 뚫고 날아온다.

그러면 또다시 한 겹의 장막이 쳐지고, 또 뚫고, 또 쳐지고, 또…….

콰.콰.콰.쾅!!

천지를 울리는 굉음.

대기가 비틀리며 내지르는 비명.

그 모든 것이 우르릉, 장무담이 있던 전각이 무너지며 피어오르는 먼지 속으로 묻혀 버렸다. 한 사람의 신음 섞인 중얼거림과 함께.

"저, 정말… 굉장… 멋진…… 으으으……."

먼지가 가라앉은 봉공원으로 사람들이 들어온 것은 반 각이 조금 더 흘러서였다. 그들은 눈앞에 보이는 상황을 믿을 수가 없다는 듯 고개를 절레절레 저을 뿐이었다.

안으로 들어선 사람들은 한쪽 벽에 반쯤 몸이 박힌 당당한 체구의 금의노인을 볼 수 있었다.

"봉공 어른!"

그를 발견한 무사 한 사람이 소리치며 달려가자 모두가 따라서 달려간다.

금왕 노적문, 그가 벽에 박혀 있었던 것이다.

"아직 살아 계십니다!"

급히 노적문의 몸을 벽에서 빼내고 눕힌 다음 상태를 점검한 무사가 소리칠 때였다.

"장주를 뵈옵니다!"

커다란 외침과 함께 어쩔 줄 모르고 서 있던 사람들이 급히 입구 쪽을 향해 머리를 조아렸다.

백의의 노인, 가히 만인을 억누를 기운을 품고 있는 자.

천은산장의 주인 혁련유천, 그가 나타난 것이다.

그는 잠시 노적문을 바라보더니 한마디 나직한 명령과 함께 발길을 돌렸다.

"그를 의약전으로 데려가거라."

하지만 돌아서는 그의 눈에서는 새파란 광망이 줄기줄기 쏟아지고 있었다.

'진. 고. 영.'

"이놈!!"

조금 전.

다급히 달려온 공손곽이 외부에서 적이 쳐들어왔음을 알릴 때만 해도 믿을 수가 없었다. 누가 감히, 천하의 누가 감히 천은산장에 침입해서 싸움을 건단 말인가. 한데 잠시 생각해 보니 좀 전에 일었던 기의 파동이 예사롭지 않았던 생각이 든 것이다.

절대고수의 출현, 적어도 삼십삼천 중 누군가가 침입했다.

"누군지는 파악이 되었느냐?"

"즉시 알아보라 하였사옵니다. 다만 봉공전이 거의 부서지다시피 했다는 수하의 전갈이……."

공손곽의 다급한 보고를 듣고서도 바로 움직이지 않은 것이 통한이었다. 바로 쫓아왔다면 진고영을 만났을 수도 있었을 것이거늘.

현장에 와서야 진고영이 나타났다는 것을 알았다.

금왕과 대결 중에 진고영이라는 이름이 흘러나오고, 그제야 대경한 수하들이 급히 보고했지만 이미 늦어버렸다.

더구나 두 명의 봉공과 치열한 싸움을 벌였으니 틀림없이 놈도 상당한 부상을 입었을 터, 참으로 아까운 기회를 놓친 것이다. 거치적거리는 놈을 죽일 기회를 말이다.

한편으로는 진고영의 가공할 무력이 마음에 걸렸다.

설마 봉공 두 사람이 연이어 당하다니……. 그것도 금왕까지.

하지만 지금은 지나간 일을 후회할 때가 아니었다.

"공손곽!"

"예, 주군!"

"지금 즉시 추적대를 조성해 놈을 쫓도록 하라!"

"알겠사옵니다, 주군! 하옵고…… 벽은전에도 놈들이 들어왔사온데 다행히 벽은전의 고수들에 의해 패퇴했다 하옵니다. 비록 몇 명이 죽고 다치기는 했으나 그들 역시 추적하도록 조치하겠사옵니다."

"으음… 그놈들이 감히……."

공손곽은 처음으로 보는 혁련유천의 분노에 부들부들 떨리는 몸을 주체할 수가 없었다. 눈길이 스쳐도, 한마디 말이 귀를 파고들어도 등줄기를 치달리는 소름에 모골이 곤두섰다.

그런데 그렇게 분노에 찬 표정을 하고 있던 혁련유천의 눈빛이 기이하게 빛나더니 자신을 돌아다본다.

“장 노인은?”

“아! 그게…… 수하들의 보고에 의하면 전각 안에 없었다고…….”

“이런!”

크게 뜨여진 혁련유천의 눈에서 파란 빛줄기가 쏟아졌다.

“장 노인을 찾아라! 무엇보다 지급으로! 알겠느냐!!”

“예? 예! 주군!!”

*   *   *

콰쾅!

강렬한 부딪침에 주르륵 뒤로 물러난 위경리의 얼굴이 창백하니 굳어져 간다. 그러면서도 입가에서는 웃음이 피어난다.

맞은편, 한때 호남제일권이라 불리던 붕산마권 곡진호가 두 팔이 부러진 채 쓰러져 가고 있었던 것이다.

벽은전에 들어와서 처음으로 마주친 자였다. 한데 놈이 자신을 알아보지도 못하면서, 자신이 맨손으로 달려들자 한마디를 했다.

“육기칠절도 우습게 생각하는 우리들이거늘, 감히 떨거지들이 이곳에 들어오다니!”

결국 그 말이 위경리에게 눈곱만큼 남아 있던 자비심마저 버리게 만들었다.

"자식! 칠절이 아무나 되는 줄 아나? 뭐? 칠절이 가소로워? 죽을라고……."

"아따, 형님! 뭐 하고 있다요! 힘들어 죽겠는데. 빨리 끝내고 나가자니까요!"

시끄러운 소리에 고개를 돌려보니 육정기가 고함을 내지르며 청망검에서 줄기줄기 검강을 내뿜고 있었다.

상대는 비검만리(飛劍萬里) 옥등, 십은 중 하나이며 결코 육정기에 뒤떨어지지 않는 고수.

십여 초를 겨루고 있었지만 쉽게 어쩌지 못하고 있는 판에 또 다른 자가 합세하려 하고 있었다. 하나라면 모를까 둘이면 육정기가 감당할 수 없는 상황.

현고기령이 실린 장력을 쏘아 보내며 육정기 쪽으로 날아가던 위경리가 크게 소리쳤다.

"이놈들아! 여기도 있다!"

정체를 알 수 없는 놈이 뒤돌아보며 얼굴을 일그러뜨리는 것이 보인다. 그걸로 육정기의 상황은 훨씬 나아졌다.

옥등 하나라면 충분히 이길 수 있는 육정기니까, 단지 시간이 걸릴 뿐.

"크억!"

또 다른 비명이 터지고 백리웅천의 검에 무너져 가는 자가 보였다.

추혼삭 오명기라 했던가? 줄 가지고 장난치던 놈이다.

백리웅천을 젊다고 얕보다가 한쪽 팔이 허공으로 날아가고 있었다. 믿기지 않는지 비명도 잊은 채 백리웅천을 쳐다본다.

그야말로 난장판이었다.

검강, 도강, 장강, 온갖 강기들만 없었다면 시장판의 건달들 패싸움이라 생각할 정도였다.

시끄럽고, 욕이 난무하고, 특히나 멋모르고 담장을 넘어오는 천은산장의 무사들을 쇠몽둥이로 개 패듯 하는 방거산을 보면 더욱더 그러한 생각이 들 지경이었다.

무식한 놈!

쇠몽둥이에 맞은 놈들이 공포에 울부짖는 소리를 듣다 보면 불쌍하다는 생각이 들 정도다.

그나마 호난연에게 당하는 무사들은 행복한 편이었다. 한 대 맞고 쓰러지면 더는 안 때렸으니까.

고수다운 풍모를 보이고 있는 사람이라곤 학처럼 날아다니는 연부경이나, 조용히 적을 마주 보며 서 있다가 가끔씩 손을 떨치는 이수양뿐이었다.

이수양은 팔목천수(八目千手) 신양수와 마주 서서 눈싸움을 하고 있었다. 사마정이 멋모르고 달려들다가 신양수의 암기에 어깨가 관통당하자 암기술로는 누구에게도 지고 싶지 않은 이수양이 나선 것이다.

"타앗!"

우형욱이 한 소리 기합을 내지르며 단창을 날렸다.

회영창에 이은 비영창, 날아간 창두가 적의 목을 꿰뚫고 삐져 나온다.

"요옷!"

염이상이 묘한 기합을 내지르며 칼을 휘두른다.

멋모르고 달려들던 무사의 가슴이 쩍 벌어지고, 뒤이어 달려들던 자는 허공으로 몸을 띄운 악대헌의 칼을 피해 땅바닥을 뒹굴고 있었다.

그때, 지붕 위에서 한 소리 외침이 들려왔다.

"놈들이 떼로 몰려온다! 그만 하고 빠져나가자!"

천우만의 고함 소리였다.

쓸데없이 끼어들지 말고 지붕에서 상황이나 살피라는 말에, 벽은전에 들어오자마자 이층 전각의 지붕 위로 올라가 있었다. 한데 그의 눈에 득달같이 달려오는 천은산장 무사들의 모습이 보인 것이다. 결코 만만치 않아 보이는 놈들이.

지금 있는 놈들만 해도 벽은전의 고수들이 칠팔 명, 처음에 겁도 없이 담을 넘어온 무사들이 십여 명, 뒤이어 들어온 놈들이 이십여 명이다.

물론 일반 무사들 대부분이 쓰러져 있거나 쓰러지고 있는 중이지만, 문제는 벽은전의 고수들이 아직 다섯이나 남아 있고 오는 놈들이 백여 명이나 된다는 것이다. 자칫 잘못하면 빠져나가지도 못하고 묶여 버리는 수가 있었다. 그래서는 죽도 밥도 안 된다.

파파팡!

"크윽!"

"갑시다!"

풍운벽선 사공도를 몰아붙이던 유지화가 귀원장으로 사공도를 밀어내며 소리치고는, 놈들이 몰려온다는 곳의 반대편으로 신형을 날렸다.

그러자 연부경이 눈을 부라리며 달려드는 폭우도 갈수목을 향해 구심지를 연달아 튕기고 유지화의 뒤를 따랐다.

그때부터였다. 있는 힘을 다해 상대를 몰아쳐 뒤로 물리고, 줄줄이 신형을 날린다. 위경리도, 육정기도, 궁무진도. 모두가 약속한 대로.

"쫓아라!"

담을 넘어오는 무사들의 입에서 고함이 터지든 말든.

우리는 갈란다…… 였다.

3

"우웩!"

한 움큼의 선혈이 대들보 위로 쏟아졌다. 그러자 답답했던 가슴이 조금 시원해지는 기분이었다. 그렇다고 모든 것이 본래 상태로 돌아간 것은 아니었다. 그럴 상태도 아니었지만.

진고영은 눈을 반쯤 감고 지속적으로 양유대력을 끌어올렸다.

상처를 치유하는 능력은 자신의 몸속 세 가지 기운 중 양유대력이 가장 뛰어나다 할 수 있었다.

가슴에서 발원한 기운이 점점 커지더니, 결국에는 노도와 같이 전신을 누비기 시작했다. 그러자 막힌 곳에서는 통증이, 타격을 입은 곳에서는 아리한 시큰함이 몰려왔다. 하지만 그 모든 것이 양유대력이 어루만짐에 따라 가라앉기 시작했다.

'어느 정도라도 몸 상태가 호전되어야만 뜻대로 행할 수 있을 것이다.'

문제는 시간이 얼마나 걸리느냐였다.

과연 금왕의 위명은 허명이 아니었다.

비록 염천초와의 격돌로 약간의 내상을 입고 있었다지만, 그의 무력은 자신이 만나본 그 어느 고수보다도 강력했다.

삼 초의 전력을 다한 대결, 처음부터 구겁전도를 펼쳤다.

그런데도 그를 죽이지 못했다. 자신은 심한 내상을 입었고.

반 각 전, 마지막 구겁전도의 다섯 번째 뇌룡망망겁을 펼치고 튕겨져 나가는 노적문을 바라보며 진고영 역시 패왕검의 반탄력에 삼 장을 튕겨져 나왔다. 그리고 그 탄력을 이용해 장원을 빠져나왔다. 무너지는 전각, 피어오르는 먼지 속으로 신형을 날리며.

그때 노적문은 자신이 사라지는 모습을 쳐다보고 있었다. 입가로 선혈이 흐르는 것도 잊은 채 웃는 얼굴로. 마치 시원하다는 듯이.

노적문을 뒤로하고 장원을 빠져나온 후, 일직선으로 후원을 가로지르던 진고영은 생각을 바꾸고 직각으로 신형을 틀었다.

아무도 보는 사람이 없다는 확신이 들자 그는 두 채가 이어져 있는 전각 이층의 지붕으로 스며들었다.

유지화가 보여줬던 지도에 의하면 그곳은 봉공원의 또 다른 전각이었다. 누구의 거처인지는 모르지만.

지붕에서 주위의 기운을 살펴보았지만 별다른 기운이 느껴지지 않는다.

음마존 염천초는 죽었고, 금왕은 죽지 않은 게 다행일 정도로 중상을 입었다. 두 봉공을 호위하던 자들도 그들을 따라 모두 자리를 비운 상태였다.

지금 천은산장은 그야말로 난리가 나 있는 상황. 누구도 봉공의 거처에 진고영이 숨어 있으리라 생각할 수 없을 것이었다. 그렇게 전각의 천장 안으로 들어간 진고영은 시급히 내기부터 다스리기 시작했다. 그래서 일단은 자신의 내부에 응어리져 있던 사혈부터 토해낸 것이다.

*　　　　*　　　　*

천은산장을 빠져나온 위경리 일행들은 죽어라 발을 놀렸다.

뒤에서 쫓아오는 자들의 수효는 점점 늘어 이백여 명, 그중에서도 앞서서 달려오는 자들은 일류 중의 일류고수들이다. 게다가 간간이 섞인 절정의 고수들.

잡히면……. 뒷일은 생각하기도 싫었다.

천우만을 필두로 길게 늘어져서 달려가는 일행들의 눈앞 저 멀리 우거진 송림이 보인다.

"저기까지 가는 동안 최대한 간격을 벌려야 합니다!"

송림을 바라보던 백리웅천이 외쳤다. 그러자 모두의 지친 얼굴에 안도와 희망이 넘친다.

하지만 구시렁대는 사람도 있었다. 역시나 육정기.

"아으…… 씨불. 지금도 열나게 달리는데 얼마나 더 빨리 달리란 말이냐."

기회 포착을 놓치지 않는 위경리.

"말 한마디 아껴서라도 뭐(?) 떨어지게 달려라, 살고 싶으면."

어찌 보면 육정기를 생각해 주는 듯한 말이었다. 이해해 주기만 한다면.

입을 꼭 닫고 꽁지에 불붙은 황소처럼 달리던 육정기가 혼자서 중얼

151

거렸다.

"방울이 무거운 것도 죈가? 뭐, 그거 커도 불편하네. 젠장!"

뭐가?

하마터면 뒤따라 달려가던 염이상의 발이 꼬여 넘어질 뻔했지만, 일행들의 몸놀림은 더욱 빨라져 가고 있었다.

반 각, 정신없이 달리던 사람들이 숲으로 뛰어들었다.

송림은 밖에서 보면 소나무만 있는 것처럼 보였다. 그러나 안으로 들어가자 잡목이 어우러져 쉽게 눈에 뜨이지 않을 정도였다.

백여 장을 전진하자 앞쪽에서 부스럭거리는 소리가 들리더니 한 사람이 고개를 내밀었다. 순간, 앞장서 가던 백리웅천이 손을 들어 우측 방향을 가리키고는 자신은 그대로 앞쪽으로 나아간다.

사람들은 백리웅천의 손이 가리킨 방향으로 급히 신형을 틀었다. 물론 흔적은 남기지 않고.

다섯을 셀 정도의 시간이 지날 때였다. 백리웅천이 들어간 쪽에서 십여 줄기의 인영이 솟구친다. 한데 그들의 복장이 지금 방향을 틀어 은밀하게 북쪽으로 진로를 잡은 위경리 일행들의 것과 똑같지를 않은 가?

허리를 숙이고 다람쥐처럼 숲 사이를 빠져나가던 위경리가 힐끗 뒤를 돌아보았다.

서쪽으로 달려가는 사람들이 보였다. 자신들의 복장을 한 잠풍단의 무사들이었다.

'저놈들, 무사해야 할 텐데.'

그래야 덜 미안할 것 같았다.

자신들을 대신해 목숨을 걸고 달려야 하는 그들이기에.

잠시 후 소리없이 송림의 북쪽으로 빠져나온 위경리는 사람들을 돌아보았다. 모두들 얼굴에 땀이 맺혀 있었다.

절정의 고수들, 하다못해 일류 이상의 고수들. 한데도 격렬한 싸움에 이어 전력질주를 하다 보니 그들의 이마에도 땀이 맺혀 있었다. 오죽하면 위경리조차 잠깐 쉬고 싶을 정도일까.

하지만 현실은 그들을 그대로 쉬게 놔두지를 않았다.

"가자고. 산모퉁이를 돌아가면 쉴 만한 데가 있을 거네."

야속하도록 재촉하는 천우만을 바라보며 육정기가 입을 삐죽거린다.

'쳇! 자기는 편히 지붕에서 구경이나 했으니 지치지 않는다 이거지?'

북쪽의 석군을 가로질러 백석산의 거대한 바위들을 돌아가자 천우만의 말대로 두 개의 거대한 바위틈에 제법 넓은 공지가 있었다. 밖에서는 보이지 않는 은밀한 곳이었다.

사람들이 자리를 잡고 앉자 유지화가 입을 열었다.

"일각을 쉬고 움직일 겁니다. 잠풍단의 무사들이 놈들을 유인하는 시간이 얼마나 될지 몰라도 그 이상은 위험합니다. 이대로 악록산으로 간다면 모를까 백령곡을 거쳤다 가야 하니까요."

"그건 알고 있네만, 진 아우는 어찌 되었을지 모르겠군. 음."

위경리의 염려가 담긴 말에 유지화가 고개를 끄덕였다.

"위 선배님의 염려는 이해가 갑니다만, 지금 상황에선 계획대로 하는 수밖에 없습니다. 그래야 진 공자도 그에 따라 움직일 테니까요."

유지화의 침중한 표정이 그의 심중을 드러내고 있었기에 아무도 다른 말은 할 수가 없었다. 그러자 그간 말도 잘 안 하던 궁무진이 느릿하게 입을 열었다.

"진 공자라면… 아무 일도 없을 겁니다. 진 공자라면……."

"내 말이 그 말이라고. 진 아우가 누구여? 신협 아니냐고. 걱정 붙들어매드라고요. 특히! 누구!"

때맞춰 터진 육정기의 걸걸한 말에 슬며시 사람들의 표정이 펴져 갔다. 심장에 화살을 맞은 듯한 위경리만 빼고.

"심하게 부상을 당한 분은 이곳에 계시다가 반 시진이 지난 후 삼차 약속 장소로 가십시오."

유지화의 말에 두 사람의 고개가 푹 숙여졌다.

예릉에서 당한 부상이 더 심해진 우형욱과 벽은전에서 십은 중 하나인 팔목천수 신양수와 싸우다 어깨가 꿰뚫린 사마정이었다.

어쩔 수 없는 상황. 부상당한 상태로 위험하기 그지없는 백령곡을 들어갈 수 없다는 것을 그들도 알고 있었다.

그나마 최선의 몸 상태를 만드는 데 주력하는 수밖에.

*   *   *

전신을 휘돌던 양유대력이 서서히 가라앉자, 이번에는 수천제마력의 강력한 힘을 전신에 퍼뜨려 봤다.

상단에서 퍼진 기운이 순간적으로 전신에 퍼지자 온몸이 허공에 붕 뜬 듯한 느낌이 들더니 자신의 존재조차 사라지는 기분이었다.

수천제마력의 구단공으로 인한 현상이었다. 진고영은 이런 현상의 지속 시간이 그리 길지 않다는 것을 알고 있었다. 그것이 구단공의 한

154

계이기도 했다.

하지만 십단공에 이른다면 언제, 어느 때고 자신이 원하는 힘을 쓸 수 있을 것이다. 구단공의 한계도 사라질 것이고. 그러나 아직은 요원한 상황이었다.

'구단공으로는 순간적으로 힘을 쓸 수는 있어도 오랜 시간을 버틸 수는 없다. 금왕 같은 존재가 혁련유천에게 무릎을 꿇었다면 적어도 지금의 나와는 차이가 없다는 말. 그렇다면 그를 이기기 위해서는 십단공에 들어야 한다. 후우, 언제나……'

천천히 몸을 일으킨 진고영은 자신의 몸 상태를 살펴보았다.

십 중 칠팔은 회복이 된 상황. 아직 완전한 것은 아니었다. 그렇다고 이곳에 더 있을 수도 없었다. 백령곡을 치기 위해서 사람들이 기다리고 있을 테니까.

시간이 얼마나 지났을까? 그들은 계획대로 움직였을까? 혹시라도 다친 사람들은 없을까? 없지야 않겠지만 많이나 안 다쳤으면 다행일 텐데.

전각 주위의 상황을 살펴보았다. 별다른 기운은 느껴지지 않는다.

그렇다면…… 가자!

한줄기 바람이 이층 전각의 지붕을 통해 빠져나오더니 북쪽으로 방향을 잡았다.

그러더니 장원을 빠져나가자마자 곧장 서쪽으로 꺾어져 날아갔다.

백령곡이 있는 곳으로…….

*　　　*　　　*

155

"장 봉공의 행적은 찾을 수가 없사옵니다, 주군."

공손곽의 보고에 혁련유천의 감긴 눈이 천천히 뜨였다.

"무슨 일이 있어도 그를 찾아야 한다."

새파란 기운, 오금을 저리게 하는 가공할 기운이 쏟아진다.

"공손곽! 천은령을 발동해 호남의 모든 문파에 명을 내려라! 장무담을 찾는 자들에게는 본좌의 이름으로 최고의 보상이 내려질 것이다! 또한 진고영 일행의 행방을 고하는 자들 역시!"

"존명! 장 봉공께서는 무공을 잃은 상태인지라 그리 멀리 가지는 못했을 것이옵니다. 하옵고, 놈들의 흔적이 서쪽으로 이어지고 있으나, 본 장의 고수들이 뒤를 쫓고 있사오니 곧 놈들을 잡을 것이옵니다. 심려 마소서!"

"유화 쪽의 동정은?"

"아직 별다른 보고는 없사옵니다. 하오나 혹시 몰라 무양단주 초륭에게 비밀리에 소공녀를 따라가 보호하라 지시했사옵니다."

"음!"

공손곽의 보고가 끝나자 새파란 광망을 쏘아내던 혁련유천의 눈이 다시 감겼다.

'휴우……'

공손곽은 그제야 이마에 흘러내리는 땀방울을 닦아낼 수 있었다.

孤影　第五章

1

온통 바위로 이루어진 산.

그러한 산에도, 틈바구니에서 자라난 구부러진 소나무들과 움푹 파인 곳에서 자라난 덩굴들이 초록색 물감을 뿌려놓고 있었다. 그리고 아래쪽에는 우거지지는 않았어도 듬성듬성 소나무들이 자라 있어 그럭저럭 산다운 면모를 보여주고 있었다.

한데 그 듬성듬성 자란 소나무 사이를 빠른 속도로 움직이는 사람들이 있었다. 그것도 한두 사람이 아니라 십여 명이나 되는 사람들이. 은밀한 움직임. 사방을 둘러보면서도 가야 할 목적지가 정해진 것처럼 달려간다.

그러던 어느 순간, 마침내 몇 개의 거대한 바위들이 입구에 버티고 선 계곡에 도착하더니, 거대한 바위 중 하나의 뒤에 몸을 숨기고 서로의 눈을 마주 보았다. 위경리 일행이 첫 번째 약속 장소에 진고영이 오지 않자 움직이기 시작한 것이다.

"표식을 남기고 들어가세. 입구의 경비를 피해 돌아왔다 하나 여기서 마냥 기다릴 수도 없으니."

천우만이 초조한 듯 말을 하자 위경리가 조용히 모두를 쳐다보았다.

"그럽시다. 장원의 상황으로 보아 진 아우에게 별일은 없는 듯하니. 그렇다면 두 번째 약속 장소인 이곳으로 바로 올 것이오."

위경리의 말에 끄덕끄덕, 약속이라도 된 듯 서로 간의 신호를 주고받은 사람들은 누가 볼세라 재빨리 계곡 안으로 스며들어 갔다.

그리고 일각 정도가 지난 후, 그들이 머물렀던 곳에 한 사람이 날아내려섰다. 봉공원의 전각을 빠져나온 진고영이었다.

불안한 마음이 든 그는 바위를 살펴보았다. 진고영은 한쪽 구석에서 그가 원하는 표식을 발견할 수 있었다. 한일(一) 자에 갈지(之) 자. 지렁이가 기어가는 듯한 표식.

"이미 들어가셨군. 내가 너무 늦지나 않은 건지……."

천우만의 두 눈이 전후좌우를 훑어 내린다.

계곡 안은 지키는 자도 없었고, 아무런 시설도 없었다. 하지만 사람들은 그것이 더 불안했다. 보이는 곳에 없다는 것은 보이지 않는 곳에 뭔가가 있을지도 모른다는 말이다.

문제는 그것이 무엇인지를 알 수 없다는 것이다.

사마중안의 말대로라면, 계곡 안은 악인들을 가두는 뇌옥으로 알려져 있으며, 들어가는 자는 엄한 처벌을 받고 뇌옥에 갇힌다 했다. 일명 금마뇌옥(禁魔牢獄).

실제로 허락없이 들어간 자들 중 되돌아온 자가 없었으니, 천은산장의 사람들에겐 절대 금지가 바로 백령곡이었다. 그러다 보니 누구도 백령곡으로 접근하려 하지 않았다.

게다가 많은 사람이 경비를 서다 보면 아무래도 백령곡의 비밀이 유출될 수밖에 없을 테니, 경비를 세우는 것도 조심스러울 수밖에 없었을 것이다. 굳이 그런 이유가 아니더라도 천은산장의 가장 깊은 뒤쪽에 있는지라 많은 경비도 필요없었을 테고.

그래도 사마중안의 말만 믿고 안심할 수 없는 곳이 천은산장이었으니, 누구도 불안한 마음을 떨칠 수가 없었다.

백여 장을 들어가자 이제는 그나마 있던 소나무들도 보이지 않는다. 보이는 것은 온통 바위뿐, 삭막하기 짝이 없는 계곡이었다.

그렇게 은밀한 전진이 계속되다 어느 순간 사람들의 발걸음이 멈추었다. 천우만이 전에 왔을 때 뒤돌아섰다는 곳, 바로 그곳이었다.

사람들은 그곳에 도착하고 나서야 천우만이 왜 여기에서 돌아서야만 했는지를 실감할 수 있었다.

넓이가 오 장은 넘을 듯한 바위, 그 바위 너머에 커다란 공지가 보였다.

계곡의 끝자락으로 여겨지는 곳. 족히 방원 이십 장 정도 되어 보이는 공지를 지나서 높이가 칠팔십 장은 될 법한 절벽이 하늘을 이고 솟아 있었다. 그리고 움푹 파여 햇빛조차 들어오지 않을 것 같은 절벽의 하단부에는 몇 개의 구멍이 뚫려 있었다.

그중 큰 것이 세 개. 바로 사마중안이 말한 세 개의 동굴이었다.

한데 그 동굴을 바라보던 사람들의 표정이 심상치 않게 변하기 시작했다.

"지, 지독하군."

연부경이 미간을 찌푸리며 입을 열었다.

다른 사람들도 그의 의견에 동조를 표하듯 고개를 끄덕였다.

사람의 심장을 갉아먹을 듯한 지독한 기운.

마기인가? 악기인가? 아니면 귀기란 말인가?

시커먼 동굴 안에서 흘러나오는 그 기운의 정체를 알 수는 없지만, 절정의 고수들조차 안색을 바꿔야 할 정도로 지독한 것이었다.

주천괴 천우만이 아무리 담대하다 해도 혼자서는 감히 들어갈 생각을 할 수 없었으리라.

"대체 저것이 무슨 기운이지? 세상에 저런 곳이 있다니……."

질린다는 듯 고개를 젓는 위경리의 표정이 창백하게 굳어졌다.

유지화가 창백히 굳은 얼굴로 말문을 열었다.

"악지… 삼악지(三惡地)……. 맙소사! 꾸며낸 말인 줄로만 알았거늘……."

모두가 유지화를 바라보았다, 무슨 소리냐는 눈빛으로.

"선사께 들은 적이 있습니다. 세상에는 길지가 있으면 악지가 있다고. 길지를 택해 집을 짓고, 묘를 택하는 사람들 때문에 길지에 대해서는 많이 알려져 있지요. 하지만 악지를 억지로 찾는 자가 없다 보니 세상에는 악지가 있는지조차 모르는 사람이 대부분입니다. 도를 수행하는 사람들만이 악지를 찾아 봉인을 하기 위해서 찾을 뿐이라 하셨습니다."

"그러니까 여기가 바로 그 악지다?"

위경리의 말에 유지화가 무겁게 고개를 끄덕였다.

"그것도 삼악지 같습니다. 귀(鬼), 마(魔), 사(邪), 세 가지 악기가 모두 도사리고 있는 곳. 도를 수행하는 사람들의 입에서나 오르내리던

곳. 멀쩡한 사람도 저런 곳에서 생활하다 보면 미쳐 버리지 않고는 견
딜 수가 없을 겁니다.”

모두가 입을 벌리고 놀란 눈으로 유지화를 바라보았다. 이제 어떻게
해야 할지 묻는 표정으로.

“경비를 많이 세우지 않은 이유도 이해가 갑니다. 천 선배가 뒤돌아
섰을 정도면 누구도 다가오지 않았을 테고, 아마…… 경비를 서던 자
들도 미쳐 버렸을 테니까요.”

“그럼, 이대로 돌아갑니까?”

방거산의 약간 겁먹은 말에 육정기가 방거산의 뒤통수를 쏘아보며
말했다.

“여기까지 와서 돌아가면 그게 남자냐?”

“그래도 미친다는데…….”

“덩치는 태산만한 게…….”

처음으로 보는 방거산의 겁먹은 얼굴에 사람들은 오히려 긴장이 풀
어졌다.

“일단 둘로 나뉘어서 좌우의 두 동굴로 들어갑시다. 가운데는 진 공
자에게 맡기지요. 천 선배는 이곳에 계시다가 진 공자가 오면 우리의
계획을 전해주시고, 남아서 혹시 모를 적들의 동향을 계속 살펴주시기
바랍니다.”

“음, 알았네.”

위경리, 육정기, 이수양, 백리웅천, 유지화가 한 조.

연부경, 궁무진, 악대헌, 방거산 부부, 염이상이 한 조가 되었다.

조가 정해지자 그들은 지체없이 동굴을 향해 신형을 날렸다. 커다랗
게 벌린 악마의 입으로.

"들어가면 무조건, 무슨 일이 있어도 이각 이상을 지체해선 안 됩니다. 설령 아무것도 알아내지 못했더라도 무조건 나오셔야 합니다."

사람들이 동굴 속으로 사라지고 반 각 후, 천우만이 초조한 얼굴로 동굴을 바라보고 있을 때였다.

"천 노선배님."

'오! 왔구나!'

천우만은 눈물이 나올 뻔했다. 어찌나 반갑던지.

"응. 왔나?"

그래도 대답은 아무것도 아닌 것처럼.

"들어가셨습니까?"

"음, 양쪽으로. 가운데는 자네가 맡아줘야겠네."

"예, 그럼."

다급한 마음에 번개처럼 가운데 동굴로 신형을 날리는 진고영을 바라보던 천우만이 고개를 갸웃했다.

'가만. 이각 후에 나온다는 말을 안 해준 것 같은데……'

동굴을 들어서던 위경리는 가슴속으로 싸늘한 냉기가 스며드는 것만 같았다. 자신도 모르게 굳어진 얼굴로 옆을 바라보았다.

육정기의 손이 청망검을 움켜쥐고 금방이라도 튀어나올지 모르는 악마의 공격을 대비하고 있다, 달달달 떨리는 손으로.

'쯔쯔쯔.'

삼십여 장을 들어가다 화섭자를 켰다. 넓이가 오 장은 되어 보인다. 그런데 갈수록 좁아지고 있었다.

다시 이십여 장을 조심스럽게 전진하지만, 특별히 관심을 둘 만한 것은 보이지 않는다. 오직 뒷골을 당기는 끈적끈적한 기운만이 강해질 뿐.

"잠깐."

앞장서 가던 유지화가 손을 들었다. 모두가 우뚝 제자리에 멈췄다.

"십여 장 앞에 수직갱입니다."

천천히 다가가 보자 바람이 밑에서 올라오고 있었다.

바람을 얼굴에 맞으며 밑을 바라보던 위경리가 물었다.

"깊이가 얼마나 될까?"

그때였다!

"들.어.가. 보.면. 알. 것.이.다……."

웅웅웅 울리는 소리.

"누, 누구냐?"

놀란 외침을 토할 사이도 없이 높이를 알 수 없는 천장 쪽에서 검은 그림자들이 벽을 타고 내려온다.

"겁도 없이 이곳에 들어오는 놈들이 있다니. 흐흐흐, 오랜만에 아이들에게 싱싱한 밥을 줄 수 있겠구나."

커흑! 싱싱한 밥? 우리가 바압?!

"어떤 개아들 놈이……!!"

육정기가 불끈 손에 힘을 주며 앞으로 나섰다. 하지만 그는 굳이 앞으로 나설 필요도 없었다. 검은 그림자들이 안개처럼 덮쳐 오고 있었던 것이다.

"좋아! 누가 밥이 되나 해보자!"

귀신은 무서워해도 사람은 안 무서워하는 게 육정기였다.

청망검이 시퍼런 검강을 발하며 동굴 우측을 쓸어간다.

휘이잉!

그러자 다가오던 흑영이 접근할 때보다 빠르게 뒤로 물러나고, 하늘에서 또 다른 흑영이 덮쳐 온다.

"조심해! 한두 놈이 아니다!"

위경리가 어둠 속에서 어둠보다 더 시커먼 장력을 떨치며 신형을 날렸다.

쿠궁!

허공에서의 격돌.

"헛!"

위경리의 놀라는 소리가 터졌다.

"그놈들이다! 천루인인가 지랄인가 하는 놈들!"

그렇다. 한 수 부딪쳤을 때 어렴풋이 검은 인영들을 볼 수 있었다.

얼굴 표정, 휘두르는 손속, 분명 전에 부딪쳐 본 적이 있는 천루동의 마인들이었다.

"흐.흐.흐. 나.의. 아.이.들.을. 알.다.니……."

또다시 웅웅거리는 음성. 그 말로 흑영들이 천루동의 마인이라는 것이 확인되었다. 그렇다면 이 동굴이 천루동이라는 말.

사람들의 안색이 창백히 굳어져 갔다. 한 놈 상대하기도 힘든 천루인들이 몇인지조차 모르고 있는 것이다. 더구나 그들을 부리는 자까지.

"빠져나가야 합니다, 위 선배! 전력을 다해서 치고 나갑시다!"

유지화의 다급한 전음에 위경리도 놀라고 있을 수만은 없었다.

놈들이 가까이 다가오고 있는 것이다.

“가세!”

위경리가 앞장서고 유지화와 백리웅천이 뒤를 받친다.

이수양이 육정기를 도우려 비도를 뿌리지만 꽂히기는커녕 튕겨 나가는 것을 보고 질린 표정이 되었다.

“이놈들은 그냥 비도로는 안 돼! 강기를 써야만 돼! 일단 물러서!”

다급한 육정기의 고함이 터지고, 이미 반혈인을 상대해 봤던 유지화가 백옥수강으로 흑영을 맞이해 가며 손을 떨친다.

콰웅!

정면으로 부딪치는 기운, 그 틈을 타 옆으로 흐른다. 그러자 흑영들이 그림자처럼 뒤따라오며 검을 휘둘렀다.

쩌정!

백리웅천의 잠풍검에 천루인의 검로가 막혔다.

그사이 유지화는 재빠르게 달려나갔다. 그때였다.

“흐.흐.흐……”

귀를 파고드는 음침한 웃음소리.

유지화는 자신도 모르게 쌍장을 들어 허공을 내쳤다. 하얀 백옥수강이 허공을 가른다.

쩌쩌정!

“크읍!”

답답한 신음 소리.

달려가던 기세 그대로 주르륵 나아가는 유지화의 얼굴이 고통으로 일그러졌다.

뒤를 돌아보자 뒤쪽에 하나의 장대한 흑영이 내려서는 것이 희미하게 보인다.

"너는… 누구……?"

"너라… ㅎㅎㅎ……."

대답은 유지화의 옆에 있던 위경리의 입에서 나왔다.

*   *   *

연부경의 눈이 부릅떠진 것은 위경리 등이 지하로 꺾어진 동굴을 쳐다보며 그 깊이를 생각하고 있을 때였다.

"저, 저, 저건 뭐……?"

어둠 저 깊은 곳, 철창으로 가려져 있어 더 들어가기가 힘든 곳. 그곳에서 붉은 빛이 번뜩이고 있었다.

더 들어가 확인하고 싶어도 철창의 두께가 어른의 팔뚝보다 더 굵었다. 더구나 무엇으로 만들어졌는지 궁무진이 도강을 담은 칼로 내려쳤지만 그저 흠집만 생길 뿐이었다.

백 번 정도 내려치면 끊을 수 있으려나. 그러나 그러기에는 시간이 없었다.

"눈깔 같은데요? 빨간 눈깔."

방거산의 나직하면서도 떨리는 목소리에 호난연이 고개를 끄덕였다.

"당신 말이 맞는 것 같아요. 왜, 반혈인인가 뭔가, 진 숙부님이 잡은 괴물들 있잖아요. 그것들도 눈알이 피처럼 빨갛던데."

"그럼, 이곳이 반혈동?"

그의 말이 동굴 벽을 타고 메아리칠 때였다.

"반혈동을 알다니. 한데 알면서도 들어왔다? 킬킬킬!"

168

“누구냐!”

염이상이 등줄기를 타고 오르는 소름에 소리를 버럭 질렀다.

“킬킬킬! 목소리가 제법 큰 걸 보니 애들 장난감으로 제법 쓸 만하겠는걸?”

파앗!

껄끄러운 웃음소리가 끝나기도 전에 악대헌의 도가 한쪽 벽을 그어 갔다. 그러자,

“꼬챙이를 어디다 내미는 게냐?”

송곳으로 귀를 파내는 것 같은 괴음이 동굴을 울리고,

“크윽!”

주르륵 물러나는 악대헌의 입에서 신음이 터졌다.

“제대로 베었는데……. 으음.”

베었다, 그것도 손에 감촉이 확실할 정도로. 그런데 무지막지한 반탄력이 도를 타고 전해져 왔다. 그 바람에 내부가 진탕이 되었다. 그리고 악대헌이 베었던 벽, 그 어둠 속에서 마치 벽을 뚫고 나오는 것처럼 한 사람이 스며 나오고 있었다.

괴사였다. 사람이 벽에서 스며 나오다니…….

하지만 그걸 바라보는 연부경의 눈은 찢어질 듯이 부릅떠지고 있었다.

“유령혈사귀(幽靈血邪鬼)……?”

“켈! 그래도 나이 먹은 놈이라고 나를 알아보는구나!”

“맙소사! 아직까지 살아 있었다니……!”

“킬킬킬킬! 아직 백 살도 안 됐는데 벌써 죽을 수는 없지 않겠느냐?”

“흐미. 목소리 겁나게 듣기 싫고만. 그만 좀 짹짹거리면 좋겠고만.”

방거산이 불퉁불퉁 구시렁거리자 유령혈사귀라 불린 괴노인의 붉은 눈알이 방거산을 향했다.

"흠! 통통한 것이 아이들이 갖고 놀기 좋게 생겼구나. 호! 저 계집아이도."

"에라이! 생긴 건 귀신도 안 잡아먹을 놈같이 생긴 것이."

자신에게 뭐라 하는 것은 참을 수 있다. 하지만 꽃(?) 같은 마누라를 뭐라 하는 것은 참을 수 없는 방거산이었다.

휘이잉!

쇠몽둥이가 유령혈사귀의 머리를 향해 휘둘러졌다. 순간,

픽!

붉은 피보라와 함께 머리통이 부서져 버린다.

"얼래? 별것 아니잖아?"

방거산이 고개를 갸우뚱거릴 때,

"조심해!"

연부경이 대경하며 소리 질렀다.

"헉!"

방거산의 안색이 새파랗게 질려 버렸다. 머리통이 부서진 유령혈사귀가 양팔을 벌리고 덮쳐들고 있는 것이다.

안색이 시퍼렇게 변한 방거산은 눈을 감다시피 하고는 쇠몽둥이를 휘둘렀다. 한데 이번에는 그냥 팔을 스치고 지나가 버린다. 마치 허공을 친 것마냥.

"헛?"

흠칫, 방거산이 놀라 소리 지르자 연부경이 몸을 날리며 명산구심장을 쏘아냈다.

우르르…….

장력의 여파에 동굴이 무너질 듯 우르릉거리더니, 머리가 없는 유령혈사귀의 몸통을 정통으로 갈겨 버리고,

"물러서! 놈은 쉽게 죽는 놈이 아니다! 모두 환영일 뿐이야!"

그러면서 한 소리 외치고 뒤로 물러서는 연부경이었다.

모두가 멈추어 선 유령혈사귀의 동체를 쳐다보았다. 그리고 점점 눈들이 커진다. 유령혈사귀의 머리 부위에 붉은 혈무가 뭉치더니 눈, 코, 입이 새로 생겨나고 있었던 것이다.

그걸 보던 연부경이 사람들의 의문을 해소시켜 주기라도 하듯 떨리는 목소리로 입을 열었다.

"사십 년 전에 무림의 공적으로 지목당하고 사라진 자다. 인간의 육체가 얼마나 질긴지 실험한다며 수백 명을 죽이고 죽은 시신들의 껍질을 벗긴 자. 지닌 바 무공과 환술(幻術)이 대단해서 만인의 공분을 사고도 죽이지 못했지. 그렇게 사라진 자가 이곳에 있었다니……."

그의 말을 인정이라도 한다는 듯 유령혈사귀가 귀를 긁아대는 목소리로 입을 열었다.

"킬킬킬, 제법이구나. 하지만 거기까지다. 이제는 죽어줘야겠어!"

말이 끝날 때쯤.

쿠르르르…….

연부경 등은 뭔가가 밀려나는 소리에 뒤를 돌아봤다.

쇠창살이 올라가고 있는 것이 보인다. 그 뒤로 붉은 눈, 붉은 혈색을 한 괴물들이 몸을 일으키더니 기어 나오고 있다.

맙소사! 반혈인들이 몰려나오고 있는 것이다!

"빠져나가!"

연부경이 대경실색한 채 소리치며 손가락을 구부리더니 구심지를 팅겨냈다.

팅! 팅!

하지만 지력에 정통으로 적중당하고도 뒤로 한 걸음 정도 물러날 뿐이다.

쐐애액!

그러자 궁무진이 자신의 전마도에 강기를 실어 반혈인들을 베어간다.

쩌저저정! 쿠쿵!

"으음……."

도강에 적중당한 두 명의 반혈인이 뒤로 나가떨어졌다가 다시 일어나는 것이 보인다. 피부에 금이 간 듯하지만 그뿐이다. 속살이 보이지 않는 것이다. 진정 질릴 정도로 단단한 몸뚱이들이다.

그나마 단단함에 비해 빠르지 못하다는 것이 천만다행이었다.

"나가세!"

연부경이 다시 소리치며 입구 쪽으로 몸을 날리자 모두들 뒤따라서 몸을 날렸다.

"켈! 내 집에 왔으면 쉬었다 가야지! 크크크……."

어느 순간 달려가는 그들의 앞에서 붉은 안개가 너울대고, 껄끄러운 목소리와 함께 하나의 형상이 뭉쳐진다. 그러더니 유령혈사귀가 모습을 드러냈다.

"놈!!"

연부경이 망설임없이 일장을 내갈겼다. 필생의 공력이 실린 일장이었다. 하얀 장강이 서리서리 뻗쳐 나간다.

찰나, 붉은 안개로 뒤덮인 유령혈사귀의 혈수가 올라가는 것이 보인다. 좌우로 엇갈리는 혈수에서 붉은 안개가 뿜어져 나온다. 다섯 자 거리!

쾅! 콰쾅!

연이어 터지는 격돌음.

"으음……."

"크윽!"

연부경이 신음을 흘리며 주르륵 물러나자, 그의 머리를 타 넘은 궁무진의 도가 일격을 내친다.

또다시 휘둘러지는 혈수.

팟! 쩌적! 쿠르릉!

"이이…… 으음."

두 사람의 연속된 공격이 의외로 거세자 분노에 찬 신음과 함께 유령혈사귀의 마귀 같은 얼굴이 일그러진다. 그러자 입가로 흐르는 선혈을 닦을 생각도 하지 않고 궁무진이 재차 번개처럼 짓쳐 들어간다.

도강이 신음을 흘리는 곳을 베어가는 순간, 붉은 안개가 신기루처럼 흩어져 버렸다.

파밧!

허공? 궁무진은 자신의 도에 걸리는 것이 없다는 것을 느낌과 동시에 곧바로 몸을 뒤로 눕혔다.

스팟!

실낱같은 차이로 스치고 지나가는 붉은 안개의 칼날에 머리카락이 나풀거린다.

벌떡 몸을 일으킨 궁무진이 자신의 느낌대로 방향을 잡고 칼을 휘둘러 갔다. 전마팔진세(戰魔八振勢).

연부경도 구심지를 사방으로 튕겨낸다.

파르릉! 팍!

"크으……."

옅은 신음이 허공에서 흐른다. 순간적으로, 흐르던 혈무가 흔들린다.

궁무진이 다시 도를 치켜들고 어느 때라도 칠 수 있는 자세를 갖추고 앞을 노려봤다.

그런 그의 옆구리에선 피가 방울져 떨어진다. 아마도 조금 전의 격돌에서 다친 것 같지만, 워낙 빠른 공수 변환에 자신이 당한 것조차 느끼지도 못할 정도였다.

연부경도 창백한 안색으로 내력을 잔뜩 끌어올린 채 앞만 노려본다. 그러면서 가벼운 손짓. 그러자 염이상과 악대헌 등이 재빨리 그의 옆을 지나쳤다. 이어서 방거산 부부가 창백하니 질린 안색으로 부리나케 달려나갔다.

그들이 나가는 동안 궁무진과 연부경은 앞에서 넘실거리는 혈무에서 눈을 뗄 수가 없었다. 그랬다가는 언제 어느 쪽으로 사라질지 모르니까.

잠시간의 대치가 이어질 때였다.

ㅋㅋㅋ…… 크르르르…….

"헉!"

안쪽에서 그르렁거리는 소리와 함께 붉은 눈알의 반혈인들이 나오는 것이 보인다. 이제는 더 이상 지체할 수가 없다.

연부경이 가볍게 눈짓을 하자 궁무진은 천천히 발걸음을 떼어놓기 시작했다.

"가지!"

그러더니 연부경의 한 소리 외침에 번개같이 동굴의 입구를 향해 질주했다.

"켈켈. 감히……."

뒤에서는 유령혈사귀의 분노에 찬 기음이 여전히 고막을 후벼 파며 들리지만, 그들은 멈출 생각 따위는 아예 하지를 않았다.

오직 저 멀리 희미한 빛만을 향해서, 걸음아 나 살려라 할 뿐.

*　　　　*　　　　*

"마령살혼(魔靈殺魂)!!"

위경리의 비명처럼 터져 나온 외침에 모두가 뚱한 얼굴로 위경리를 바라보았다.

"이, 이 멍청한 화상아! 살마다, 살마(殺魔)!"

뚱하니 있던 육정기는 그제야 뭔가가 생각났다는 듯 입이 벌어지기 시작했다.

"마, 마, 맙소사!! 사, 사, 사, 살마!"

육정기뿐이 아니다. 백리웅천도, 이수양도, 유지화까지 모두가 벌린 입을 다물지 못하고 장대한 흑의인을 쳐다보았다.

오래전 멸문한 살막의 주인, 한때 천하제일살수라 불렸던 살수계의 전설 살마. 어느 날 직접 비밀 살수행을 나간 뒤 돌아오지 않아 죽었다 소문났는데……. 젠장! 도대체 이놈의 장원에는 뭔 놈의 괴물들이 이리도 많단 말인가!

한데 또다시 동굴을 울리는 소리.

"흐.흐.흐……. 내가 누군지 알았다면 이곳에서 죽어야 한다는 것도 알겠구나……."

부르르 떨던 위경리는 문득 자신이 뭔가를 빠뜨리고 있다는 생각이 들었다. 뭐지?

그때 그의 의문에 대한 답이 전음을 통해 들려왔다.

"위 선배님, 살마의 다리 쪽이 조금 이상합니다. 아무래도 다리가 없는 듯합니다."

흠칫 놀란 위경리는 눈을 부릅뜨고 흑의인의 다리 쪽을 쳐다보았다.

그렇다. 다리가 허공에 떠 있다. 누구에게 당했는지는 몰라도 살마의 다리가 없는 것이다. 그렇다면…….

"우리의 전력이라면 일단 빠져나갈 수는 있을 것 같습니다."

유지화의 전음에 주위를 둘러보았다.

천루인이 다섯에 살마. 무엇보다 여기는 저들의 세상인 컴컴한 동굴. 힘든 상황이다. 한데 어떻게 빠져나갈 수 있다고 하는 것이지?

"천루인은 살마의 명령이 떨어지기 전에는 쉬 움직이지 않고 있습니다. 우리 중 세 명이면 충분히 살마를 몰아칠 수 있지 않겠습니까? 아무리 어둠 속이라지만."

전음이 끝나기도 전,

"그럼, 이제 아이들에게 줄 식사를 마련해야겠다. 흐.흐.흐."

살마가 고개를 끄덕이는 위경리 쪽으로 다가온다.

"세 명이 살마를 몰아치는 사이, 두 명이 천루인의 발을 잠시간만 막아주면 됩니다! 결국 명을 내릴 시간만 주지 않는다면 두 명은 빠져나

갈 수 있습니다. 그리고 세 사람도 살마를 순간적으로 몰아치고, 그가
물러날 때 빠져나가면 됩니다.”

급박하고 빠른 전음.

끄덕이는 위경리.

되든 안 되든 해보는 수밖에.

살마의 장대한 신형이 어둠에 실려 다가오고 있었으니…….

“좋아! 육가야! 나 따라와!!”

번쩍! 어둠 속에서 위경리의 쌍장이 현고기령을 가득 담고 번뜩인
다.

육정기의 청망검이 뒤따라서 파란 검강을 뿜어낸다.

유지화의 손에서도 하얀 백옥수강이 어둠을 가로지르며 밀려간다.

절정고수의 삼인합격!

“헛!”

살마의 놀란 외침.

그도 설마 이곳에 들어온 자들 모두가 강기를 자유스럽게 쓸 정도로
절정고수들일 줄은 몰랐으리라. 그가 대경하며 물러서는 사이,

“타앗!”

뒤쪽에서도 기합이 터지고, 이수양의 손에서 빛이 비산한다. 백리웅
천의 잠풍검도 줄기줄기 검강을 쏟아내며 뒤따른다.

분분히 물러서는 흑영들.

“이땝니다!”

유지화의 일갈.

“죽어!!”

“비켜!”

“띠발! 뎀벼!”

“이, 이, 이, 이놈들이!!”

분노에 찬 살마의 신형이 너울거린다. 그렇다고 몰려오는 검강, 장강을 무시할 수는 없는 일. 오히려 동굴이라는 점이 이럴 때는 불리하게 작용하고 있었다. 다수의 공격자에게는 유리하겠지만.

콰콰! 쩌적! 따다당!

백옥수강이 살마의 우수를 가로막고, 청망검이 좌수를 향해 무식하게 휘둘러져 간다. 그 사이를 비집고 어둠보다 더 검은 위경리의 현고기령이 살마의 머리를 향해 쏘아졌다.

“웃!!”

답답한 살마의 비음, 이어지는 세 사람의 공격, 그리고 유지화의 외침.

쿠르릉! 쩌정!

“두 사람은 빨리 나가게!!”

흑영이 주춤하는 사이 이수양과 백리웅천이 신형을 날리고, 잠깐의 여유가 생긴 세 사람이 눈은 살마를 향한 채 뒤로 몸을 튕겼다.

그러자 살마의 분노한 외침이 터지고.

“죽여라!!”

또다시 몰려드는 흑영들.

그러거나 말거나…….

*　　　*　　　*

조용하다. 너무 조용해서 과연 사람이 있는지조차 알 수가 없다.

178

단지 음울하면서도 전신 모공을 찌르는 듯한 기분 나쁜 기운만이 있을 뿐이다. 마기, 그것도 지독한 마기. 이런 곳이 세상에 존재하다니.

진고영의 미간에서 흐릿한 금광이 빛을 발한다. 수천제마력이 강력한 마기에 스스로 반응하고 있는 것이다. 답답하던 가슴이, 머리가 시원하게 씻겨 내려가는 것만 같다.

백여 장은 족히 들어온 것 같다. 그런데도 보이는 것은 아무것도 없다. 군데군데 튀어나온 곳을 깎아낸 벽만이 사람이 들어왔었다는 것을 보여줄 뿐이다.

그렇게 반 각을 들어갔다.

정확한 거리는 어둠으로 인해 확인하기가 힘든 상황. 공력을 팔성 가까이 끌어올려서야 흐릿하게 보일 정도의 어둠이다.

들어갈수록 냉기는 심해지고 마기도 강해진다.

대체 여긴 어디일까? 혁련유천은 여기서 무엇을 하고 있었을까?

의문이 꼬리를 물고 이어진다.

그러다 어느 순간, 진고영의 발걸음이 우뚝 멈췄다.

벽, 붉은 색조를 띠고 있는 벽이 어둠 속에서도 희미하게 빛을 발하고 있다. 사람의 손이 간 듯 매끈하게 다듬어져 있는 벽.

'음? 문인가?'

그의 눈높이쯤에 두 개의 고리가 달려 있는 것이 보인다.

잠시 붉은 문을 바라보던 진고영은 심호흡과 함께 고리를 잡아갔다.

차가운 감촉, 한철로 만든 듯 무겁기 그지없는 고리는 그 둘레만도 한 자 반은 되어 보였다.

힘을 주어 당겨보았다.

그르르릉…….

두께가 족히 한 자는 되어 보이는 석문이 생각보다는 쉽게 열리고 있다.

빛이 보인다, 흐릿한 빛이. 하지만 어둠에 잠긴 동굴 내부에서는 그 빛이 태양 빛만큼 밝게 느껴진다.

붉은 빛이다. 통로를 따라 붉은 야명주가 오 장마다 하나씩 박혀 있다.

오싹한 느낌. 진고영은 왠지 등골을 타고 내리는 오싹한 느낌에 흠칫 몸을 떨었다. 전신을 파고드는 기운에 온몸이 따가운 기분이다.

대체 저 안에 무엇이 있기에…….

하는 수 없이 수천제마력을 끌어올렸다.

열을 세는 정도의 시간, 차분히 가라앉는 심장의 박동이 느껴진다.

이제 시간이 별로 없다. 아직 완벽하지 않은 상태에서 끌어올린 수천제마력이 얼마나 지탱할지는 그 자신도 알 수가 없는 상황이다. 또한 수천제마력이 거두어지면 어떤 일이 벌어질지도 모르고.

츠르릉.

무명도를 빼 들고 만일의 사태를 대비하며 통로를 걸어갔다.

오 장, 십 장, 이십 장…….

제법 넓은 석실이 나타났다. 넓이만 이십 장은 되어 보이는 석실.

그때.

"너.는. 누.구.냐?"

머리 속을 뒤흔드는 괴이한 음성이 동굴을 울린다. 사방을 둘러보지만 아무도 보이지 않는다. 보이는 것은 오직 석실의 가운데 있는 하나의 파란 청옥관. 그곳을 향해 천천히 걸음을 옮길 때였다.

"어.떻.게. 여.길. 들.어.온. 것.이.냐?"

또다시 메아리치는 기분 나쁜 음성. 진고영의 천 근 무게가 실린 입이 열렸다.

"대체 여기서 무슨 일이 일어나는지 알고 싶어 왔을 뿐이오."

"으.흐.흐.흐……. 재.미.있.는. 아.이.구.나……."

괴이한 웃음, 고막을 찢으며 파고드는 것 같은 괴음이었다.

그리고 다가오는 기이한 기운, 진고영은 무명도를 곧추세우고 눈을 빛냈다. 무언가가 다가온다. 알 수 없는 무언가가…….

일 장 뒤.

스윽, 앞으로 한 걸음 내디디며 뒤돌아서는 진고영의 눈에 흐릿한 안개가 눈에 들어온다. 사람의 형상을 한 붉은 안개가.

"당신은 누구요?"

"누구냐고? 누구라……. 내가 누구지? 너는 혹시 아느냐? 내가 누구인지?"

붉은 안개 속의 괴인, 나이도 짐작할 수 없다. 구부러진 허리만이 그가 노인일 거라 짐작케 할 뿐.

"노인장은 누군데 여기 있는 것이오?"

"나? 나 말인가? 내가 노인이던가? 그런데 내 이름은 뭐지?"

붉은 안개가 흔들리더니 노인의 눈에서 안개보다 더 붉은빛이 광기로 일렁인다.

"크크크……. 나. 나. 나는 누구지? 우흐흐흐……. 유천이 말을 안 해주었나? 그럼… 너는 죽어도 되겠구나……. 캬캬캬!!"

휘몰아쳐 오는 붉은 폭풍, 덮쳐 오는 안개에서 강력한 힘이 느껴진다.

‘이런!’

휘이잉!

수천제마력이 실린 무명도가 붉은 안개를 가로로 베어간다.

구르르릉!

우레가 치는 소리.

뒤로 주르륵 물러난 붉은 안개 속의 괴노인이 놀란 눈으로 진고영을
쳐다보고, 진고영도 낯빛이 침중하게 굳어졌다.

“캬아!”

마치 짐승의 울부짖음 같은 괴이한 소리.

그리고 다시 덮쳐드는 붉은 안개.

한 번의 부딪침으로 괴노인의 능력이 자신보다 그리 떨어지지 않음
을 느낀 진고영은 다급히 수천제마력을 모조리 끌어올렸다.

‘단번에 충격을 줘야 한다! 그렇지 않으면 내가 당한다!’

순간, 무명도에 금광이 휘감아 돈다.

소용돌이치던 금광이 무명도를 감싸면서 뇌룡이 이빨을 드러내기
시작한다. 금광이 반들거리는 두 눈이 드러난다. 마기에 대항하려는
것 때문인지 묵빛은 사라지고 금광만이 더욱 짙게 빛을 발한다.

고오오…….

일순간, 무명도의 도신이 은은히 떨리는 것 같더니 발톱을 드러내고
붉은 안개를 향해 달려든다.

콰우우!

그것은 황금빛 벼락이었다. 참마뇌전겁(斬魔雷電劫)!

과과과과!!

수십 가닥의 벼락이 안개 사이를 휘젓고 다니자, 동굴을 뒤흔드는

굉음과 함께 붉은 안개가 급격히 흔들리기 시작했다.

안개 속에서 붉은 눈동자가 격렬하게 흔들렸다.

덮쳐들던 안개가 썰물처럼 뒤로 물러난다.

"그건…… 뭐지? 나는…… 그것이 싫다…… 싫어……."

뭐가? 수천제마력의 기운이 싫다는 말인가?

붉은 안개가 사방으로 흩어지면서 괴노인의 신형도 흩어져 간다.

"잠깐 기다리시오!"

"싫. 어……."

일순간에 흩어진 안개와 함께 괴노인의 모습이 완전히 사라져 버렸다. 그러면서 들려오는 사이한 음성.

"유. 천. 이. 들. 어. 오. 는. 사. 람. 은. 무. 조. 건. 죽. 이. 라. 고. 했. 는. 데. 나. 는. 네. 가. 싫. 다……."

'유천이라고? 혁련유천을 그렇게 부를 수 있는 사람이 몇이나 될까?

의문이 쌓여가지만 진고영은 더 이상 석실에 있을 수가 없었다.

웅웅거리는 공명음. 사방에서 피어오르는 붉은 향연.

더구나 흐트러져 가는 수천제마력으로 시간이 지나면서 머리 속이 어지러워진다.

안 되겠는지 석문 밖으로 신형을 날리려던 진고영의 발걸음이 주춤거린다. 문득 그의 눈에 귀기스런 빛을 발하는 청옥관이 들어온 것이다. 그러고 보니 청옥관에 무엇이 들어 있는지 확인을 하지 못했다.

파앗!

신형을 날려 석관에 다가가 보았다. 순간,

허공에서 강력하기 짝이 없는 기운이 느껴진다.

괴노인의 기운이다. 그것을 증명이라도 하듯.

"그. 아. 이. 는…… 안. 돼……."

괴노인의 말소리가 동굴에 울려 퍼진다. 여전히 어디에 있는지는 알수 없는 상황. 가공할 기운이 머리 위에서 쏟아져 내린다.

"타앗!"

쿠구궁! 파앗!

허공으로 강력한 일장을 올려치고, 진고영은 괴노인의 기운과 부딪친 힘을 이용해 석문 쪽으로 신형을 날렸다.

'더 이상은…….'

단숨에 십칠팔 장을 날아 내리고는 다시 도약하려 할 때였다.

느닷없이 소리없는 거대한 기운이 석문 쪽에서 밀려온다. 들어올 땐 미처 보지 못했던 석문 위에서 누군가가 튀어나온 것이다.

"헛!"

놀랄 사이도 없이 좌수를 들어 앞을 향해 밀어냈다. 은은한 금광이 양유대력을 가득 싣고 밀려간다.

우르르르…….

격렬한 굉음이 동굴을 뒤흔들더니,

"으음……."

답답한 신음이 진고영의 입에서 흘러나온다.

이 장여를 물러나 살짝 찌푸려진 눈으로 입구 쪽을 쳐다보았다.

거기에는 허리가 구부정한 노인, 얼굴이 귀면으로 얽어져 흉측하기 이를 데 없는 노인이 백안을 굴리며 자신을 쳐다보고 있었다.

이를 악문 진고영은 노인을 노려보며 흐트러져 가는 수천제마력을 다시 끌어올렸다. 이제는 무리가 가더라도 어쩔 수 없는 상황.

팟!

일순간에 삼 장의 간격을 좁히며, 날아가던 힘을 보태 도를 내려친다.

뭉클, 시커먼 무명도에서 금빛 찬란한 광채가 한줄기 뇌전이 되어 귀면노인을 향해 쏘아져 갔다. 그러자 귀면노인의 백안이 더욱더 하얗게 빛나더니 점점 붉은 광채를 띠어갔다.

"커커커……."

듣기 거북한 기음이 터지고, 들어올린 손에서 파란 강기가 넘실거린다. 붉은 안개에 파란 강기. 심령을 흔드는 기괴한 향연.

금빛 뇌전이 줄기줄기 뻗치며 마치 뇌룡이 사마의 기운을 빨아들이는 것처럼 사방을 휘젓자 귀면노인의 입이 고통으로 비틀린다.

"죽. 여. 죽. 여……."

허공에서는 안개에 휩싸인 괴노인의 떨리는 음성이 울리며 막대하기 이를 데 없는 기운이 짓눌러온다.

창백한 안색의 진고영의 눈이 다급함으로 물들고, 전신의 공력을 끌어올린 수천제마력을 양쪽으로 나누었다.

한 손엔 구겁전도, 한 손엔 수천제마인. 한순간의 방심이 목숨으로 직결되는 상황. 머뭇거릴 여유가 없다.

"하앗!!"

귀면노인을 향해 쏘아지는 무명도로 제마참혼겁을, 혈무 속의 괴노인을 향해 금광 속의 붉은 불꽃을 쏘아 보냈다.

쿠르르르…… 콰과과…….

가공할 경력의 회오리가 맴돌자 동굴이 무너질 것처럼 뒤흔들린다.

"크으음……."

"커어억!"

이 사이로 새어 나오는 신음, 비틀거리는 귀면노인.

화악! 사방으로 퍼지는 붉은 안개.

찰나간의 틈을 놓치지 않고 비릿한 혈향을 목 안으로 삼킨 진고영의 신형이 빨리듯이 열린 석문 사이로 쏘아져 나간다.

힐끗 본 진고영의 눈에 귀면노인의 한쪽 팔이 반쯤 잘린 채 덜렁거리는 것이 보인다. 뒤쪽에선 또다시 괴노인이 안개를 몰고 다가온다. 뒤도 돌아보지 않고 수천제마인의 일장을 내쳤다.

쾅!

일수격돌, 괴노인의 경력과 부딪친 반탄력을 이용해 그대로 석문으로 몸을 날린 진고영이 순식간에 석문 사이를 빠져나갔다.

그 순간,

크르르르릉…….

간발의 차이로 석문이 저절로 닫혀 버렸다. 그에 따라 주위가 다시 어둠으로 물들고, 석문만이 붉은 광채를 은은히 뿜어내고 있었다.

"우욱!"

참았던 선혈을 토해낸 진고영의 눈에 의문의 눈빛이 떠올랐다.

'남자였는데…… 대체 누구기에?'

아주 잠깐이었지만 청옥관 안을 볼 수 있었다.

남자의 시신(?). 이십대 후반이나 삼십대 정도로 보이는 건장한 남자의 나신이 새파란 유액에 담겨 있었다. 무엇 때문인지는 몰라도.

'이러고 있을 때가 아니다. 다른 사람들은…….'

일단 급한 대로 내기를 가라앉힌 진고영은 다급하게 동굴을 빠져나가기 시작했다. 아무래도 심상치 않은 동굴, 온통 악기가 가득 찬 동굴

에서 다른 사람들은 어떻게 견디고 있을지 걱정되지 않을 수가 없는
것이다.

＊　　　　＊　　　　＊

동굴 밖으로 한바탕 난리를 치른 사람들이 쏟아져 나왔다.

육정기와 백리웅천이 새파랗게 질린 표정으로 달려 나오고 있었다. 옷은 찢어지고 군데군데 상처를 입었는지 혈흔마저 보이고, 유지화도 단정하던 옷차림이 흐트러진 채 다리를 절룩거리고 있었다.

한쪽에 서 있는 이수양의 모습은 여전히 묵직하지만 그의 눈은 ‘세상에 이런 곳이……’ 라고 말하고 있는 듯 가늘게 떨리고 있었다.

맨 뒤에 처져 살마를 경계하면서 나오던 위경리가 풀어 헤쳐진 머리를 제치며 나오자마자 뒤를 돌아다보았다.

“응?”

한데 살마를 비롯한 천루인들은 나오지를 않는다.

뒤따라 나올 것에 대비해 젖 먹던 힘까지 끌어올리고 있었는데, 쫓아오던 기운이 어느 순간 멈추어 버렸다.

“빛! 빛 때문입니다! 그들은 안에서만 생활했기에 바로 뒤따라 나올 수가 없는 것입니다!”

유지화의 목소리는 모든 사람들에게 신의 축복과도 같았다.

휴…… 천만다행이었다.

놈들이 쫓아 나온다면 어떻게 될지 아무도 모르는 것이다.

맞서서 싸운다면 누군가의 희생은 피할 수 없었을 것이고, 도망을 간다 해도 아마 적지 않은 피해가 더해질 것이었다. 죽든 살든 싸우려

187

했다면 도망도 안 나왔을 것이지만, 그래서는 본래의 계획이 틀어질 테니 그럴 수도 없었다.

그때 천우만이 부르는 소리가 들린다.

"이리 오게!"

여전히 바위 뒤에 숨은 채 머리만 삐죽 내밀고 손짓을 하고 있다.

"천 선배! 진 아우는?"

위경리의 물음에 천우만이 묘한 표정으로 고개를 끄덕였다.

"가운데로 들어갔네."

"그런데 왜 그런 얼굴이오?"

"그게… 자네들 나오는 시간을 안 알려준 것 같아서…….'

"뭐요?"

"어휴!"

육정기가 가슴을 치다 말고 천우만을 노려봤다.

"그럼, 언제 나올지도 모른다는 소리 아닙니까?"

천우만이 할 말이 없는지 슬며시 육정기의 시선을 피했다.

그러자 곰곰이 생각에 잠겨 있던 유지화가 조용히 입을 열었다.

"진 공자는 우리가 결코 오래 있지 못한다는 것을 알고 있을 겁니다. 악기에 대해선 누구보다 잘 알고 있으니까요. 그렇다면 자신이 느낀 대로 움직일 것이고, 가운데 동굴의 마기는 다른 두 곳보다 더 강하니 아마 우리가 염려돼서라도 일찍 나올 것입니다. 그보단 연 선배님 일행이 들어간 곳이 걱정…….'

말이 끝나기도 전이었다.

쿠르릉! 우르릉!

연부경 일행이 들어간 동굴에서 굉음이 새어 나오기 시작했다.

"엇! 저쪽도 적과 싸우나 봅니다!"

육정기가 눈을 부라리더니 부리나케 우측 동굴로 달려갔다. 그러자 백리웅천도 달려간다.

쩌렁! 콰광!

점점 가까워지는 소리.

걱정이 되는지 위경리와 유지화도 급히 신형을 날렸다.

그때였다. 동굴 안에서 연부경이 외치는 소리가 들렸다. 육정기가 동굴로 들어가자마자 지르는 소리였다.

"들어오지 말게! 빨리 나가! 위험해!"

"엇! 저놈들은?"

육정기의 놀란 외침. 안에 있는 적을 알아본 모양이었다.

"위 형님! 반혈인들이 떼로 몰려나오고 있소! 오지 마시오!"

막 동굴을 들어갔던 육정기가 창백했던 안색이 새파랗게 변한 채 꽁지가 빠져라 달려 나오고 있었다.

그 뒤를 따라 방거산 부부와 염이상이 뛰쳐나오고, 악대헌과 궁무진, 연부경이 정신없이 달려 나오고 있었다. 위경리는 멈춰 서서 동굴 안을 바라보았다.

나오는 사람들의 뒤로 붉은 안개가 몰려나오다가 주춤거린다. 그러더니 썰물처럼 안쪽으로 밀려들어 간다. 그들 역시 느닷없는 밝은 빛을 견딜 수가 없었을 것이다.

"후우……."

안도의 한숨이 절로 새어 나온다.

다행히 모든 사람이 다 나왔다. 하지만 몇 사람은 부상이 만만치가 않아 보였다. 그중에서도 궁무진의 옆구리는 마치 갈고리에 뜯긴 것처럼 옷이 찢겨져 나갔고, 그곳에서는 피가 계속 배어 나오고 있었다. 그래서인지 몇 걸음 걷던 신형이 비틀거린다.

"궁 형님!"

그제야 궁무진의 상처를 본 염이상이 놀라 달려간다.

연부경과 궁무진이 유령혈사귀를 상대로 혈전을 벌였다. 그 두 사람이 아니었다면 빠져나오지도 못하고 반혈인들에게 둘러싸였을 것이다. 그랬다면 아마 아무도 살아 나오지 못했을 수도 있었다.

궁무진의 상처는 바로 그렇게 일행들을 살리기 위해서 생긴 상처였다.

모두가 안타까운 눈으로 반쯤 주저앉아 있는 궁무진을 쳐다보고 있을 때,

"일단 이곳을 빠져나갑시다. 놈들이 빛에 익숙해지면 동굴을 뛰쳐나오지 말란 법은 없으니까요."

유지화가 무거운 목소리로 사람들을 재촉했다. 그러자 터지는 사람들의 합창.

"헉! 안 돼!"

염이상이 궁무진을 부축하여 천우만이 있는 바위 쪽으로 다가가자, 위경리를 비롯한 사람들은 혹시 모를 상황을 대비해서 동굴을 노려보며 뒷걸음질로 물러났다. 그렇게 바위 뒤로 돌아갈 때였다.

"엇!"

천우만의 눈이 크게 뜨이더니 사람들에게 손을 흔들어댄다.

"계곡 밖에 사람들이 몰려온다! 아무래도 이곳의 소란을 눈치챈 것 같다."

그 말에 경직된 눈으로 다급히 바위 위로 올라간 위경리와 유지화.

“진 아우가 나올 때까지 기다려야 하는데…….”

“그러기는 해야 하는데… 너무 위험합니다.”

“으음…….”

입구 쪽, 적어도 수십 명은 됨 직한 무사들이다. 정확히는 알 수 없어도 고수들도 제법 끼어 있을 것이다. 아무리 잠풍단의 뒤를 따라간 자들이 많다고 해도, 여긴 천은산장인 것이다. 더구나 동굴 안의 징그런 놈들마저 나온다면……. 부르르…….

“가세. 저런 놈들은 진 아우에겐 한입거리도 안 될 거네!”

말을 하는 위경리의 표정이 복잡하게 일그러진다.

“그러죠. 진 공자라면 오히려 우리가 없는 편이 더 나을 수도 있습니다. 더구나 저들은 진 공자가 안에 있는지도 모르고 있을 테니, 우리가 저들을 끌고 가면 오히려 진 공자가 빠져나오기는 더 쉬워질 겁니다.”

그 말을 받는 유지화의 눈에는 단호한 믿음이 떠올라 있었다.

현실을 냉정히 생각하면 유지화의 말이 일리가 있다는 것을 모를 리 없는 위경리였다.

“자네 말이 맞네.”

자신에게 확신을 심는 위경리의 말이 아래에서 쳐다보는 사람들에게도 전염되었다. 진고영은 그들에게 믿음, 그 자체였던 것이다.

“아따! 별 걱정도 다하네. 진 아우가 누구요? 우리가 없어야 마음대로 휘젓고 빠져나올 것이 아니겠수?”

육정기의 고함에 힘차게 고개를 끄덕인 위경리가 염이상을 쳐다봤다.

“무진은 네가 업어라. 혹시 싸움이 벌어지거든 너는 끼어들지 말고.

자! 천 선배, 앞장서시구려!"

여기저기 부상을 입은 사람들은 자신들의 부상을 돌볼 시간도 없이 천우만의 뒤를 따라 걸음을 옮겼다.

어둠에 잠긴 채 악기를 뿜어내는 삼악지를 뒤로하고.

반 각의 반도 안 되는 시간, 사람들이 떠난 바위 앞에 우수수 천은산장의 무사들이 날아 내렸다.

"사방을 살펴라! 침입자의 흔적을 찾아라!"

"오랜 시간 있을 수 없으니 빨리빨리 움직여!"

청의를 입은 사십대 장한의 말에 굳은 표정을 한 무사들이 주위를 샅샅이 뒤지기 시작했다. 그리고 일 다향이 지나지 않아 몇 군데에서 흔적이 발견됐다.

"피가 흘러 있습니다. 제법 양이 많은 것으로 보아 상처를 심하게 입은 것 같습니다."

"방향은?"

"서북쪽 능선으로 이어지고 있습니다!"

청의인, 순찰단 부총령 막수종의 입술이 지그시 깨물렸다.

지금껏 쌓아온 공이 오늘 일로 공염불이 되어버렸다.

신협 진고영이 침입하고, 장절 위경리와 그 일행들이 쳐들어왔다.

그 바람에 산장은 이십여 년 만에 최악의 피해를 입었다. 장내 순찰을 총괄하는 자신에게는 최대의 오점이 찍혀 버린 것이다. 그런데 금 마뇌옥까지⋯⋯. 대체 어떤 놈들이⋯⋯.

"쫓아라! 놈들이 누군지 몰라도 본 장을 우습게 아는 놈들은 가만두지 않을 것이다!"

으르렁거리는 막수종의 명령에 순찰무령들의 신형이 서북쪽 능선으로 날아갔다. 하지만 그들은 꿈에도 생각지 못하고 있었다. 자신들이 쫓으려 하는 자들이 바로 당금 무림을 뒤흔들고 있는 위경리 일행이라는 것을.

수하들에게 명령을 내린 막수종이 막 신형을 날려 수하들의 뒤를 따르려 할 때였다.

"응?"

뭔가 섬뜩한 느낌이 뒷골을 당긴다.

흠칫, 몸을 떤 막수종은 몸을 돌려 절벽의 동굴을 향해 돌아섰다.

마인들을 가두어둔다는 금마뇌옥(禁魔牢獄)이 있는 동굴을 향해.

그런 그의 눈에 붉고 영롱한 구슬이 비친다. 아름답게 느껴지는 빛. 그 끝에는 검지를 쳐든 감청색 장삼의 청년이 날아오고 있었다.

"누, 누…… 헉!"

몸을 뒤로 눕히며 검을 빼 든 막수종이 대경하며 몸을 날렸다.

주욱 바위와 수평이 되어 뒤로 물러서던 그가 어느 정도 거리를 두었다 싶은 순간 몸을 일으킬 때였다.

붉고 영롱한 구슬에 눈이 달렸는지 휘어져 다가오더니 두 눈앞에서 어른거린다.

"헉! 안……."

뻑!

미처 대응할 시간도 없이 막수종은 새하얗게 뇌리가 비어가며 그 자리에서 무너져 내렸다.

동굴을 빠져나오자 수십의 무사가 서북쪽 능선을 향해 쏘아져 가는

것이 보이고, 바위 위에는 그들을 바라보며 무어라 뇌까리고 있는 자가
있다.

손을 들자 검지 끝으로 붉은 기가 모여들고, 하나의 영롱한 구슬이
맺힌다.

진고영은 비파의 현을 튕기듯이 검지 끝의 홍루(紅淚)를 튕겨냈다.

뭔가를 느꼈는지 청의인이 몸을 돌리고 있다. 눈이 마주치자 놀라
입을 벌리다 말고 뒤로 몸을 날리더니, 이 장여를 물러서다 벌떡 일어
서서는 눈을 크게 뜬다.

홍루지가 회선결을 타고 휘어져 그의 이마를 때린 것이다.

뽁!

홍루가 이마를 뚫고 지나가는 데도, 그의 눈은 여전히 의문을 담고
쳐다본다. 그렇게 서서히 쓰러져 가는 막수종의 이마에서 한 송이 혈
화가 피어나고 있었다.

'열.'

침중한 표정으로 그를 일견한 진고영의 미간에 그늘이 지고,

"조금 늦은 것 같군. 후우, 모두 괜찮아야 할 텐데……. 녹산사의 일
은 어떻게 진행되는지……."

염려 섞인 한마디를 여운으로 남긴 채 서북쪽 능선으로 날아갔다.

孤影　第六章

1

　호남의 성도, 장사의 남쪽을 병풍처럼 두른 악록산은 남악(南岳) 형산과 더불어 호남에서 가장 유명한 산 중의 하나였다.

　사대서원 중 하나인 악록서원, 호남의 대표적인 불교 사원 녹산사(麓山寺)는 악록산의 가장 유명한 명승지로 수많은 사람들이 때를 가리지 않고 찾아드는 곳이었다.

　봄날의 따스한 햇살 속에 녹산사의 뒤쪽 묘법전의 앞뜰에 만들어진 자그마한 연못가, 한 여인이 연못에 얼굴을 비추며 수심에 찬 표정을 짓고 있었다.

　"어머니… 저는 어떻게 해야 할까요. 어머니, 유화에게 길을 가르쳐주세요."

　어머니의 제를 모시기 위해 아침 일찍 녹산사에 오른 혁련유화였다.

　그녀의 슬픔에 차 가늘게 떨리는 목소리에 수면이 옅은 파랑으로 일

령인다.

돌아가신 어머니의 위패 앞에 무릎을 꿇고 한 시진을 보내다가 오히려 더욱 어지러워진 심사에 연못가로 나온 것이다. 그런 그녀에게는 어깨에 내려앉는 햇살조차 무겁게만 느껴질 뿐.

눈망울에는 수많은 고뇌가 담겨 있었지만, 누구에게도 말할 수 없는 고뇌인지라 머리 속은 더욱 복잡하기만 했다.

"하아……."

만감이 머리 속을 스쳐 지나간다. 어제 이전만 해도 이런 날이 있으리라 상상도 하지 못했다. 모든 것이 사실이 아니었으면 하지만, 할아버지는 결코 허튼소리를 하시는 분이 아니다.

결론을 내리는 것은 자신의 판단에 달린 일이었다. 그러나 지금은 아무것도, 아무것도 할 수가 없다.

그렇게 상념에 젖어 있을 때였다. 가느다란 목소리가 귓전에 맴돈다.

"아가씨, 무혼입니다."

파르르……. 눈꺼풀이 경련을 일으켰다.

무혼, 조부님의 그림자와 같은 사람. 어느 날부터인가 보이지 않았다. 조부께 물어봐도 웃음만 지을 뿐. 지금 생각해 보니 그 웃음엔 안타까움이 배어 있었던 것 같다.

"어르신께 말씀을 들으셨다면 고개를 한 번만 끄덕여 주십시오."

어깨가 가늘게 떨렸다. 왜 인지는 자신도 알 수가 없다.

힘들게, 힘들게 고개를 숙였다가 들었다. 그러자 무혼의 음성이 이어졌다.

"일각 후에 녹산사 뒤쪽 봉안탑이 있는 곳으로 가십시오. 누군가가 있을 것입니다. 그에게 감춰진 하늘에 무엇이 있는지 보여줄 수 있느나 물으십시오. 그러면 그가 어디론가 안내할 것입니다. 그 후부터는 그의 지시대로 따라주시길……"

이를 악물고 참으려 해도 안개가 앞을 가린다.

마침내 시작인가? 집을… 아버지를 떠나야 하는 시간이 되었는가?

내 능력으로 모든 것을 알아낼 수 있을까?

모르겠다. 모르겠다. 정말 모르겠다.

'어머니, 도와주세요. 하늘에서 고뇌에 몸부림치는 가녀린 유화를 보살펴 주세요. 흑.'

일각 후 녹산사의 불전 뒤쪽, 수십 개의 사리봉안탑이 있는 곳에 그녀의 모습이 보였다. 그리고 그곳에서 풀을 뽑으며 청소를 하고 있던 중년 승려에게 무언가를 묻더니 동쪽에 있는 작은 서각(書閣)으로 들어갔다. 일 다경이나 지났을까, 중년 승려가 나오더니 무어라 중얼거리며 전각 쪽을 향해 가볍게 합장하고는 미처 다하지 못한 청소에 열중했다.

신녀수호단 부단주 영호상은 신녀가 중년 승려와 함께 자그마한 서각으로 들어가자 바짝 긴장했다. 우습게도 중년 승려도 남자라는 이유에서였다. 부처도 돌아앉게 만드는 것이 여인이 아니던가. 승려라고 해서 안심할 수 없다는 것이 영호상의 생각이었다.

그런데 시간이 지나자 승려가 혼자서 나온다.

막 뛰쳐나가려는 그의 귀로 승려가 중얼거리는 소리가 들려왔다.

"여시주, 그럼 천천히 살펴보십시오."

조금 전 신녀는 그에게 뭔가를 보여줄 수 있느냐고 물었던 것 같다. 아마도 제례에 대한 서책을 보려 한 것 같다. 저런 곳에는 그런 책들이

나 있을 테니까.

‘후……. 괜히 긴장했군.’

일각이 지났다.

아직 신녀는 나올 생각이 없나 보다. 하긴 책 한 권을 읽으려면 적어도 반 시진은 걸릴 것이다.

다시 반 시진이 지났다.

생각보다 시간이 많이 걸린다. 조금 있으면 장으로 돌아가야 하는데…….

아무래도 안 되겠는지 영호상은 서각이 있는 곳으로 다가갔다.

“흠. 흠. 신녀께 아룁니다.”

아무런 대답도 없다.

“신녀께…….”

다시 한 번 신녀를 부르던 영호상은 무엇을 느꼈는지 안색을 싸늘히 굳혔다. 서각 안에서 아무런 인기척도 느껴지지 않는다. 아무도 없는 것처럼.

떨리는 손으로 서각 문의 고리를 잡고 당겨보았다.

끼이…… 삐걱.

경첩이 끌리는 소리가 나면서 문이 열렸다.

“이, 이, 이런……!”

맙소사!

아무도 없다! 안이 텅 비어 있다!

서각 안에는 오직 몇 권의 낡은 서책이 탁자에 놓여 있을 뿐, 사람은 그림자도 보이지 않는 것이다.

삐이익!

길고 날카로운 호각 소리가 녹산사 전체에 울려 퍼졌다.

반 각도 되지 않아 이십여 명이 모여들었다.

"신녀께서 사라지셨다! 녹산사의 풀 한 포기도 남기지 말고 모두 뒤져 보아라!!"

영호상의 급박한 명령에 변복한 채 혁련유화를 호위하던 신녀수호단의 무사들이 사방으로 흩어져 갔다.

명을 내린 영호상이 서각을 한 번 더 쳐다보고는 신형을 날리려 할 때였다.

휘리릭!

여덟 명의 갈의인이 그의 주위로 내려선다.

"누구냐?"

한 소리 외치며 검을 빼어 들려 하자,

팍!

"우욱!"

내려선 자 중 무기를 들지 않은 한 중년인이 바람처럼 다가오더니 영호상의 어깨를 향해 일권을 날린다.

가공할 경력이 담긴 일권, 단 한 수에 주르륵 뒤로 물러난 영호상은 노기를 띤 눈으로 갈의인들을 훑어봤다. 그러자 뒤쪽에 있던 한 사람이 입을 열었다.

"본인은 무양단주 초룡이라 한다. 시끄럽게 떠들지 말고 어찌 된 일인지 말해 보거라."

무양단주 초룡?

영호상의 놀란 눈이 휘둥그렇게 뜨였다.

"무양단! 초룡단주님?!"

놀람도 잠시 급히 허리를 숙인 영호상은 급히 조금 전의 일을 보고했다.

같은 단이라 해도 신녀수호단은 자체적으로 만들어진 단체를 산장에서 인정해 준 곳에 불과했다. 무양단처럼 산장의 정예 무력 단체와는 그 격이 다른 것이다.

영호상의 말을 듣던 초륜의 안색이 차갑게 굳어져 갔다.

"서각을 뒤져라! 그리고 이곳에 있었다는 중년 승려를 찾아라! 본 장에 즉시 전서를 띄우고 소공녀의 실종을 알려라!"

"예, 단주!"

"영호상!"

"예, 초단주님!"

"즉시 그대 밑의 사람들을 시켜 주위의 모든 문파들에 도움을 요청하라! 아니지, 명을 내려라! 듣지 않으면 본 장을 적으로 간주하는 것으로 알겠다고 해라!"

"다, 단주?"

"질문은 필요없다! 뭐 하나? 빨리 움직여!"

"아, 알겠습니다."

2

거친 숨소리, 다급한 발걸음.

"아이고! 좀 쉬었다 갑시다."

삼십 리를 전력질주하더니 육정기가 꽥 소리치며 주저앉았다. 그러자 다른 사람들도 힐끔거리며 걸음을 멈추었다.

"으이그, 고수라는 놈이 어째……."

위경리의 혀 차는 소리가 들리든 말든 육정기는 퍼질러앉은 채 땀을 닦아냈다.

"형님도 참, 우리가 달린 게 몇 리요? 싸우다 말고 뛰고, 싸우다 말고 뛰고, 차라리 한바탕 거하게 싸우는 게 낫지 원……."

육정기의 투덜거림에 유지화가 나섰다.

"저들이 우리의 정체를 정확히 알고 오는 것은 아닐 것입니다. 그렇다면 육 대협 말대로 몇이 남아서 저들을 막읍시다."

"그거라니까? 걱정 마시게! 까짓 놈들."

그제야 힘이 나는지 벌떡 일어선 육정기, 눈을 부라리며 방거산을 쳐다본다. 흐뭇하니 웃는 방거산, 고개를 끄덕이며,

"그래도 저를 알아주는 건 육 숙부밖에 없군요. 당신도 남을 거지?"

"오호홋! 물론이지요!"

"저도 남지요."

조용히 앞으로 나서는 백리웅천, 평소의 깔끔한 차림은 간데없고 찢어진 옷, 헝클어진 머리는 누가 육정기인지 분간키 힘들 정도였다.

"좋아! 그럼 너희들 넷이 남아서 오는 놈들을 막아라. 단, 안 되겠다 싶으면 물러서고."

"알았수!"

이각 후, 악록산 서쪽 줄기의 짙푸른 송림 숲 속으로 이십여 명의 청의인이 들어가고, 한바탕 거센 폭풍이 몰아치듯 송림 숲이 뒤흔들리더

니 곧 잠잠해졌다.

그리고 곧이어 사방 십 리를 울리는 곡소리가 터져 나왔다.

퍽!

쇠몽둥이가 허공을 돌 때마다 공포에 찬 표정들이 일그러진다.

커다란 손바닥이 펄럭이면 이가 악다물리고 절로 눈물이 흘러나온다.

천은산장의 무사라는 자부심으로 살아온 세월이 얼만데 저 커다란 두 연놈들이 그걸 뭉갠단 말인가.

"그만 하게, 그 정도면 정신들 차렸을 테니."

보다 못한 백리웅천이 나서서 두 부부의 만행(?)을 말리자, 무릎을 꿇고 있던 열두 명의 무사는 보살이라도 본 사람들마냥 고마워서 눈물을 흘린다.

"원, 웅천 형님도. 아, 저놈들이 누굽니까? 우리를 죽이겠다고 온 놈들 아닙니까?"

"저들도 무인들이네. 계속 장난칠 거면 다른 사람처럼 차라리 죽이게."

차갑게 굳은 백리웅천의 말에 방거산이 주춤거리며 주위를 둘러보았다. 쓰러진 무사들의 시신이 보인다.

들어오자마자 자신들의 무식한 공격에 뭐가 뭔지도 모르고 쓰러져 버린 자들이다. 그중에서도 머리가 깨지고 허리가 부러진 자는 자신의 쇠몽둥이에 얻어맞고 나자빠진 자다. 그리고 보니 조금은 심하게 손을 쓴 것 같다는 생각도 들었다.

"그거야 그렇지만… 저런 놈들한테 쫓겼다는 게 하도 열받아서……."

그러자 공연히 찔리는 게 있는지 육정기가 앞으로 나섰다.

"가자! 사람들이 기다리겠다. 뭐, 사람 죽이는 게 취미가 아닌 바에
야 저놈들을 죽일 필요까지야 뭐 있겠냐. 지들이 좋은 일 하는 줄 알고
명대로 움직이는 놈들일 뿐인데."

"쳇, 시작은 육 숙부가 먼저 해놓고……."

눈을 부라리는 육정기를 본체만체, 방거산이 호난연을 돌아다본다,
환하게 웃으며.

"갑시다, 여보."

"그래요. 호호홍!"

숲에서 엉금엉금 기어 나오는 자들을 보는 진고영의 눈길에 의혹이
깃들었다. 맞은편 산에서 들었을 때는 서러움 가득한 곡소리가 들려오
고 있었다. 한데 기어 나오는 자들은 언뜻 보아 천은산장의 무사들, 대
체 무슨 일이 있었기에…….

'혹시? 그렇다면 멀지는 않은 것 같군.'

3

앞서 가는 무혼의 등이 왠지 무겁게만 느껴진다. 마치 어깨 위에 무
거운 짐이라도 올려놓은 듯이.

빠르게 걸음을 옮기던 무혼이 뒤도 안 돌아보고 입을 열었다.

"아가씨, 어르신의 말씀을 어디까지 들으셨는지는 몰라도, 어르신을
믿으셔야 합니다. 이십수 년을 오늘을 위해 사신 분입니다."

“저도 알아요. 하지만…… 제가 모든 걸 밝혀낼 때까지는 아무도 제게 강요하지 마셨으면 해요. 미안해요, 무혼 숙부.”

“아닙니다. 됐습니다. 아가씨께서 그런 마음을 가지셨다면 곧 모든 것이 밝혀질 것입니다.”

“할아버지는…….”

“…….”

“괜찮으실지…….”

“너무 걱정 마십시오. 어르신은 강한 분이십니다. 그리고 지금은 아가씨의 안전이 우선입니다.”

녹산사의 비밀 통로를 통해 빠져나온 지 반 시진. 지금쯤 신녀수호단에서 혁련유화가 사라진 것을 알았으리라. 그렇다면 곧 추적이 시작될 터. 무혼의 표정에 근심이 가득 찼다.

비록 통로를 무너뜨려 막아놨다지만 천은산장의 힘은 호남 전역에 걸쳐져 있었다. 안에서부터가 아니라도 밖에서 틀어막을 수 있는 힘이 있다는 말이다.

“아가씨께서 궁금해하신 것은 일단 목적지에 도착하면 다 아시게 될 겁니다. 다만, 제가 들은 대로라면 신협 진고영이 천은산장 쪽으로 움직였다 합니다. 그것은 어르신께 그만큼 기회가 생겼다는 걸 의미합니다. 너무 심려 마십시오.”

“진 공자가요?”

“그를 따르는 비검단에서도 그에 따라 준비를 해뒀다 합니다. 아마 지금쯤은 그들도 우리가 가는 곳으로 오고 있을 겁니다. 크게 이상만 없다면.”

“대체…….”

"풍운이 일 겁니다. 강호를 뒤덮는 풍운이……."

말끝을 흐리는 무흔의 발걸음이 더욱 빨라지자 혁련유화의 신형도 그를 바짝 따라붙었다. 그런 그녀의 마음은 폭풍우 속으로 빨려 들어가는 것 같은 어지러운 심정이었다.

다시 이각이 지나고, 악록산을 벗어나는 마지막 야산의 백양목과 송림이 어우러진 숲을 지날 때였다.

빠른 속도로 달려가던 무흔이 흠칫 주위를 둘러보며 걸음을 멈추고 자세를 낮추었다. 그러면서 뒤를 향해 전음을 보냈다.

"앞쪽에 누가 있습니다. 적지 않은 숫자. 하지만 살기는 보이지 않습니다."

혁련유화도 무흔을 따라 몸을 숙이고 바짝 긴장한 채 앞쪽을 노려보았다.

"살기가 없다면 적은 아닐 거라는 말인가요?"

"아직 그것은……."

무흔의 전음이 끝나기도 전, 낮으면서도 웅혼한 음성이 무흔이 있는 쪽을 향해 들려왔다.

"오시는 분이 숨겨진 하늘에서 벗어나려는 분이라면 안심하셔도 되오. 본인은 금대평이라 하오. 비검단을 맡고 있소."

비검단주 금대평. 그의 이름은 들어봤다. 이번 일에서 비검단은 자신들과 함께 움직여야 할 사람들. 마침내 본격적인 탈출이 시작된 것이다. 무흔은 고개를 돌려 혁련유화에게 고개를 끄덕이고는 몸을 일으켰다.

잠시 후, 부스럭 수풀을 헤치고 혁련유화가 무흔을 따라 나오자 금대평이 고개를 숙였다.

"비검단주 금대평이라 합니다. 소저를 무창까지 모시는 임무를 맡고 있소이다."

"어려운 상황임에도 도와주러 오셨다니 감사의 인사를 드립니다."

"별말씀을."

"저… 혹시 할아버지의 일에 대해서 들은 이야기는 없으신지……."

"이각 전에 들려온 소식을 간단히 말씀드리면 지금 천은산장은 난리가 나 있는 상태입니다. 그 와중에 장무담 노선배님마저 행방이 사라져 호남 전역에 수배령이 내려져 있는 상태라 합니다."

"그럼?"

금대평의 무뚝뚝한 얼굴에 가늘게 미소가 맺혔다.

"일단 저희를 따라오시지요. 장 노선배님에 대해선 걱정하지 않으셔도 될 겁니다."

"아!"

혁련유화의 얼굴에 오랜만에 환한 표정이 떠올랐다.

사실 다른 사람들이 걱정 말라 했지만 그녀는 그 누구보다도 천은산장의 숨은 힘에 대해서 잘 안다 할 수 있었다. 그렇기에 할아버지의 말마저도 자기에게 위안을 주기 위해서라 생각했다. 한데 금대평의 말대로 천은산장이 신협 일행의 공격을 받고 혼란에 빠졌다면 할아버지의 능력으로 충분히 빠져나올 수 있으리라는 생각이 든 것이다.

그렇다면, 이제는 자신이 해야 할 일만 남았다. 과연 어느 것이 진실이고 어느 것이 거짓인지 가릴 그 일만이……

4

호남 전역으로 향하는 비둘기가 천은산장의 하늘을 가득 메우며 날아오른 그 시각, 예릉에서 의춘으로 넘어가는 석전평원에는 까마귀들이 하늘과 땅을 가득 메우고 있었다.

까악! 까아악!

평원 가득히 널려 있는 시신들, 그 위를 날고 있는 수십, 수백 마리의 까마귀들.

참혹하기가 이를 데 없는 지옥도를 펼쳐 놓은 것만 같아, 그 모습을 바라보는 사람들의 시선은 참담하게 일그러져 있었다.

"제기랄, 제기랄! 아!! 제기랄!!"

호공탁이 얼굴을 악귀처럼 일그러뜨리며 소리치지만, 누구도 그의 뜻을 받아줄 수가 없었다. 동료 무사들의 시신을 수습하느라 정신이 없었던 것이다.

이제 눈앞에 남아 있는 것은 천은산장의 무사들 시신이 대부분이었다.

참으로 지독한 접전이었다. 수십 년 동안 수십 번의 대소 전투를 겪어온 호공탁과 호풍단원들이었지만 오늘과 같은 전투는 그들의 인생에서 다시는 마주치고 싶지 않은 상황이었다.

특히나 호공탁은 진절머리가 날 지경이었다.

처음, 종호산 어귀에서 추령검위단 일백과 호남의 무인들로 이루어진 일백 무사를 맞이했을 때만 해도 호기가 넘쳤다.

자신이 이끌고 온 호풍단 무사 이백, 거기에 암암리에 합류한 백리단유의 무사 일백, 그야말로 상대가 되지를 않았다.

한 시진이 지나기도 전에 일백에 가까운 적들을 추살하고, 도주하는 적들을 쫓기를 반나절, 석전평원에 들어섰을 때에는 여유가 넘칠 지경이었다.

'이놈들을 제물로 절강에서 죽은 자들의 넋을 위로하리라!'

그렇게 생각하며 자신의 주군께 멋진 선물을 바칠 수 있음을 즐거워했다. 저들의 원군이 도착할 때까지는, 아니, 저들의 원군이 온다는 정보를 받았을 때도 그 기분은 변함이 없었다.

백리단유가 이만하면 대성과를 거두었으니 적들에 대한 정보를 확실히 알 때까지 물러나 주군이 올 때를 기다리자는 말을 했을 때도 그러했다.

호공탁은 백리단유를 바라보며 호기있게 소리쳤다.

'저깟 놈들! 굳이 주군이 안 계셔도 우리만으로도 충분히 몰살시킬 수 있다니까!' 라고.

하지만 그때 그들이 나타났다.

겨우 백여 명에 불과한 적의 원군들이 들이닥치자, 그들과 한바탕 어우러져 칼춤을 추고 주먹을 휘두르며 기세를 올려갈 때였다.

허름한 옷차림, 뒤집어쓴 초립 속에서 붉게 빛나는 눈동자.

미친놈처럼 킬킬거리며 전장으로 난입하던 열 명의 괴물.

칼로 쳐도 끄떡없고, 바위도 부숴 버리는 주먹에 맞고도 웃음을 짓는다.

사람이 아니다. 괴물, 바로 그것이었다.

심지어는 백리단유가 휘두르는 검강이 실린 검을 정통으로 맞고도 단지 긁힌 자국만 날 정도였으니, 일반 무사들이 그들을 어찌한다는 것은 생각도 못할 상황이었다.

호풍단의 무사 하나가 머리가 깨진 채 쓰러지자 보다 못한 호공탁이 고함을 지르며 달려들고,

"이놈들!"

진기가 가득 실린 패력권이 놈들의 몸통에 정통으로 작렬했다.

콰쾅!

훌훌 날아가는 괴물들. 그러나 그들을 바라보는 호공탁의 얼굴이 일그러진다. 괴물들이 마치 아무렇지도 않다는 듯 다시 일어나고 있었던 것이다. 킬킬거리는 웃음을 매단 채.

그러는 사이 쓰러져 가는 무사들의 수효는 늘어만 가고, 다른 놈들마저 기세가 살아나서 그동안 당한 복수라도 하겠다는 듯 달려든다.

혼돈, 혼란, 광란, 미친 듯한 살육이 벌어진다.

피가 튀고, 살이 찢기고, 사지가 떨어져 나가는 것도 모른 채 칼을 휘두른다.

미쳤다! 모두가 미쳐 버렸다!

안 되겠는지 호풍단 제삼대 대주 우연승이 피를 토하며 부르짖었다.

"잡아! 죽을 때 죽더라도 저 악마들의 사지를 붙잡아라!"

미쳐 버린 삼대의 대원들이 모두 달려들어 괴물의 사지를 붙잡고 늘어진다. 그러자 악을 쓰며 이어지는 명령.

"쳐라! 수십 번이고 수백 번이고 두들겨라!"

미친 듯 외치는 우연승의 명령에 미처 괴물을 붙잡지 못했던 무사들이 달려들어 놈들을 향해 무기를 휘둘렀다.

검으로 찌르고, 도로 베고, 도끼를 후려친다.

광란하는 괴물의 힘에 못 이겨 팔을 잡았던 대원의 팔이 찢겨져 나

간다. 머리가 터지고, 옆구리에 구멍이 뚫린다. 그러면서도 놓치지 않으려 이를 악물었다.

찌르고 찌르고 또 찌르고.

베고 베고 또 베고.

내려치고 내려치고 후려친다.

그렇게 같은 부위를 수십 번 가격하고서야 겨우 그들의 몸에 상처를 내고 강기를 쑤셔 넣을 수가 있었다.

"죽어! 죽어!! 제발 죽어!!"

하지만 그사이 죽어가는 대원들의 숫자는 늘어만 간다. 그렇게……
그렇게 몸을 던져 괴물들을 처치하고 나자 적들이 썰물처럼 빠져나갔다.

누구도 그들을 쫓을 여력이 없었다. 그럴 정신도 없었다.

남아 있는 건 오직 시체, 시체, 시체.

적들의 시체만 이백여 구. 아군의 사상자도 백수십 명에 달한다. 석전평원이 시뻘겋게 물들어 버렸다.

얼마의 시간이 흐르고 정신을 차린 무사들은 주위를 둘러보았다.

"으아아!! 살려줘!"

"내 팔! 다리가 없어!"

"끄어어…… 살… 살려……."

정신이 들면서 여기저기서 터지는 비명 소리. 피가 강이 되어 흐르고 있다.

까악! 까아악!

피 냄새를 맡고 날아와 하늘을 맴도는 까마귀 떼.

대원들은 부르르 떨리는 몸을 주체할 수 없어 서로를 쳐다보다가 하나둘 부상당한 동료들을 돌보기 시작했다. 그리고 시신을 찾아 한쪽으

로 모으기 시작했다. 그 수만도 백여 구. 적들보다 적다 하지만 이래서
는 이겨도 이긴 것이 아니다.
  젠장! 주군을 어찌 뵌단 말인가!
  "으아!! 으아!!"
  호공탁의 괴성을 들으며 백리단유의 안색이 침중하게 굳어져 간다.
  누구도 생각을 못했다. 백리웅천의 말을 들었음에도 설마 했다.
  검강에도 베어지지 않는 놈들이라니……
  조금 과장된 정보라 생각했다. 설령 그런 놈들이 있다 해도, 자신들
의 실력이라면, 이백여 명이 넘는 일류고수에 절정의 고수 다섯이면 충
분하리라 생각했다. 그리고 처음에는 모든 것이 생각대로 풀렸다. 그
러는 바람에 너무 자만한 것이 지금의 상황을 가져왔다.
  형님의 말씀대로 너무 몰아치지 말고 물러섰다면, 그랬다면 이런 피
해는 없었을 것이다. 후회는 아무리 빨라도 늦은 것이라지만, 늦게라
도 후회하고 정신 차리면 그나마 최악의 상황은 면할 수 있다 했다.
  '후우……. 이제 최악의 상황은 벗어나야 한다. 놈들이 또 오기 전
에.'

5

  진고영이 육정기 등을 만난 것은 천은산장의 무사들을 지나친 후 반
시진을 더 가서였다.
  세 시진이 조금 못 되는 짧은 헤어짐 후에 만나는 것이었지만, 그들

은 서로가 너무도 반갑기만 했다. 오죽했으면 곰 같은 방거산이 눈물을 훌쩍거리며 진고영을 껴안으려다 호난연이 옷을 잡아당기는 바람에 물러섰을까.

그렇게 같이 길을 오던 도중 육정기로부터 상황을 전해 들은 진고영은 마음이 착잡하기만 했다.

궁무진이 심한 부상으로 염이상의 등에 업혀가고, 우형욱과 사마정은 부상이 심해 미리 빠졌다고 한다. 게다가 다른 사람들도 크고 작은 부상을 당했다고 한다. 진고영은 그 모든 것이 자신으로 인해 벌어진 일만 같아 가슴에 천 근 바위를 얹혀놓은 것만 같았다.

비록,

"아따! 아우도, 그게 어찌 아우 탓인가? 강호를 종횡하다 보면 그 정도 상처는 상처도 아닌 거야! 걱정하지 말라니까!"

육정기의 말에 별다른 표현은 하지 못했지만.

그 후 다급한 마음으로 몸도 제대로 추스르지 않고 내쳐 달린 진고영 등이 세 번째 약속 장소에 도착한 것은, 서서히 해가 서편으로 기울어져 서산머리에 한 발이나 남았을 유시 초였다. 장사에서 익양으로 가는 관도를 조금 벗어나 야산 중턱에 자리잡은 한 채의 장원이 바로 그곳이었다.

무현장(霧現莊).

삼 대째 유학자의 집안인 고씨 가문이 백 년을 살고 있다는 장원이었다.

삼 년 전 천은산장에 대한 정보를 얻기 위해 장사에 머물던 첩검단 장사 지부장은 현재의 무현장 장주인 고현충의 가족이 돈이 없어 굶다시피 하며 생활한다는 것을 알고 은밀한 제안을 했다. 그것은 아주 간단하면서도 적지 않은 돈을 챙길 수 있는 구미가 당기는 제안이었다.

고현충은 남에게 신세 진다는 것이 싫었음에도, 차마 식구들이 굶고 지내는 것을 볼 수 없어 그 제안을 수용했다.

제안이라고 해봐야 언제고 사람들이 비밀리에 머물다 갈 수 있는 장소를 제공한다는 것뿐이었지만. 그것도 해악이 되는 일은 하지 않겠다는 단서를 달고.

그 후 삼 년이 되도록 아무런 소식이 없다가 삼 일 전 내실의 방 하나와 뒤채의 별원을 며칠만 내어달라는 통지를 받았다.

고현충은 잠시 망설이기는 했으나, 자신의 가족에게 넉넉한 삶을 이어갈 수 있게 해준 은혜를 저버릴 수 없어 그들의 요구를 들어주기로 했다.

그리고 오늘, 손님들이 온 것이다. 찢어진 옷에 헝클어진 머리, 여기저기 핏자국. 그야말로 거지인지 건달인지 모를 사람들만 열도 넘는 손님이.

그들을 보는 순간 고현충은 약속했던 단서 따위는 머리 속에서 지워버리고, 오직 손님들이 말썽 부리지 않고 떠나 주기만을 간절히 바라며 부처님께 기도했다.

그렇게 고현충에게 고민을 안겨준 손님들이 머무는 장원의 뒤쪽 별원에는 네 개의 방이 있었다. 열 명이 넘는 인원이 쓰기에 부족하지 않을 정도였다. 그중 하나의 방에서 초조한 염이상의 목소리가 새어 나왔다.

"궁 형님의 상처는 좀 어떻습니까?"

아무래도 의형인 궁무진의 부상이 마음에 걸리는가 보다.

염이상의 질문에 유지화가 침중한 목소리로 입을 열었다.

"외상이 큰 것은 그다지 문제가 안 되네. 문제는 괴이한 기운이 내부를 뒤흔들어놓는 바람에 내력을 끌어올릴 수가 없다는 것이네."

"대체 그 기운이 무엇이기에……?"

"후우. 그걸 나도 모르겠으니 답답할 뿐이네."

"그럼……."

염이상의 눈이 위경리를 바라보자 위경리의 고개가 슬며시 돌아간다. 아마 자신도 모르겠다는 뜻이리라.

천우만을 돌아다봤다. 찔끔, 재빨리 고개를 숙이는 것이 할 말이 없다는 것 같다.

그럼 누구에게 물어야 한단 말인가?

안 되겠는지 위경리가 천천히 입을 열었다.

"음. 염가야, 아무래도 괴이한 기운에 대한 거라면 진 아우가 있어야 할 것 같다."

"그걸 누가! 모릅니까?!'

어디서 용기가 났는지 꽥 소리를 지르자, 기분이 나빠도 차마 뭐라 하지 못한 채 위경리는 분만 삭여야 했다.

'썩을 놈. 그래도 의형이라고 되게 챙기네. 그런데 우리 진 아우는 어디 있는데 이리 소식이 없는 거여?

그때였다.

벌컥!

방문이 거세게 열리더니 우형욱이 부리나케 들어오며 소리쳤다.

"비검단에서 연락이 왔답니다! 유화 소저가 비검단과 함께 망성(望城) 쪽으로 움직이고 있다 합니다!"

"……그런데."

"어쨌다고……."

퉁명한 위경리의 답에 멍한 우형욱이 다른 사람들을 돌아다보았다. 한데 모두가 시큰둥한 반응이다.

'얼래? 왜들 이러시지?

"뭐 잘못 드셨……."

위경리의 눈에서 불꽃이 인다. 그렇지 않아도 염이상에게 한 소리 듣고 기분이 안 좋은 위경리였거늘.

"잘못 먹기는 네놈이 잘못 먹었나 보구나! 어디서 함부로……."

위경리가 금방이라도 주먹 한 방을 먹이려 할 때였다.

"죄송합니다."

"죄송하다면 다…… 엉? 진 아우?!"

진고영이 무현장에 들어설 때였다.

마침 무현장을 찾아온 첩검단원을 장원의 입구에서 만났다. 그 덕분에 장원 안으로 아무런 제지도 받지 않고 들어올 수 있었다. 그런데 첩검단원이 뭔가 급한 소식을 가지고 온 것 같아 그와 함께 사마정이 있다는 첩검단의 임시 분타와 같은 내실을 먼저 찾았다. 어차피 내실을 지나쳐야 별원으로 갈 수 있기도 했고.

그는 들은 대로 어깨를 꿰뚫린 바람에 약을 바르고 천으로 어깨를 감싼 채 쉬고 있었다. 안타까운 마음으로 창백한 안색의 사마정을 바라보자, 그는 쓸쓸한 웃음을 지으며 고개를 저었다.

"다 제가 못나서 이렇게 된 겁니다. 너무 신경 쓰지 마십시오."

자책하는 표정으로 눈을 돌려 첩검단원이 내놓은 서신을 읽어가던 사마정이 진고영을 바라보았다.

"진 대형, 유화 소저가 지금 비검단과 함께 망성 쪽으로 향하고 있다 합니다."

"음……."

"다행히 지금까지는 별일없는 듯합니다만, 천은산장에서 전서구가 수십 마리 떴다고 하니 곧 천은산장의 명령을 받은 무리가 그들을 추적하게 될 것 같습니다. 아무리 조심한다 해도 모든 눈을 피할 수는 없을 테니까요. 다만 언제까지 그들의 눈을 피하느냐가 관건일 것 같습니다."

"하긴, 천은산장도 우리의 도주로에 대해서 나름대로 감을 잡고 있을 것입니다. 아무래도 다른 분들과 상의해 봐야겠습니다. 여차하면 방향을 틀어야 할지도 모르니까요."

그때였다.

"진 대형!!"

우형욱이 내실로 들어오다 진고영이 나오는 것을 보고는 반가워 소리친다. 빙그레 웃음 지은 진고영이 우형욱을 보며 물었다.

"몸은 좀 어떻습니까?"

"저야 뭐… 이 정도는 끄떡없습니다. 우하하하!"

과장되게 웃는 우형욱에게 미안한 마음이 들었지만, 차라리 같이 웃어주는 것이 나을 것 같아 진고영은 입가에 웃음을 지으며 말했다.

"빨리 나으세요. 그래야 제가 덜 미안하죠."

"예? 예, 물론 그래야죠."

사람 좋은 웃음을 흘리는 우형욱과 함께 별원으로 가던 중 혁련유화의 이야기를 해주었다. 그러자 우형욱이 달려가며 소리친다.

"그렇다면 제가 먼저 가서 소식을 알리겠습니다!"

그랬는데……

후우, 아무래도 노형님이나 다른 사람들은 혁련유화를 구하는 것이 탐탁지 않은가 보다. 하긴, 대의를 위한다고 하지만 자신들의 몸이 상하면서까지 구하기에는 설득력이 약한 상황이었으니.

"제가 그만 너무 욕심이 앞섰던 것 같습니다. 노형님과 여러분들이 부상까지 입었거늘."

"아, 아니… 그게 아니고……."

위경리가 어쩔 줄 몰라 하며 말을 더듬자 염이상이 벌떡 일어서더니 진고영의 앞에 털썩 무릎을 꿇었다.

"진 대형! 혁련 소저의 일을 어찌 우리라고 나 몰라라 하겠습니까! 하지만 그전에… 궁 형님 좀 봐주십시오!"

눈물이 글썽거리려는 염이상을 보며 진고영은 자신이 급한 마음에 그만 궁무진의 부상을 잠시 잊었다는 것을 깨달았다. 전마도라는 궁무진이 업혀갈 정도라면 단순한 부상이 아닐 것이거늘.

'아차! 이런…….'

"염 형, 이러지 마십시오. 제가 그만 큰 실수를 했습니다. 빨리 보십시다!"

부리나케 안으로 들어가는 진고영을 따라 염이상이 들어가자 위경리도 머쓱한 표정으로 뒤따라갔다.

그때 유지화의 전음이 위경리의 귓전을 울렸다.

"억! 위 선배님! 제가 그만 깜박한 게 있습니다."

"뭘?"

"옥하가 말하기를, 진 공자가 혁련유화를 구하려 하는 이유는 다름이 아니라, 바로 혁련유화 본인 때문이라 했습니다."

"그게 뭐?"

"아마… 혁련유화 소저를 진 공자가……."

'컥! 그럼? 아이고!!'

느닷없이 철푸덕 주저앉아 자신의 머리를 쥐어 패는 위경리를 방으로 들어가려던 사람들이 멍하니 바라본다. 도대체 저게 뭔 일이람, 하는 눈으로. 그러든 말든 자신의 한마디가 저 순진한 아우에게 얼마나 충격을 줬을까 하는 마음에 위경리는 어쩔 줄 몰라 머리만 쥐어뜯을 뿐이다.

'아이고, 이놈의 입이 방정이지. 아우님이 마누라감 구하러 가자는데 난 모르겠다, 한 꼴이니……. 에구에구…….'

한편 조용히 궁무진의 맥을 짚어본 진고영은 그의 내부에서 돌고 있는 기운이 극악한 기운이란 것을 느낄 수 있었다.

정체를 알 수 없는 기운에 자신의 수천제마력이 반사적으로 반응하여 궁무진의 내부로 스며들자 그 기운이 미친 듯이 날뛰고 있는 것이다. 사마기가 아니고선 있을 수 없는 일이었다.

그렇다면 의외로 치유가 쉬울 수도 있었다. 수천제마력은 사마기의 절대 상극, 일개 사마기(邪魔氣) 따위가 견딜 수 있는 기운이 아닌 것이다.

"궁 대협, 몸속에 깃든 기운을 몰아내다 보면 고통이 따를 것입니다."

무겁게 끄덕여지는 궁무진의 이마에서 굵은 땀방울이 방울져 솟아오른다. 그러자 진고영은 궁무진을 앉히고 천천히 자신의 수천제마력을 명문에서부터 돌리기 시작했다.

독맥은 양기의 바다이며 그 기운이 뇌리에 뻗쳐 있다고 했다. 사마기는 궁무진의 양기를 고갈시키고 자신의 기운을 그곳에 심으려 하고 있다. 만약 그리된다면 궁무진은 미쳐 버리고 말 터.

결국 사마기를 독맥에서 밀어내고 궁무진의 양기를 되찾아주면 절로 치료할 수 있는 길이 열리게 될 것이다.

처음에는 미미하게, 시간이 지나며 점점 강하게 수천제마력을 운용하며 진기를 밀어 넣었다. 그러자 차갑기 그지없는 기운이 수천제마력의 따뜻한 기운과 만나면서 조금씩 밀려나기 시작한다. 한 번 움츠리기 시작한 기운이 독맥을 따라 밀려나자 서서히 현추, 척중, 중추 등의 혈이 생기를 되찾기 시작했다.

그러더니 척추를 타고 올라가 영대, 대추, 풍부혈에 이르렀다. 순간 궁무진의 몸이 겨울철 문풍지마냥 떨리더니, 악다문 잇새로 피가 배어 나온다. 더 이상 버티지 못한 사악한 기운이 발악을 하며 몸부림치고 있는 것이다.

진고영은 지금부터가 본격적인 사마기와의 싸움이라는 것을 본능적으로 느낄 수 있었다. 지금까지는 밀리기만 하던 기운이 위기를 느꼈는지 풍부혈에서 대항하기 시작한 것이다.

차라리 사람과의 싸움이라면 상황에 따라 물러설 수도 있으련만, 이런 싸움에서 물러섬은 곧 패배로 이어지고, 그것은 누군가의 죽음을 의미한다. 그러니 절대 물러설 수 없는 싸움이 바로 이러한 기의 싸움이라 할 수 있었다.

점차 수천제마력의 기운을 증대시키자 사마기의 기운이 일그러지기 시작한다. 놈들이 빠져나갈 구멍을 찾아 여기저기 머리를 들이민다. 그러나 퇴로는 이미 진고영의 기운에 의해 완전히 가로막힌 상태였다.

결국 안에서 빠져나갈 구멍을 찾지 못한 사마기가 몸 밖으로라도 빠져나가려 몸부림친다.

머리 뒤쪽의 풍부혈이 한껏 부풀어 오른다.

그에 따라 궁무진의 몸도 마치 간질이라도 걸린 것마냥 갈수록 더 심하게 떨린다.

그러던 어느 순간, 마치 사마기가 비명이라도 지르는 듯한 느낌이 손을 타고 전해져 온다. 소멸의 고통을 참지 못하고 처절히 몸부림친다.

"크윽!"

마침내 궁무진의 입에서 신음이 새어 나오고, 한순간에 치고 올라간 수천제마력이 뇌호혈을 점령하더니 그대로 백회까지 뻗어버렸다.

털썩!

한차례 심한 요동과 함께 궁무진의 몸이 튀어 올랐다. 그러자 깜짝 놀란 염이상이 소리치며 달려들려다 유지화의 만류로 겨우 얼굴만 굳힌 채 방 안을 쳐다봤다.

그때였다.

궁무진의 머리에서 검은 기운이 실낱처럼 흘러나오더니 잠시 후에는 표정이 점차 편안해지기 시작했다. 마치 고요의 바다에 빠진 것 같은 편안한 표정이었다. 그런데…….

초조한 마음으로 상황을 지켜보던 사람들의 눈빛이 기이하게 변했다. 믿을 수 없다는 표정, 눈이 휘둥그레진 연부경이 자신도 모르게 중얼거린다.

"허! 저럴 수도 있는가?"

진고영은 수천제마력이 궁무진의 풍부혈을 뚫으며 뇌호혈을 치고 올라가 본래의 목적을 달성하자 기운을 가라앉히려고 했다.

그런데 문득 그의 뇌리를 스치는 생각. 임맥까지 이어가진 못해도 백회를 뚫어 보다 맑은 기혈을 유지할 수 있다면 궁무진에게 적지 않은 도움이 되리란 생각이 스친 것이다.

그래서 생각한 김에 백회혈을 지나 전정혈까지 고여 있던 탁한 기운을 태워 버렸다.

바로 그때 은은한 금광이 백회를 뚫고 사람들의 눈에 비친 것이었으니, 연부경이나 위경리 등 절정에 오른 고수들은 그것이 무엇을 뜻하는지를 능히 짐작하고 해연히 놀란 것이다.

아마 오늘 이후 얼마 지나지 않아 궁무진의 무공은 한 단계 올라설 터, 어찌 놀라지 않으랴. 고수들의 한 단계가 얼마나 힘든지를 알고 있는 사람들이었으니.

언뜻 보면 별것 아닌 것처럼 보일지 몰라도 백회를 인위적으로 건드린다는 것은 시전자나 시전을 받는 자나 목숨을 걸어야 할 만큼 위험하고도 성공 확률이 낮은 것이었다. 그런데 그것이 단순히 치료를 하는 중에 이루어졌으니……. 어찌 보면 궁무진의 복이라 할 수 있었다.

어쨌든 궁무진은 적어도 십 년 이상의 적공을 하루아침에 얻은 거와 다름없었다.

하지만 사람들이 미처 모르는 게 있었다. 그것은 진고영 역시 수천제마력으로 궁무진의 사마기를 몰아내면서 뜻밖의 깨달음을 하나 얻었다는 사실이다.

조금 전 수천제마력의 기운으로 사마기가 뻗쳐 나갈 길을 막으며 한쪽으로 몰아넣다 보니 자신도 모르게 수천제마력의 기운을 잘게 쪼개서 따로따로 운용할 수도 있다는 것을 알게 된 것이다.

그걸 깨닫는 순간 진고영은 사마기의 진로를 막고 있던 기운은 다시 되돌리고, 백회로 올라간 기운만으로 궁무진의 탁기를 태워 버렸다. 그리고 되돌아온 기운으로는 자신의 상처를 어루만지기 시작한 것이다.

한데 묘한 기분이 들었다. 그다지 강한 기운이 아닌데도 전력으로 운용하며 내기를 다스릴 때와 별다른 차이가 느껴지지 않는 것이다. 그러자 이번에는 궁무진에게 건너가 있던 기운마저 끌어들여 또 다른 경맥으로 흘려보내 봤다.

한줄기는 십이경맥의 양경 쪽으로, 다른 한줄기는 음경 쪽으로 따로따로 돌린 것이다.

그저 혹시나 해서 해본 일이다. 어쩌면 위험할 수도 있는 일이기에 보통 때는 엄두도 못 냈던 일이었는데, 두 번에 걸친 대전(大戰)으로 자신의 내상이 생각보다 심각한 상태였기에 한 번 시도해 본 것이다. 한데 의외로 따로따로 도는 기운이 별다른 마찰을 보이지 않는다. 오히려 상호 보완 작용을 하는 것처럼 느껴진다.

그렇다면…….

얼마의 시간이 지났을까. 진고영이 자신만의 세계에 갇힌 채 의식 저편에서 무의식의 시간이 흐르고, 점차 그의 몸에서 피어나던 금광이 짙어지자 위경리가 슬그머니 일어났다.

그리고는 유지화를 비롯해 멍하니 쳐다보는 천우만과 연부경, 그리고 뒤늦게 방으로 들어온 육정기까지 끌고 밖으로 나갔다. 물론 우형욱이나 백리웅천 등에게 전음을 보낸 것은 두말할 필요도 없고.

그는 전에도 진고영의 깨달음을 방해한 전력이 있었기에 다시는 그런 실수를 하고 싶지 않았던 것이다.

사람들은 영문도 모르고 위경리에게 이끌려 밖으로 나오더니, 궁금증이 가득 담긴 눈으로 위경리를 쳐다봤다.

"쉿!"

입을 열려는 육정기의 입을 한 손으로 덥석! 막더니 눈을 부라린다. 그러자 사람들은 더욱 궁금해질 수밖에.

"무슨 일입니까, 위 선배님?"

유지화가 슬며시 전음을 보내자 위경리는 입을 열려다가 힐끔 방 안을 쳐다보고는 안색이 누렇게 떠버렸다.

'제기랄!'

궁무진이, 죽은 사람처럼 누워 있던 궁무진이 느닷없이 몸을 일으킨 것이다. 그로선 자신의 몸 상태가 의외로 너무나 상쾌하게 느껴지자 자신도 모르게 놀라 일어난 것이었지만, 그로 인해 위경리는 놀라서 거의 내상에 가까운 타격을 입어버렸다.

"으아! 궁가야! 가만있어!"

급박한 전음이 귓전을 때리자 궁무진이 어리둥절한 눈으로 사방을 쳐다보다 위경리와 눈이 마주쳤다.

순간,

"왜 그러십니까?"

한마디가 궁무진의 입에서 튀어나오고,

"궁 형님! 괜찮으십니까?"

염이상이 소리치며 금방이라도 달려갈 듯이 움찔거리자 잔잔하던 진고영의 몸이 보이지 않을 정도로 미세하게 떨리더니 그의 주위를 맴돌던 금광이 사그라진다.

"저, 저, 저……."

위경리는 반 미칠 지경이었다.

그렇게 조심했건만, 진고영의 두 눈이 천천히 떠지고 있었던 것이다. 아쉬움이 가득 담긴 눈이.

"후우……."

그리고 깊게 내쉬는 숨소리에는 내색은 안 해도 짙은 아쉬움이 남아

있다는 것을 위경리는 느낄 수 있었다. 원래 눈치 하면 위경리 아니던
가.

"아, 아, 아우……."

위경리가 더듬거리며 부르는 사이 진고영의 눈빛이 심해 저 아래로
깊게 가라앉았다.

잠시 후 숨 한 번 들이킬 시간이 지나고, 빙그레 웃으며 일어나는 진
고영의 눈에선 맑은 금빛이 떠올랐다 사라져 갔다. 그리고 밖으로 나
오며 안타까운 눈빛으로 자신을 쳐다보는 위경리에게 전음을 보냈다.

"노형님, 방금 일은 말씀하지 마십시오. 그래도 내상은 거의 치료가
되었고, 얻은 것도 적지 않으니 그게 어딥니까."

그러고는 사람들을 둘러보며 말했다.

"왜들 그러고 계십니까? 편히들 쉬지 않으시고."

"크흑! 미안하네. 내가 뭘 몰라서 그만 아우에게 실수를 한 것 같구
면."

"예? 무슨 말씀을요. 노형님은 절대 저에게 실수한 것 없으십니다."

"아니야. 내가 주책 맞아서……. 이러고 있을 때가 아니네. 어서 제
수… 아니, 혁련유화를 구하러 가야지!"

위경리의 머뭇거리는 말을 못 들을 진고영이 아니었다. 얼굴이 살짝
붉어진 진고영을 놔두고 위경리가 눈을 부라리며 사람들을 둘러봤다.

"뭣들 하는 겨? 빨랑 출발할 준비를 해야지?"

영문을 모르는 사람들은 난데없는 벼락을 맞은 꼴이었다.

멍하니 있는 연부경도 그런 사람 중에 하나였다. 그걸 느낀 순간 흠
칫, 위경리가 재빨리 말을 잇는다.

"물론! 연 형이나 부상자들은 여기에 남아서 치료를 받은 다음 천천

히 오고. 험! 험!"

"거참, 좌우간 실없는 말씀……."

우형욱이 어이가 없다는 듯 투덜거릴 때였다. 사마정이 별원으로 바삐 들어서며 소리친다.

"진 대형! 방금 급전이 도착했습니다!"

급전? 첩검단에서 소식을 전해온 지가 얼마나 된다고…….

사마정이 다급한 표정으로 말했다.

"임수행과 홍 낭자가 쫓기고 있다 합니다."

그러자 차갑게 굳어지는 진고영의 표정에 긴장감이 서린다.

"무슨 말씀이신지 자세히 좀……."

"두 사람이 먼저 간다며 첩검단원과 함께 장원을 떠난 것은 겨우 두 시진 전이라고 합니다. 한데 장사 북쪽을 지나던 중에 그만 절검문도와 시비가 붙은 모양입니다. 그 바람에 홍 낭자가 절검문의 문도 세 사람을 상케 했는데 마침 그곳을 지나던 절검문의 부문주 칠상검 윤형소가 그걸 보고는 대노해서 두 사람을 잡으라 명을 내렸나 봅니다. 또다시 싸움이 시작되자 결국은 임수행마저 끼어들어야 했고, 아마도 그때부터 쫓기기 시작했나 봅니다."

"지금은 어디쯤 있다 합니까?"

"비검단과 합류하기 위해서 북상하고 있다 합니다. 다행히 첩검단원이 계속 뒤를 따르고 있으니 행방을 놓치지는 않을 것입니다."

진고영의 미간이 소나기 내리기 직전의 하늘처럼 짙게 찌푸려졌다.

"대체 어쩌자고……."

"그게… 홍 낭자가 먼저 가서 구경 좀 하자며 졸라대는 바람에……."

"후우……."

고개를 젓던 진고영이 가라앉은 눈으로 말했다.

"아무래도 먼저 가봐야 할 듯합니다."

"그게 무슨 소린가?"

위경리가 말도 안 된다는 듯 소리치더니 사람들을 둘러보며 재촉했다.

"아, 뭣들 해? 안 갈 거야?"

"가야죠. 이거 수행에게 뭔 일은 안 생겨야 하는데."

우형욱이 근심 어린 표정으로 낮게 중얼거리며 앞으로 나서자 위경리는 어이가 없는지 혀를 차며,

"너나 제발 조심해라. 응?"

손가락으로 우형욱의 가슴을 콕콕 찔러댔다.

일단 부상자들은 남겨두고 가기로 했다.

그들 역시 가고 싶어 했지만, 진고영이 완강하게 고개를 저으며 하루 정도는 치료를 하면서 편히 휴식을 취한 후 곧바로 동남포구로 가라는 말에 어쩔 수 없이 남겨져야만 했다.

그중에는 따라오면 진짜, 절대로 앞으로 국물도 없을 거라는 말에 비분을 삼키며 남은 우형욱도 포함이 되었다.

＊　　　＊　　　＊

밀영각의 심처에 자리잡은 내실.

잠시지간 동방설리의 얼굴을 쳐다보던 당군문이 고개를 수그리고,

마치 자신의 잘못으로 그녀가 독상이라도 입은 것마냥 안절부절못하고 있었다.

"으음…… 헉! 헉!"

신음 섞인 거친 숨소리. 푸르스름한 안색. 지금 곧 숨이 끊어진다고 해도 누구 하나 의심을 가지지 않을 정도로 상태가 악화되어 가건만 누구도 안색이 시퍼렇게 변한 동방설리에게 손을 쓸 수가 없었으니…….

그 옆에서 초조한 표정으로 앉아 있던 비객 윤화중이 이를 지그시 깨물며 당군문을 보고 물었다.

"어떻습니까?"

당군문이 나직하게 깔린 음성으로 입을 열었다.

"아직 뭐라 드릴 말씀은 없소만, 당장 숨이 끊어지지는 않으실 것이오."

"아무런 방법이 없단 말씀입니까?"

"일단 본 가에 급전을 띄웠으니 조금 기다려 보기로 합시다. 독이 더 이상 번지지 않게는 해놨으니 며칠 정도는 버틸 수 있을 것입니다. 게다가 동방 군사의 내부에서 정체를 알 수 없는 기운이 심장을 보호하고 있기까지 하니……."

한령공의 기운이었다. 동방설리는 비수가 오른쪽 가슴을 파고들 때 급격히 끌어올린 한령기를 가슴에 집중했다. 그 덕분에 비수가 두 치 깊이까지 파고들었지만 독기의 발현이 늦어진 것이다.

하지만 폐의 침습만은 피할 수 없었으니…….

"그리고 본 가에서 독에 관한 한 제일이라 일컬어지는 이숙부께서 오실 것이오. 그분이라면 군사의 독상을 능히 치료할 수 있을 것입니다."

당군문의 말에 윤화중의 눈이 크게 뜨여졌다.

"이숙부라시면… 독절이라 불리는 독령수 당천민 장로?"

"그렇습니다."

*　　　*　　　*

"신협의 일행이라고?!"

"그렇습니다. 조금 전 천은산장에서 날아온 급전에 의하면 놈들이 한바탕 혈겁을 일으키고 도주 중이라 합니다."

잔잔하던 물결이 태풍 속의 해일로 돌변했다.

신협 진고영. 당금 무림에 가장 강력한 폭풍을 몰고 온 자. 지금껏 그와 상대했던 사람들이 모두 한때 하늘이라 불렸던 고수들이고, 그들이 모두 진고영에게 패했다 한다. 그야말로 믿을 수 없는 소문이었지만 믿지 않을 수도 없는 것이, 천은산장에서조차 벌써 몇 명의 절대고수가 당해 그를 제일의 요주의 인물로 지목했다지 않은가.

"하지만 지금 우리가 쫓는 인물들은 신협이 아니지 않느냐?"

칠상검 윤형소의 말에 고개를 숙이고 있던 절검문 구검당주 전명우의 눈이 움찔거린다.

'미쳤소? 신협 본인이라면 우리가 도망가야지 쫓을 정신이 어디 있소?'

대놓고는 할 수 없는 말.

"당연히 본인은 아닙니다. 아마 그들의 일행 중 떨어져 나온 자가 아닌가 생각하는 것이지요."

"무슨 근거로?"

230

따지듯이 묻는 말에 전명우는 이마를 찌푸리며 말했다.

"그것이…… 우선 저들은 호남 사람이 아닙니다. 그리고 저들의 말 중에 진고영이라는 이름이 튀어나왔다는 점, 그리고 신협 진고영 일행이 도주하고 있다는 방향이 저들이 움직이는 방향과 같다는 점입니다. 어쨌든 저들이 신협의 일행이든 아니든 우리에게는 신협의 일행이어야만 합니다."

"응? 무슨 말이 그런가?"

윤형소의 눈초리가 날카롭게 뻗쳐 올라간다. 그러자 전명우는 목소리는 낮게 깔고 자신의 생각을 말했다.

"천은산장에서 놈들의 일행을 잡는 문파에는 최고의 보상을 해준다 합니다. 물론 뒤로 빠지는 문파는 호남에서 생존할 생각을 버려야 할 것이지만 말입니다."

전명우의 말에 윤형소의 눈이 번뜩거린다.

"흠. 좋아! 그럼 이제부터 저놈들은 신협의 일행이다. 맞나!?"

"맞습니다, 부문주님."

"후후후."

6

제기랄, 제기랄!

이지가 처음에 성질 부릴 때 데리고 떠났어야 했다. 나중에 욕을 먹더라도 말이다. 한데 그러지를 못하고 잠깐 머뭇거리는 바람에 일이 커져 버렸다. 하긴 자신도 조금은 열받긴 했지만……. 그래도 참고 떠났어야 했다. 그랬다면 일이 이렇게까진 되지 않았을 것이다.

"어휴! 내가 뭐라구 했어? 좀 참으라 했잖아!"

"어떻게 참어? 저놈들이 내 엉덩이를 만지는데!"

"솔직히 만진 건 아니었잖아."

"그게 그거지!"

"그렇다고 손목을 끊어버리냐?"

"그래도 너 봐서 그걸로 끝낸 건데……."

시무룩한 홍이지의 음성에 임수행은 왠지 그녀의 어깨가 매우 좁게만 보였다.

"자! 가자구! 놈들이 사방을 뒤지고 있으니 더 있다간……."

임수행이 눈을 가자미처럼 옆으로 돌리며 막 홍이지의 어깨에 손을 얹으려 할 때였다.

"저기다! 놈들이 저기 있다!"

느닷없는 외침, 절검문의 추적자들이 저 멀리서 달려오는 게 보인다.

'제기랄! 저놈들이 눈치도 없이… 으이그…….'

달려오는 사람들을 바라보던 홍이지가 벌떡 몸을 일으켰다.

"튀자!"

번개처럼 튀어 나가는 홍이지를 따라 임수행도 몸을 날렸다. 지금은 어쩔 수 없다. 몇 놈뿐이라면 얼마든지 싸워볼 수 있을 텐데, 오는 놈들은 십여 명. 그들 중에는 칠상검 윤현소까지 있다.

젠장! 젠장이다!

그나마 다행이라면 곧 어두워질 테니 그때부터는 추적이 쉽지는 않을 거라는 점이었다.

"질긴 놈들. 뭐 먹을 게 있다고 그리 악착같이 쫓아오는 거야?"

＊　　　＊　　　＊

석양이 붉은 양탄자를 서산에 드리운 시각. 장사에서 서북쪽 오십여 리, 붉은 석양을 등에 지고 몇 개의 인영이 빠른 속도로 짙푸른 평원을 가로지르고 있었다.

무현장을 떠난 진고영 일행, 바로 그들이었다.

선두에 선 진고영의 신형이 한 걸음에 오 장을 미끄러져 간다. 뒤를 따라 위경리의 신형도 그 못지않게 빠른 속도로 날아가고, 또 그 뒤를 다른 사람들이 얼굴을 붉힌 채 뒤따라간다. 차마 헐떡이는 소리는 내지 못하고.

단 한 시진 만에 백여 리를 달렸다. 제법 큰 야산만 해도 열 개는 넘었을 것이다. 그럼에도 조금도 속도가 줄지 않는 것을 보니 그동안 제일 많이 발전한 무공이 경공이라던 육정기의 너스레가 결코 헛소리만은 아닌 듯하다. 하긴 요 몇 달간 죽어라 뛴 것이 얼만데.

그렇게 달리는 사이 어느덧 붉은 석양조차도 어둠에 갇혀 몸부림치다 서편으로 완전히 모습을 감추어 버리고, 진고영의 발걸음이 멈춘 것은 이십여 리를 더 가서 망성의 불빛이 저 멀리로 보이는 상강가였다.

헐떡거리는 숨을 가라앉힌 육정기가 힐끔 진고영을 바라보며 말했다.

"진 아우, 수행이 어디쯤 있을까?"

"아예 점을 쳐라, 점을 쳐."

233

위경리가 웃기지도 않는 질문이라는 듯 구박을 주자 육정기가 인상을 찌푸렸다. 비록 밤이라 잘 보이지는 않았지만.

"그래도 진 아운데……."

"진 아우가 무슨 점쟁이라도 된다더냐?"

그때였다.

"저… 위 노형님, 수행이 그리 멀지 않은 곳에 있는 듯합니다."

"어, 어떻게?!"

진고영의 손이 아무것도 보이지 않는, 어둠이 삼켜 버린 북쪽의 산 그림자 쪽을 가리킨다.

아무도 말은 못하고 그가 가리킨 어둠 속의 산을 보지만 보이는 건 그저 시커멓게 드리워진 장막뿐.

대체 뭐가 있다는 것인지.

위경리가 '과연' 하는 표정으로 진고영을 돌아본다.

"뭐 느껴지는 거라도 있나?"

"그게 아니고……."

진고영이 멋쩍은 표정으로 다시 가리키는 것, 그것은 북쪽 방향으로 이 장 정도 떨어져 있는 한 그루의 나무였다.

엄청난 둘레를 자랑하는 버드나무, 족히 수백 년은 됐음 직한 버드나무의 눈높이 부분에는 수십 줄기의 긁힌 흔적이 남아 있었다.

"수행의 단혈검에 의한 흔적입니다. 검로가 독특해서 분명한 것 같습니다."

"아!"

"나무의 유액이 굳지 않은 걸로 봐서는 지나간 시간이 그리 오래되지는 않은 듯합니다."

                    *   *   *

스슥.

밤공기를 누비며 은밀히 움직이는 두 사람.

누가 쫓아오기라도 하는지 그들 철저히 소리를 배제한 채 움직이고 있었다.

"잠깐."

나직한 한 소리. 앞서 가던 남자가 한 그루 소나무를 돌아서며 손을 들고 뒤를 돌아보았다.

일 장 뒤에는 한 여인. 붉은 홍의를 입었지만 어둠 속에서는 그저 검게만 보인다.

"이지, 아무래도 놈들의 추적이 끊어진 것 같지 않아?"

"지들도 사람인데 이 밤에 어떻게 쫓아와?"

"후우, 그럼 좀 쉬었다 가자."

"응. 그런데 왜 아까는 나무에다가 검을 그어댄 거야?"

"단혈검의 검로가 조금 독특하거든. 혹시 알아? 형님이 지나가다가 볼지."

"쳇, 진 공자가 무슨 신이라도 되나 보지?"

그래도 이제는 진 공자라고 한다.

나무에 등을 기대며 뾰로통한 홍이지를 바라보던 임수행이 빙그레 웃었다.

'나에게는 신보다 더한 분이야.'

소나무에 등을 기대고 하늘을 바라보자 수많은 별들이 반짝이고 있었다. 멍하니 하늘을 바라보던 임수행이 힘없는 목소리로 입을 열었다.

"어릴 적 나도 저 별처럼 빛나는 사람이 되고자 했었는데……."

"쳇. 그런 꿈 안 꾸어본 사람이 어디 있냐?"

"그런가? 그럼, 이지도?"

"나? 난……."

잠시간의 침묵이 이어지자 어색한지 홍이지가 어둠에 파묻힌 앞을 보며 말했다.

"엄마는… 별을 볼 때마다 아버지 생각하느라 매일 울기만 했어……."

"……."

말을 하다 말고 하늘을 올려다보는 홍이지의 눈에 문득 이슬이 걸려 있는 것처럼 보인다.

"울다 지치면 막대기를 하나 들고 검무를 추었어. 달빛 아래서 엄마가 춤추는 모습은 정말 이뻤는데……."

"……."

슬며시 어깨 위로 올라가는 임수행의 손을 못 봤는지, 아니면 못 본 체하는 건지, 하여튼 홍이지는 하염없이 하늘만 보며 웅얼거리는 말을 이어갔다.

"아버지가 우리를 찾아온 것은 내가 다섯 살인가 되었을 때야. 아버지하고 엄마, 나 셋이서 삼 년을 살았어. 그때가 제일 좋았는데……. 엄마가 죽고 나니까 아버지는 맨날 술만 마셨어. 그러다 누군가가 찾아와서 한바탕 싸웠는데, 아버지는 그때부터 나를 데리고 산속으로 들어가서 살기 시작했어. 귀찮은 놈들이 찾아오는 게 싫다면서. 나하고

만 산다면서. 그랬는데……. 나 혼자 놔두고 먼저 죽어버렸어. 쳇."

어느새 자신도 모르게 기울어진 머리가 임수행의 어깨에 걸쳐져 있건만 홍이지는 방울져 흐르는 이슬을 닦을 생각도 하지 않고 눈을 감았다.

"수행……."

"음."

"네 가슴이 꼭 아버지 가슴처럼 넓다."

"어? 정말?"

"응… 편안해……."

내려다본 홍이지의 표정은 지금까지 그가 봐왔던 그 어떤 표정보다도 더 편안해 보였다. 마치 어미의 품속에서 잠든 아기의 표정 같았다.

임수행은 자신도 모르게 얼굴이 붉게 달아올랐다.

자신의 가슴을 베개 삼아 기대고 눈을 감고 있는 여인이라니…….

처음으로 느껴보는 감정이었다.

결코 욕망 따위가 아닌 묘한 감정. 가슴을 메우고 솟구치는 활화산 같은 뜨거움도 아니요, 봄바람처럼 살랑대다 그냥 스쳐 가는 그런 미풍도 아니었다.

이런 게 사랑이라는 것일까?

가느다란 바람에 날린 머릿결, 가벼운 숨소리가 턱밑을 간지른다. 편안하다 못해 이제는 잠이 들었나 보다.

훗! 피 튀기는 싸움을 한 지가 언제였는데, 쫓기며 긴장하던 때가 언제였는데 이 여인은 자신의 품속이 세상에서 제일 안전한 곳이라도 되는 것마냥 잠이 들어버렸다.

언제부터인지 한 몸 한마음이 되어버린 것 같은, 마치 오랜 세월 태양만 바라보며 자라다 결국 태양을 닮아버린 해바라기같이……. 임수행은 홍이지가 살아온 세월이 자신의 지난 세월처럼 느껴져 가슴이 아파왔다.

이런 저런 생각을 하다 어깨를 감싼 손에 가볍게 힘이 들어가자 품속을 비집으며 파고드는 홍이지의 입에서 아이의 칭얼거림이 새어 나오고.

"으응……."

빙그레. 임수행의 입가에 밝은 웃음이 벌겋게 맺혔다.

*　　　*　　　*

"놈들의 행적이 발견됐다 합니다."

"위치는?"

카랑카랑하게 날선 물음. 공손곽의 눈이 오랜만에 빛을 발한다.

"망성 아래에서 절검문이 누군가와 시비가 붙었는데, 그들을 쫓던 중 그들의 입에서 진고영의 이름이 나왔다 합니다. 절검문의 윤형소가 그들을 쫓고 있다 합니다."

"음……."

찌푸려진 공손곽의 표정에 조이경이 더욱더 어깨를 낮추며 말했다.

"그리고 그들보다 오십여 리 북쪽에서 상운보의 무사들이 또 다른 수상한 무리들을 발견했사온데……."

"흠."

"아무래도… 녹산사에서 행방이 사라진 신녀를 납치한 자들로 보인다 합니다."

"무엇이? 정황 증거는?"

"이십여 명으로 이루어진 자들이 한 여인을 감싸고 빠른 속도로 움직이고 있사온데, 그 여인의 인상착의를 상운보의 무사 중 한 사람이 알아봤다 합니다. 일전에 본 장의 행사에 참가했다가 신녀의 옥안을 본 자로 상운보주 혁필의 제자라 합니다. 그는 신녀를 알아본 즉시 본 장으로 전서를 날리고 그들의 뒤를 쫓고 있다 합니다."

공손곽은 엎드린 자세 그대로 조금 전에 올라온 보고를 설명했다.

"해서…… 초릉과 무양단이 도착할 때까지 그 일대의 문파들을 총동원하고, 또한 운룡상단의 무사단을 움직이라 명했사옵니다."

엎드린 공손곽의 잘게 떨리는 등을 응시하던 혁련유천의 눈 저 깊은 곳에서 넘실대던 파란 광망이 서서히 밖으로 넘실대며 흘러나온다.

"그들만으로 놈들을 잡을 생각은 아니겠지? 놈들은 백령곡에서 살아 나간 놈들이다, 공손곽."

"비은(秘隱)을 움직였사옵니다."

"비은을?"

"시간이 촉박해 주군께 허락을 받지 않고 그들을 움직인 점 죄를 청하겠습니다."

"음. 아니다. 하나 과연 그들을 움직인 것이 잘한 것인지는 본좌도 판단이 서지를 않는구나."

'맙소사!!'

엎드려 있던 공손곽의 어깨가 부르르 떨렸다.

천하에 그 무엇도 거리낄 것이 없는 절대자, 천은대공 혁련유천이 흔들리고 있는 것이다. 세상에! 대체 진고영이라는 놈 하나로 천하조차 우습게 생각해 왔던 분께서 흔들리다니……!

공손곽이 주체할 수 없이 떨리는 입을 열어 말했다.

"그들이라면… 제아무리 진고영이 강하다 해도……."

"너는 백령곡의 수라동에 누가 있는지 아느냐?"

"속하는……."

"그래, 모르겠지. 그는 그곳에서 살아 나온 자다. 염천초와 노적문을 거꾸러뜨리며 부상을 당한 몸으로 말이다."

그랬다. 수라동의 일이 아니어도 그는 천하의 누구도 할 수 없는 일을 해냈다. 그것만은 분명한 사실이다. 하지만…….

공손곽은 도저히 인정할 수가 없었다.

'아무리 그렇다 해도 비은이라면…….'

그때 혁련유천의 말이 이어졌다. 감지할 수 없을 정도로 작은 떨림을 안고 공손곽의 모든 뇌리의 사고를 멈추게 하는 말이.

"그는… 천하에서 본좌와 자웅을 겨룰 수 있는 단 세 사람 중의 하나이다."

쿵!

공손곽은 심장이 떨어지는 소리가 들리는 것만 같았다. 머리 속이 하얗게 탈색되어 버렸다. 전신이 떨리고 믿을 수 없는 말에 바닥을 짚은 두 팔이 후들후들 떨려왔다.

천은대공 혁련유천, 자신의 주군이자 절대자. 이분께서 그를 자신과 같은 위치로 인정하셨다.

그렇다면 그를 잡기 위한 모든 계획을 수정해야 한다. 아니, 어쩌면…… 그를 잡지 못한다고 봐야 한다.

아니나 다를까.

"놈이 수라동을 살아 나온 것만으로도 그들의 힘으로는 놈을 잡지 못한다."

대체 수라동에 뭐가 있길래…….

"장무담이 꺾이고 귀왕이 죽었을 때 놈을 제대로 알았다면 이리되지는 않았을 것을……. 허허허."

"하, 하오면……."

그에 대한 추격을 포기해야 하는가?

"놈은 어쩔 수 없어도 주위의 가지들은 없애놓는 것이 훗날을 위해서 좋겠지. 어쩌면 그로 인해 기회가 생길 수 있을지도 모르고 말이야."

"진고영은 정이 많은 자이옵니다. 아무리 강해도 정이 많은 자는 그로 인해 자신의 능력을 다 쓰지 못하는 법이옵니다. 속하는 그자의 주위를 쳐서 그의 힘을 꺾어볼까 하옵니다."

"허허허. 공손곽."

"예, 주군."

"진정 강한 자는 말일세, 그 어떠한 것에도 꺾이지 않는 법이네. 오히려 그로 인해 더 강해질 수도 있는 것이 바로 강자만이 가지는 특별한 힘일세."

"하오나 조금 전 주군께서……."

"훗날을 위한 방편은 될 수 있으나 그걸로 무너지지는 않을 걸세. 과함은 아니함만 못한 법. 명심해야 할 것이야. 허허허."

깊이 고개 숙인 공손곽은 그 말을 인정할 수 없었다. 하지만 주군의 말에 토를 달 수도 없었다.

"속하 명심하겠사옵니다."

"이미 우리를 벗어난 사자, 너무 매달릴 필요는 없다. 훗날을 생각해서라도 더 이상의 피해는 자제해야 할 것이다."

"존명!"

'하오나 한 손이 제아무리 강해도 열 손을 당할 수 없다는 말도 있사옵니다.'

뒷걸음으로 물러나는 공손곽을 바라보던 혁련유천의 눈이 다시금 파란 광망을 뿜어내기 시작했다.

'후후후. 저런 아이는 안 된다 해야 더 날뛰는 법이지.'

"가령(駕靈)."

혁련유천의 부름에 천장에서 심령을 울리는 기음이 가느다랗게 울린다.

"예… 주군……."

"무당의 일은?"

"곧… 주군의… 손에… 받쳐질… 것이옵니다……."

"후후후. 그래, 그래야지. 마고(魔鼓)가 손에 들어오면 시작해야겠지."

새파란 눈빛이 탁자의 찻잔을 바라보자 미지근히 식어 있던 찻물이 부글부글 끓어오른다.

"계집을 놓친다 해도 마고만 손에 들어온다면…… 흐흐, 허허허!"

한바탕 마소를 흘리던 혁련유천의 표정이 어느 순간에 가라앉았다. 그리고 그의 입에서는 더할 수 없이 차가운 한마디가 새어 나왔다.

"늙은이… 네 뜻대로는 안 될 것이다, 흐흐흐."

대체 누구를 향해 그러는지 알 수 없는 한마디가.

孤影　第七章

1

　겨울을 보내며 누렇게 탈색되었던 갈대들이 푸르른 연녹의 옷들로 치장한 채 강가에서 춘무를 추고 있던 날 아침, 이십여 명의 이방인이 갈대의 춤사위를 가르며 강가를 달리고 있었다.

　훅훅! 거친 숨소리, 방울방울 맺힌 땀방울.

　적지 않은 길을 달려온 사람들의 굳은 눈빛은 누구든 자신들의 앞을 막으면 베어버리겠다는 듯 살기 띤 의지가 넘치고 있었다.

　비검단의 무사들이었다.

　선두에는 금대평이 한 자루 사 척 장검을 움켜쥐고 사위를 쓸어보며 달리고, 그 뒤를 이십여 비검단 무사가 혁련유화를 에워싼 채 달리고 있었다.

　선두를 달리던 금대평은 문득 뒤를 돌아다보았다.

　무혼이라는 자와 혁련유화가 보인다. 한데 참으로 의외의 일이었다.

두 사람 다 얼굴이 붉게 달아올라 있기는 하지만 그다지 지친 기색은 보이지 않는다. 그것은 두 사람이 결코 자신들보다 못하지 않은 고수들이라는 말일 것이다. 그 덕분에 시간이 많이 단축될 듯싶다.

이른 새벽부터 아침 이슬을 맞으며 달리길 백여 리, 이제 상강의 하류가 보이기 시작했다. 그렇다면 목적지가 얼마 남지 않았다는 말. 한데 언제부터인지 끈끈한 긴장감이 뒷덜미를 잡아당긴다. 무엇 때문일까.

천은산장이 제아무리 빨리 움직였어도 자신들의 앞을 막을 수는 없을 것이다. 그런데도 긴장감은 여전히 자신에게 경종을 울리고 있다.

"주위 경계를 철저히 하라."

혹시 모를 일에 대비해 세 명의 대주에게 명을 내린 금대평의 이마에 골이 파인다. 저 앞, 백여 장이면 갈대밭이 끝이 난다. 그런데 그곳에서 심상치 않은 기운들이 뿜어져 나오고 있다.

금대평의 손이 들리고 뒤따르던 사람들의 발걸음이 멈추자, 마치 기다리고 있었다는 듯 수많은 사람들이 갈대밭에서 쏟아져 나오기 시작했다.

각양각색의 옷을 입은 무사들, 그들의 앞에 서서 나오는 두 명의 노인, 그 두 노인을 바라보던 무혼의 입이 씰룩였다.

"운룡상단의 호법이오. 왼쪽이 상강조수 위평, 오른쪽이 귀령마도 안홍휘요."

그의 말을 들은 금대평의 눈이 휘둥그레졌다. 그도 두 사람의 이름을 들어본 것이다. 십 년 전만 해도 두 사람의 이름은 호남의 십대고수에 들 수 있는 이름이었다. 운룡상단에 몸담으며 강호 출입을 하지 않아 잊혀져 가는 이름이긴 했지만.

손에 미끈한 땀이 느껴진다. 자신이나 비검단이 약하다는 생각은 들지 않지만 저들은 수도 많고 몇몇의 고수가 끼어 있다. 상황이 절대 불리의 형세인 것이다.

금대평은 세 명의 대주를 둘러보며 말했다.

"음. 오래 끌수록 적들의 수효는 늘어날 것. 치고 나간다."

그럴 수밖에 없는 형국. 이를 악물고 각오를 다지는 비검단 무사들의 표정에 비장감이 흐른다.

"놈들이 벌써 움직이다니……. 여기서부터는 당신들의 안전을 보장할 수가 없소. 기회가 되면 즉시 빠져나가시오."

금대평의 말에 무혼의 안색도 굳어졌다. 생각보다 빠르다. 아니, 빨라도 너무 빠르다. 도저히 이해할 수 없을 정도로.

그때였다.

"무혼 숙부, 저들은 저를 잡으러 온 것이 아닌 것 같아요."

혁련유화의 전음이 무혼의 귓전을 울리자 무혼의 눈에 의아한 빛이 인다.

"하면……?"

"일단 저에게 맡겨주세요."

"금 대협, 잠시만……."

잡을 겨를도 없이 혁련유화가 한 걸음 앞으로 나서며 말했다.

"두 분께서는 지금 제가 가는 앞길을 막겠단 말씀인가요?"

느닷없이 긴장감이 흐르는 사이를 뚫고 영롱하기 그지없는 여인의 음성이 흐르자 두 노인의 얼굴이 묘하게 일그러졌다. 하지만 그것도 순간, 놀람으로 크게 뜨인 눈이 앞으로 나서는 혁련유화를 응시했다.

"신녀?"

위평의 외침에 주위를 둘러싼 자들 중 누군가의 입에서 경호성이 터져 나왔다.

"천은신녀 혁련유화님이시다!"

"아!"

"오!"

전염된 탄성이 사방에서 터져 나오며 어떤 이는 들고 있던 검마저 검집에 집어넣고 예를 취한다.

"신녀를 뵈오이다."

"신녀를……."

아연한 상황. 누구도 예상치 못했던 상황에 금대평의 표정이 기묘하게 변했다. 말은 들었지만 혁련유화의 위명이 이 정도일 줄은 꿈에도 생각하지 못했다.

고개를, 허리를 숙여 예를 표하는 무사들을 바라보던 혁련유화가 사람들을 둘러보았다.

"저는 지금 갈 길이 매우 바빠요. 여러분이 이렇게 앞을 막는 사이에 제가 해야 할 일이 한 가지씩 줄어드는 것이죠. 대체 왜 저의 앞길을 막는지는 모르겠지만, 제가 여러분의 적이라는 생각은 들지 않는군요."

사람의 마음을 절로 울리게 하는 영롱한 목소리에 운룡상단의 사람들은 자신들도 모르게 하나둘 발을 옮겼다. 그러자 하나의 길이 갈대와 사람들 사이로 뚫렸다. 그것은 뒤에서 바라보던 비검단 사람들에겐 경이 그 자체였다.

소문은 들었다. 신녀의 말 한마디에 고뇌에 찬 사람들은 빛을 얻고,

신녀의 발걸음 한 번에 힘없는 양민들의 가슴에 희망이 스며든다는 말을.

하지만 비검단의 그 누구도 그 말을 곧이곧대로 믿는 사람은 없었다. 한데 절망에 빠져 있던 자신들 앞에 신녀가 나서고, 그들의 앞길에 희망의 길이 뚫렸다. 어쩌면 이날 이후로 신녀를 추종하는 또 다른 무리가 생긴다 해도 하등 이상할 게 없을 지경이었다.

검을 든 사람들 앞을 태연히 지나친다는 것은 결코 쉬운 일이 아니었다. 심지어 간 크다고 자부하는 금대평의 등줄기로도 식은땀이 흐를 지경이었으니 다른 사람들은 말해 무엇 하겠는가. 오직 혁련유화만이 조용히 웃으며 도열한 사람들 사이를 걸어갈 뿐이었다. 손을 흔들고, 반가운 듯 고개를 끄덕이며.

그렇게 사뿐사뿐 발길을 옮기던 혁련유화가 걸음을 멈추고 위평을 바라보았다.

"오랜만에 뵙는군요."

"신녀님은 갈수록 더욱 예뻐지는 것 같소. 허허허."

"위 호법님도 어째 늙지를 않고 더욱 젊어지시는 것 같아요."

"허허허. 빈말이라도 기분은 좋구려."

위평의 기분 좋은 웃음에 안홍휘가 코웃음을 날렸다.

"흥! 위가야, 그러다 입 찢어지겠다."

"원, 별걸 다 시샘하는구먼. 껄껄껄."

두 노인의 치기 어린 말다툼을 보던 혁련유화가 빙그레, 미소를 지으며 말했다.

"그럼 다음에 뵐 때까지 건강하시길."

"흠. 가시는 길을 조심하시구려. 신협 일행이 나타나 호남이 어지러

우니.”

여전히 웃음이 지워지지 않은 얼굴로 돌아서 가는 그녀를 사람들은 꿈속에 빠진 아이들처럼 몽롱하게 바라볼 뿐이었다.

얼마의 시간이 지났을까. 위평이 이마를 찌푸리고 안홍휘를 쳐다보며 말했다.

“그런데 신녀가 오늘 이곳에는 무슨 일이지?”

“그러게 말이네. 나타날 거라는 신협 일행은 안 나타나고. 거 참······.”

말 한마디로 위기 상황에서 벗어난 금대평은 달리는 와중에도 힐끔 혁련유화를 바라보았다.

아름다우면서도 냉정하고, 침착하면서도 상황 판단이 빠른 여인. 그리고······ 간 큰 여인. 그것이 혁련유화에 대한 금대평의 판단이었다.

‘나조차 떨려서 혼났거늘······.’

아무리 그냥 보내준다고 했어도 언제 칼을 들이댈지 모르는 상황이었다. 한데도 웃음 짓는 얼굴이 조금도 어색하지가 않았다. 거기다 그녀를 대하는 사람들의 절대적인 믿음이 서린 표정들. 좌우간 금대평 사십 평생에 처음 보는 대단한 여인이었다.

그 여인이 입을 열어 옥음을 토해낸다.

“아마 저들이 우리에 대한 사실을 안다 해도 바로 추격에 나서지는 못할 거예요. 그사이 우리는 최대한 저들과의 거리를 벌려놓아야 해요.”

“그 말씀은······?”

“아마 저들은 제가 천은산장을 떠난다는 사실을 잠시간 믿지 못하고 당황할 수밖에 없을 거라는 말이에요.”

“아!”

금대평은 그녀의 말이 틀림없을 거라는 생각이 들자 단원들을 돌아보며 소리쳤다.

“모두 들었지? 놈들과의 거리를 최대한 벌리기 위해서 전속 전진한다!”

“예, 단주!”

그리고 그의 생각대로 그녀의 말은 결코 틀리지가 않았다.

＊　　　＊　　　＊

“뭐라고?! 그게 무슨 말인가?”

위평의 경악에 찬 외침에 운룡상단의 전령은 부르르 몸을 떨며 입을 열었다.

“말씀드린 대로 신녀를 납치해 간 자들을 잡아야 한다는 전서가 지급으로 날아왔습니다.”

“허!”

어이없는 표정으로 위평이 안홍휘를 돌아보자 그 역시 어이없는 표정은 마찬가지다.

“대체 무슨 명령이 그따위인가? 신녀는 자신이 자진해서 이곳을 지나갔네. 결코 납치를 당한 것이 아니란 말일세.”

“내 어찌 그걸 모르겠나? 그렇다면 우리는 어찌해야 한단 말인가? 신녀를 쫓아야 한단 말인가, 아니면 납치가 아니라고 보고를 해야 한단 말인가?”

251

"어찌 되었든 산장의 명령을 어길 수는 없지 않은가?"

"으음……."

위평의 두 눈이 갈등으로 흔들렸다. 그는 여기의 누구보다도 신녀에 대해 잘 알고 있는 사람이었다. 그런 그가 봤을 때 신녀는 결코 납치된 것이 아니다. 한데도 산장에서는 납치된 신녀를 구해오라 한다.

"하는 수 없지. 일단 우리는 신녀의 뒤를 쫓는다. 전령! 그대는 상단으로 돌아가 신녀는 결코 납치된 것 같지는 않다고 전해라!"

"알겠습니다!"

명을 내린 위평이 주위를 돌아보자 무사들의 눈에도 의혹이 깃들어 있다. 어찌 그러지 않을 것인가. 조금 전만 해도 신녀와 말을 나누고 잘 가란 인사까지 했는데.

"가자! 신녀의 뒤를 따라간다!"

*   *   *

진달래가 화사한 자태를 뽐내며 온통 산등성이를 붉게 물들인 야산의 정상, 갈대밭과 하나가 되어 물처럼 북쪽으로 거슬러 올라가는 사람들을 바라보는 두 쌍의 눈이 있었다. 그중 깊게 가라앉은 한 쌍의 눈이 나직한 음성으로 입을 열었다.

"이지, 아무래도 합류하기가 쉽지 않겠는걸?"

"일단은 그냥 따라가기나 하자구."

"음……."

두 사람이 사라지고 이각 정도의 시간이 흐른 후, 십여 개의 그림자

같은 인영이 바람 속에 몸을 내맡긴 채 갈대밭을 스치고 북쪽으로 날아간다.

"바보 같은 놈들, 눈앞에 두고도 놓치다니……."

그들의 뒤로 초룡의 한마디 노여움 깔린 비웃음만이 허공을 떠돌다 스러져 간다.

2

망성 서북쪽 팔십여 리, 주진현을 감싼 수로를 끼고 아홉 개의 인영이 빠른 속도로 이동하고 있었다.

선두에 선 자는 흐느적거리는 듯하면서도 흔들리는 갈대와 보조를 맞춰 빠르게 나아가는 천우만이었고, 그 뒤를 진고영과 위경리 등이 나는 듯 달리며 따르고 있었다.

한데 뭐가 그리 불안한지 위경리의 인상이 잔뜩 찌푸려져 있었다.

"천 선배, 가는 길이 맞긴 맞는 거요?"

"어? …어. 맞을 거네……."

어째 얼버무리는 듯한 말투에 위경리의 말이 곱게 나올 리 만무.

"아, 맞으면 맞는 거지 맞을 거네는 또 뭐요?"

"안개가 너무 끼어서……."

수로를 둘러싼 자욱한 안개, 천우만의 말처럼 사방은 자욱한 안개로 이십 장 밖을 알아보기가 쉽지 않은 상황이었다. 그 바람에 밤길을 재촉하면서도 방향을 잃어 근 한 시진 이상을 헤매야 했다. 겨우겨우 제대로 방향을 잡았지만 이미 목적했던 곳과는 상당히 틀어진 상태였다. 그러니 위경리가 심통을 부릴 수밖에.

'썩을 놈, 노인네 눈이 무슨 안개도 꿰뚫어 볼 수 있는 천리안이라도 되는 줄 아나?'

속이 뒤집히는 바람에 하마터면 발이 꼬일 뻔했지만 참을 수밖에 없는 천우만이었다.

그렇게 이십여 리를 더 전진했을 때였다.

아침 안개를 뚫고 안개조차 땅으로 끌어내릴 것 같은 무거운 음성이 진고영의 입에서 흘러나왔다.

"아무래도 좀 더 빨리 움직여야 할 것 같습니다."

"응?"

위경리의 의문에도 깊게 가라앉은 진고영의 눈빛은 변함없이 앞만을 바라본다.

"약속 장소를 목전에 두고 싸움이 벌어진 것 같습니다."

"뭐? 놈들이 벌써 쫓아왔다는 말인가?"

"본장에서 나온 놈들은 아닐 겁니다. 아마… 전서로 연락을 받고 주위의 다른 자들이 앞을 가로막았을 가능성이 크다고 봐야겠지요."

"음. 충분히 가능한 일이네. 한데 어느 정도의 거리로 보여지나?"

이미 자신들과는 그 경계가 다른 진고영이다. 거기다 무현장에서 얻었다는 작은 인연이 어느 정도인지도 모르고. 위경리는 새삼 진고영과 자신의 차이가 느껴지자 이제는 과연 얼마나 차이가 나나 궁금하기까지 했다.

"정확하지는 않지만, 이십여 리 정도 되지 않을까 합니다."

"이, 이십 리?"

눈이 휘둥그레진 육정기가 뒤에서 소리쳤다.

"아침이라 소리가 더 멀리까지 들리는 것 같습니다."

"아, 지금 거리가 중요한가? 빨리 가세!"

천우만이 냅다 소리를 지르며 신형을 날렸다. 순간, 진고영의 목소리가 그의 목을 잡아당겼다.

"저… 그쪽이 아닙니다."

그러자 그렇지 않아도 흐느적거리던 다리가 요상하게 꼬여 버리는 천우만이었다.

철푸덕!

'다행히 진흙…… 크으…….'

3

혁련유화를 둘러싼 비검단이 목적지를 앞에 두고 정신없이 달릴 때였다. 느닷없이 안개 속에서 수십 명의 무사가 불쑥 튀어나오더니 검을 휘둘러온다.

누군지 확인할 필요도 없었다. 막으면 적일 뿐이다.

금대평은 검을 치켜들고 앞에서 달려드는 자들의 가운데로 뛰어들었다.

쩌정!

휘둘러지는 장검에 두 명의 무사가 피를 뿌리며 튕겨져 나간다.

생각지도 못했던 금대평의 반응에 달려들던 자들이 당황한 채 좌우로 벌어지자, 뒤따르던 비검단의 검수들이 쏜살같이 그 사이를 치고 들어간다.

이십이 명의 검수, 스물두 자루의 검. 가히 폭풍처럼 달려드는 비검단의 검수들을 바라보는 상운보 무사들의 눈이 새파랗게 질려간다.

상운보주 상상운검(霜上雲劍) 혁필의 제자이자 호남 일대의 젊은 고수 중 하나라는 자부심으로 비검단을 막아섰던 고진옥은 눈앞에서 벌어지는 어이없는 상황에 입술을 깨물고 눈을 부릅떴다.

보의 정예 무사 오십을 데려왔다. 신녀를 납치했다는 놈들은 기껏해야 이십여 명. 단숨에 제압은 못해도 충분히 감당할 수 있으리라 생각했다. 한데 막상 부딪쳐 보니 이건…….

순식간에 전면에 나섰던 십여 명의 무사가 놈들의 검에 튕겨지고, 베어지고, 꿰뚫린 채 쓰러져 간다.

미처 자신은 나설 시간도 없었다.

고진옥은 일그러진 얼굴로 자신을 향해 달려드는 검수의 일검을 쳐내며 소리쳤다.

차창!

"모두 물러서!"

한 소리 외침에 달려들다 말고 뒤로 주르륵 물러서는 수하들의 시선에는 놀람과 두려움이 서려 있다.

젠장, 시작부터 꼬이기 시작하다니…….

쓰러진 수하들을 바라보던 고진옥이 분노한 음성으로 입을 열었다.

"네놈들……."

하지만 그것이 또한 잘못이었다. 자신들이 물러서면 상대도 물러날 거라 생각한 것은 그야말로 순진하기 짝이 없는 발상이었다. 그리고 고진옥이 그것을 깨닫는 데는 그리 오랜 시간이 걸리지 않았다.

미처 자신의 말이 끝나기도 전에 금대평의 입가에 비웃음이 서리더니 번쩍이는 검광이 사방으로 몰아쳐 가는 것이 아닌가. 물러서는 수하들의 전면으로 날아드는 검광에선 줄기줄기 검기가 뻗치고,

"피, 피해!!"

파팟! 차라랑!

"으악!"

"크억!"

비명과 함께 쓰러져 가는 무사들을 타고 넘어 비검단의 검사들이 달려들자, 뒤쪽에서 어쩔 줄을 모르고 있던 상운보의 무사들은 분분히 물러서기가 바쁠 지경이었다.

"이익!"

검을 치켜들고 상운팔검의 절초 비운상(飛雲霜)의 일검을 내지르며 금대평의 허리를 쓸어가는 고진옥의 표정은 목숨을 걸겠다는 굳은 각오가 새겨져 있었지만, 의욕과 현실은 너무 괴리감이 있었다.

빠르게 뻗어오는 검을 일견한 금대평이 자신의 넉 자 장검으로 원을 그리듯이 고진옥의 검을 휘감고, 서리서리 얽힌 검기를 그의 검에 실어 보냈다. 순간,

"크윽!"

답답한 신음 소리가 터지고,

떠덩!

검이 부러질 듯이 휘어지더니, 뒤로 정신없이 물러나는 고진옥의 입가에서 핏물이 흐른다.

그걸 본 금대평이 마무리를 짓겠다는 듯 다시 쇄도해 들어가려 할

때였다.

"금 대협, 갈 길이 급할 것 같은데요."

조용하면서도 힘있는 혁련유화의 목소리가 금대평의 귓전을 울렸다.

"음… 알겠습니다."

고진옥을 일견한 금대평이 그대로 몸을 날려 전장을 빠져나가자 상운보의 무사들을 몰아치던 비검단의 검수들도 일제히 금대평을 따라 몸을 날렸다. 한데,

막 전장을 빠져나가며 안개를 뚫고 신형을 날렸던 금대평이 격돌음과 함께 뒤로 급박하게 물러선다.

쾅광!

"웃……!"

눈살을 찌푸리는 금대평의 눈에 곤혹의 빛이 떠올랐다.

"당신이……."

천천히 걸어 나오는 자는 상강조수 위평이었다.

"아무래도 확인해야 할 일이 있어서 말이야."

그의 말이 끝나기 무섭게 뒤쪽에 처져 있던 혁련유화가 나섰다.

"그 일이 저로 인한 문제인가요?"

"음……."

참으로 불가해한 문제였다. 분명 신녀는 자신이 원해서 움직이고 있다. 그걸 못 알아볼 정도의 자신이 아니었다. 그런데 왜? 위평은 묻지 않을 수가 없었다.

"무엇 때문이오?"

혁련유화가 대답했다.

“흔히들 이유없는 무덤이 없다고들 하지요. 굳이 말씀을 하시라면… 저 자신을 찾기 위해서예요.”

“……?”

“위 호법께선 한 가지만 생각하시면 돼요. 제가 납치되었는지 아니면 제 자신이 원하는 길을 가고 있는 건지.”

“으음… 알 수가 없소이다, 노부는. 하나…….”

위평의 눈이 혁련유화의 눈을 직시했다.

“산장의 명을 어길 수 없다는 것쯤은 신녀도 잘 아시리라 믿소이다.”

“물론 잘 알고 있어요. 한데 산장의 명이 무엇이던가요? 납치된 저를 구하라는 것이 아니던가요?”

“그건 그렇소만.”

“그럼 이야기는 끝났군요. 저는 납치된 것이 아니니 위 호법께선 저를 구할 필요가 없고, 저는 제가 원하는 길을 가면 되는 거군요.”

칼로 무 베듯이 말을 끊은 그녀가 냉정하게 뒤돌아서며 한마디를 덧붙였다.

“위 호법께서도 아마 생각해 보셔야 할 거예요. 호법이 데려온 분들에게 위 호법이 저를 강제로 잡아가려 한다고 하면 그분들이 어떻게 행동할 거라 생각하시는가요?”

“그, 그건… 음…….”

그랬다. 같이 온 무사들이 지금은 자신을 따르지만 만약에 신녀의 명이 떨어진다면 자신의 명령쯤은 무시해 버릴 사람이 태반이었다. 벌써부터 의혹의 눈길을 보내고 있는 자들이 있는 상황이었으니…….

“후우. 대체 신녀가 원하는 길이 무엇이기에…….”

"아직은 말씀을 드릴 수 없는 것이 안타깝군요. 다만 한 가지만 말씀드리자면, 제가 가고자 하는 길은 힘없고 어려운 사람들을 위하는 길이며, 사마를 배척하는 길이란 점만 알아주셨으면 싶어요."

조용한 강가를 울리는 그녀의 맑은 목소리가, 의도했든 의도하지 않았든 안개에 실려 사방으로 퍼지자 여기저기서 감동에 찬 탄성이 쏟아지고,

"오! 역시 신녀의 마음은……!"

"과연…… 신녀시다!"

"와! 와!"

점점 커져 가는 환호에 위평의 표정이 이지러진다. 그러다 차츰차츰 평상시의 안색을 되찾은 그는 하는 수 없이 고개를 끄덕이며 옆으로 비켜섰다. 그러자 혁련유화가 빙그레 웃으며 감사의 인사로 고개를 숙였다.

옆에서 긴장한 채 두 사람의 언쟁을 지켜보던 금대평은 진심으로 그녀에게 감탄하지 않을 수 없었다. 가히 존경심이 일 정도였다.

위평이나 안홍휘는 자신조차 승리를 장담할 수 없는 고수들이다. 거기다 그를 따르는 무사들이 수십. 아마 싸움이 벌어진다면 자신들이 승리한다 해도 반수 이상의 희생이 따라야 했을 터. 한데 그러한 상황을 이 여인은 단 몇 마디 말로 끝내 버린 것이다.

하지만 그의 생각과 달리 상황은 아직 다 끝난 것이 아니었다.

느닷없이 나직하고 무거운 전음이 귓전을 파고든 것이다.

"조심하시오, 그들 말고도 또 다른 자들이 그대들을 노리고 있소."

흠칫, 전신의 신경을 곤두세운 금대평은 재빨리 주위를 돌아보며 세 명의 대주에게 차례차례 전음을 보냈다.

"신경을 흐트러뜨리지 마라! 누군가 우리를 노리는 자들이 있다!"

그러면서도 문득 자신에게 전음을 보낸 자가 궁금해졌다. 어디선가 들어본 목소린데……

*　　　*　　　*

초륭은 앞서 가던 두 명의 젊은 남녀가 자신들의 적인지 아닌지를 확실히 알 수 없어 그냥 놔두었다.

한데 삼십여 리를 북진하던 두 사람이 어느 순간엔가 서북쪽으로 방향을 튼다. 그렇다면 자신들이 가고자 하는 방향과는 다른 길. 적은 아닌 것처럼 보였다. 힐끗 멀어져 가는 두 사람을 바라보던 초륭은 길을 재촉해 위평의 뒤를 바짝 뒤쫓기 시작했다. 하지만 그는 꿈에도 모르고 있었다.

*　　　*　　　*

임수행은 홍이지와 나란히 관도를 달리는 것이 그렇게 좋을 수가 없었다.

절검문의 추적도 끊긴 것 같았고, 옅게 낀 안개도 왠지 기분을 좋게 하는 데 한몫하고 있었다. 그렇게 삼십여 리를 달려갈 때였다. 옆에서 나란히 달리던 홍이지가 인상을 쓰며 자신을 쳐다본다.

"왜?"

뭣 때문에 인상을 쓰는 거지? 그 의문에 홍이지가 바로 답을 던졌다.

"수행, 뒤에 누가 쫓아오는 것 같다."

261

“응? 누가?”

그는 홍이지의 감각이 일반 사람들보다 훨씬 날카롭다는 것을 이미 절검문에게 쫓기며 실감했다. 산에서 살아온 십수 년이 그녀에게 그런 감각을 갖게 해준 것 같았다.

“돌아보지 마!”

“절검문 놈들이 쫓아오나?”

“아냐. 그놈들보다 훨씬 고수들 같아.”

“대체 누가? 설마? 천은산장 놈들이?”

“그건 모르겠는데…… 살기는 아냐.”

“그럼?”

“일단 옆으로 빠져 보자.”

“알았어.”

오 리 정도를 더 가다가 갈래길이 나오자 서북쪽으로 난 길로 방향을 틀었다. 그리고 얼마를 더 갔을 때.

“됐어. 이제는 안 쫓아와.”

“정말 쫓아오기는 쫓아온 거야?”

“너! 내 말 못 믿어?”

“못 믿긴? 믿어, 믿어. 암, 내가 이지 말을 안 믿고 누구 말을 믿겠어?”

‘진 형님, 죄송합니다. 흐…….’

재빠른 변명에 홍이지의 샐쭉해졌던 볼이 본래의 모습으로 돌아왔다. 그리고 이어지는 말.

“다시 돌아가자. 홍! 이제부터는 우리가 쫓는 거라구!”

‘컥! 그놈의 궁금증이 또…….’

은밀히 놈들의 뒤를 쫓던 중 안개 속에서 싸우는 소리를 듣자마자 걸음을 멈추고 몸을 숨겼다. 놈들도 발길을 멈추고 몸을 낮춘 채 상황을 살피고 있는 것처럼 보인다.

그러자 임수행이 홍이지에게 전음을 보냈다.

"돌아서 가자. 아무래도 저놈들이 무슨 짓을 저지를 것 같다."

고개를 끄덕이는 홍이지와 함께 빙 돌아 금대평이 보이는 곳까지 간 임수행은 다급히 금대평을 향해 전음을 보냈다.

"조심하시오………."

금대평을 비롯한 비검단의 검수들에게서 싸늘한 기도가 피어오르자 이십여 장 떨어진 곳에서 상황을 주시하고 있던 초륭의 안색이 구겨졌다.

결코 만만치 않은 놈들이다. 앞에서 넉 자나 되는 장검을 든 놈도 그렇지만, 그를 따르는 놈들도 하나같이 일류고수들로 보이는 것이다. 자신을 따라온 무양단의 살귀들은 일곱, 자신까지 여덟이다. 한 명이 세 명씩을 감당해야 하는데 쉬워 보이지가 않는다.

그래서 놈들이 느슨해지면 기습을 하려 했는데, 오히려 놈들의 기세가 더욱 거세지다니…….

위평을 비롯한 운룡상단의 무사들이라도 나서준다면 일이 쉽게 풀리련만 혁련유화의 말대로 그녀가 명을 내린다면 거꾸로 검을 들이댈 놈들이 더 많은 상황이니 그럴 수도 없다.

그렇지만 이제는 더 시간을 끌 수도 없다. 위평 등에게 주군의 명을 전하고 억지로라도 끼어들게 하는 수밖에.

전신의 신경을 곤두세운 채 걸음을 옮기려던 금대평은 뒤쪽에서 다가오는 강력한 기세에 휙 몸을 틀었다.

여덟 명이 다가오고 있다. 빠른 속도. 무기를 빼 들고 있다.

"뒤! 조심! 놈들을 막아라!"

금대평의 일갈에 비검단원들이 빼어 든 검을 앞세우고 돌아선다. 그 사이 오 장까지 접근한 놈들 중 한 놈이 날아온다. 가공할 속도다. 결코 수하들이 막을 수 있는 수준이 아니다.

"물러서! 그놈은 내가 맡는다!"

한마디 외치며 금대평도 신형을 날렸다. 순식간에 거리는 일 장. 놈은 눈에 새파랗게 살기를 흘리며 다가온다. 그런 놈의 폭이 좁은 검에서 파란 검기가 넘실거린다. 금대평도 자신의 검에 모든 내력을 쏟아냈다. 찰나!

쩌저정!

팍!

격돌의 충격에 일 장을 뒤로 물러선 두 사람의 눈이 조금의 흔들림도 없이 서로를 마주 보다가 한순간에 다시 마주쳐 간다.

쩌러렁!

비켜 치듯이 마주친 검이 서로의 검을 휘감아 돌며 청량한 검명을 흘린다. 위평이나 안홍휘 같은 고수들은 능히 상황을 살펴볼 수 있었다. 두 자루 검이 한 치 정도 떨어진 채 휘돌고 있다. 고수들의 대결. 검기가 얽혀 돌아가는 두 자루 장검이 눈에 보이지 않는 속도로 변화를 일으키고 있다.

폭이 좁은 초룡의 첨검이 미끄러지며 금대평의 손목을 노리면 넉 자

크기의 거검이 번개처럼 뒤집어지며 첨검이 방향을 틀어버린다. 그러면서 거꾸로 타 올라간 거검은 그 크기를 이용해 초룡의 가슴을 찔러 간다.

츠르르릉…….

순식간에 십여 수의 공방이 벌어지지만, 그것은 촌각 사이에 벌어진 일이다. 눈으로 좇아가기 어려울 정도의 빠른 변화다. 순간,

쩌저저, 따당!

결렬한 공명음.

뒤로 주르륵 물러난 금대평의 창백한 안색이 심각하게 굳어진다. 이번 공방에서 한 수는 손해를 본 것이다. 초룡도 의외라는 듯 금대평을 바라보는 눈빛이 차갑게 식어갔다.

"제법이군."

눈빛만큼 차가운 목소리.

"그대도."

굳어진 음성에는 상황이 심각하게 흐르고 있음을 보여준다. 씩, 차가운 웃음을 흘린 초룡이 눈을 돌려 위평을 바라봤다.

"운룡상단의 무사들이 감히 주군의 명을 거역하겠단 말인가?"

움찔, 어깨를 편 위평이 여전히 곤혹에 찬 눈으로 초룡을 바라보며 말했다.

"우리가 받은 명령은 납치당하는 신녀를 구하라는 명이었소."

"흥! 그 명령 중에는 적을 치라는 명도 있을 텐데?"

"우리는 그 적이 누구라는 것을 정확히 지적받은 바가 없소. 굳이 따진다면 신녀를 납치한 자들이란 말인데, 신녀를 납치한 자가 없으니……."

“말장난 따위를 하려고 밤새워 달려온 것이 아니다. 오늘의 일은 따로이 추궁이 있을 터.”

초룡이 신랄하게 위평을 몰아세우자 운룡상단 무사들의 눈에 분노가 떠올랐다. 그리고 그들의 마음을 대변이라도 하듯 한 소리 맑은 옥음이 다시 안개 낀 갈대밭에 울려 퍼졌다.

“초 단주께선 너무 위 호법을 몰아세우는군요.”

혁련유화였다.

“위 호법은 자신의 직무를 충실히 하고 있는데 초 단주가 무슨 권리로 위 호법에게 죄를 추궁하겠다는 건지 본녀는 도무지 모르겠군요.”

그녀의 말에 초룡의 이마가 찌푸려졌다.

“신녀께서 나설 자리가 아니오. 저들은 철검산장의 무사들, 결코 이곳에 있어서는 안 될 자들이오. 더구나 신녀가 저들을 따라서 움직인다는 것도.”

“호호호! 별 이상한 말씀을 다 듣는군요. 철검산장은 본 장과 더불어 강호의 삼 장 중 하나로 정의를 숭상하는 문파로 잘 알려져 있어요. 그런데 왜 철검산장의 무사들과 같이 있으면 안 된다는 건지 모르겠군요.”

“몰라서 물으시는 거요? 철검산장이 최근에 본 장과 적대하며 얼마나 많은 피해를 줬는지 진정 모른단 말씀이오?”

“예, 모르겠어요.”

당연하다는 듯 태연히 답하는 혁련유화를 바라보는 초룡의 마음은 답답하기 그지없었다.

본래 이런 말싸움이나 하려고 튀어나온 것이 아니다. 짧은 시간에 위평을 몰아세워 어쩔 수 없이 적을 치게 만들려 했는데 혁련유화가 나서면서 일이 이상하게 흐르기 시작한 것이다.

더군다나…….

"그러니까 초 단주께선 제가 계속 철검산장의 사람들과 같이 있는다면 저 역시 적으로 간주하고 검을 들이대겠다 이 말인 것 같군요."

이어지는 혁련유화의 한마디에 주위를 감싸고 있던 사람들의 어이없어하던 눈빛이 잠시 후에는 분노의 눈빛으로 바뀌어가고 있지를 않은가.

이러지도 못하고 저러지도 못하고 있던 초룡은 마침내 결심을 굳힌 듯 싸늘히 식은 눈으로 혁련유화를 바라봤다.

"신녀께서 정 그러신다면, 본 단주는 신녀를 주군께 강제로 모시고 가는 수밖에 없소이다."

스윽! 한 걸음 앞으로 내딛는 초룡의 검에서 은은히 피어오르던 검기가 점점 강해지더니 순식간에 새파란 광채가 한 자 이상 뿜어져 나오기 시작했다.

그러자 옆에서 만일의 사태를 대비하며 서 있던 금대평의 안색이 창백하니 굳어져 간다.

"검강?!"

검강이다. 그것도 완벽한 검강. 좀 전에 부딪쳐 볼 때만 해도 어쩌면 절정의 고수일지 모른다 생각했거늘. 설마 저 정도일 줄이야!

그의 놀람은 아무것도 아니라는 듯 초룡의 무심한 목소리가 장내를 긴장시키며 울렸다.

"더 이상은 지체할 수가 없을 것 같소. 신녀께선 나와 함께……."

그때, 초룡의 말이 끝나기도 전이었다.

어디선가 코웃음 소리가 터져 나오고.

"흥! 내 살다 살다 별 웃기지도 않은 소리를 다 들어보겠네."

백의의 중년인이 장내로 날아들더니 초륭을 째려보며 또 한 마디.

"어떤 웃기지도 않은 놈들이 저렇게 이쁜 여자를 강제로 데려가겠다고 하는 거여?"

생긴 것은 그럭저럭 차분히 생긴 얼굴인데, 초륭의 위아래를 훑어보며 하는 말은 영 아니올시다이다.

하지만 뒤이어 들려온 말에 비하면 그래도 양반.

"어떤 시러배잡놈이 연약한 여자를 힘으로 데려가겠다고 조동아리를 나불대는 거서?"

쿵!

내려서는 소리에 주위의 땅이 울리고, 둘러보는 눈길에 불길이 인다. 그러자,

"그런 놈은 그냥 모가지를……."

휘청거리는 것 같으면서도 사람들 사이를 누비고 들어서는 노인의 신형이 어느새 초륭의 면전에 다다라 초륭의 얼굴을 빤히 쳐다본다.

어이없는 초륭의 안색이 천변만화로 변하고, 번쩍! 검강 서린 장검이 노인의 안면을 쪼개갔다.

휘청. 스윽…….

"어이구, 깜짝이야!"

순식간에 이 장을 물러난 노인이 사나운 개라도 본 마냥 인상을 찡그리며 머뭇거렸다.

그때였다.

"그자는 젊은 제가 상대하지요."

묵직한 한마디와 함께 바람이 일며 허공에서 시퍼런 검강이 벼락처

럼 내려쳐 온다.

안개를 헤치며 이십여 리 전속으로 이동했을 때였다.

장검이 부딪치는 소리가 들렸다. 기와 기가 부딪치는 소리다. 고수들의 대결.

그와 함께 갈대 숲 너머에서 안개를 서리로 만들 것 같은 싸늘한 음성이 일행의 귓전을 울린다.

처음 들어보는 음성이지만 주위 사방을 냉각시키는 음성에는 상당한 경력이 배어 있었다.

순간, 위경리가 땅을 박차고 몸을 날렸다. 육정기가 뒤질세라 갈대밭을 뭉개며 돌진한다. 천우만의 다리가 휘청 휘어지는 듯하더니 눈앞에서 사라져 버린다. 쏘아진 살처럼 나아가는 세 사람을 바라보던 백리웅천이 느긋이 허공으로 신형을 띄우고 앞으로 쏘아져 간다.

건달패 같은 걸걸한 목소리가 갈대 숲 너머에서 울리더니 한줄기 검강이 허공을 가르자, 허공에서 떨어져 내리던 백리웅천이 검을 뽑아 들었다. 그리고……

시퍼런 벼락이 안개를 사방으로 밀어내며 초룡을 향해 몰려갔다.

"…제가 상대하지요."

갈대 숲을 빠져나온 진고영은 떨어져 내리는 벼락을 향해 초룡이 검을 치켜드는 모습을 바라보았다.

흔들림없는 모습, 이미 어느 정도의 경지에 달해 있는 자만이 가질 수 있는 여유가 있다. 백리웅천보다 한두 수 위의 고수.

위경리라면 모를까 백리웅천이라면 조금 힘들 것처럼 보인다. 경고를 해줄까 했지만 그 옆으로 육정기가 다가가는 것이 보인다. 그렇다면 걱정하지 않아도 될 듯하다.

쩌저정! 콰광!

백리웅천의 검과 초룡의 검이 격돌하며 거센 기의 폭풍이 장내를 휩쓸었다.

진고영은 그들의 싸움은 아랑곳하지 않고 사위를 살펴보았다.

병풍처럼 둘러싼 운룡상단의 무사들, 그들의 뒤로 멀찌감치 상처 입은 들개들처럼 겁에 질린 무사들.

그들 가운데 비검단이 자리하고 있다. 그리고 그 한가운데… 그녀가 있었다.

옅은 안개가 바람에 실려 그녀의 머릿결을 젖혔다. 냉기 서린 안개에 장시간 노출되어서인지 하얗게 변한 얼굴이 안쓰럽게만 보인다. 그런 그녀의 봉목이 휘둥그레진 채 가늘게 떨리고 있었다. 아마도 위경리 등의 출현에 놀란 듯했다.

그랬다. 그녀는 놀라고 있었다. 전날 황등진에서 위경리와 육정기 등을 보았다. 그랬기에 그들을 금방 알아봤다. 하지만 단순히 위경리 등의 출현에 놀란 것이 아니었다.

'저들이 왔다면…… 그 사람도 왔을 것이다!'

그녀의 떨리는 눈이 천천히 주위를 돌아보았다. 그러다 어느 순간, 한 지점에 고정된 채 멈추어 버렸다. 진고영의 눈도 고정되어 버렸다.

진고영의 눈이 말했다.

'오랜만이오.'

그녀의 눈이 대답했다.

'오셨군요.'

그의 입가에 지어진 웃음이 말한다.

'안심하시오. 더 이상 당신을 힘들게 하지 않겠소.'

그녀의·떨리는 눈이 대답한다.

'그래요. 제 가슴은 더 이상 견디기가 힘이 들어요.'

천천히 걸음을 옮기던 진고영이 위경리를 보며 입을 열었다.

"위 노형님, 시간을 아껴야 할 것 같습니다."

"그래? 그럼 시작하지! 뭐 해? 쳐!"

위경리의 한마디와 함께 진고영의 뒤를 따라 나오던 사람들의 신형이 빗살처럼 무양단의 살귀들을 향해 날아가고, 백리웅천의 검이 폭풍을 일으키며 초륭을 덮쳐 갔다.

맨 처음 공격은 이수양의 양손이 떨쳐지며 시작됐다.

팟! 세 줄기 번개가 손목 어림에서 쏘아지자 대경한 무양단의 살귀들이 분분히 물러선다. 그 사이를 악대헌의 도가 파고들어 갔다. 운룡상단의 무사들이 어찌할지 갈피를 잡지 못하고 있을 때,

"으얍! 아라차차!!"

기합인지 괴성인지 모를 소리를 내지르며 곰 같은 덩치의 방거산이 쇠몽둥이를 휘두르며 무양단의 살귀 중 한 명을 내려쳐 간다. 물론 거대한 호랑나비도 덩달아서 너울대며 날아가고.

쾅!

백리웅천과 초륭의 검격이 정면으로 부딪치며 굉음을 발하고, 땅을 끌며 밀려나는 백리웅천의 안색이 창백하니 굳어져 버렸다. 그러자 때를 놓치지 않고 앞으로 나서는 육정기.

"음하하!! 웅천! 그놈은 내가 맡을 테니까 너는 저 아이들하고나 놀아라!"

휘잉!

금대평의 검에 필적하는 거검이 허공에 휘둘러지자 대기가 비틀리는 소리와 함께 시퍼런 검강이 청화를 피워 올렸다.

"아자! 받아라!!"

어이없는 기합 소리. 하지만 그 위력만큼은 초륭의 얼굴에 긴장감을 떠오르게 만들 만큼 대단했다.

장내를 주시하던 진고영의 신형이 미끄러지듯 혁련유화와 무혼의 앞으로 다가갔다. 그리고 잠시 혁련유화의 눈을 쳐다보다가 무혼을 바라보며 미미하게 고개를 끄덕였다. 그러자 무혼의 절대 흔들릴 것 같지 않던 표정에도 훈훈한 미소가 떠올랐다.

"수고하셨습니다."

진고영의 간결한 인사. 하지만 그 속에는 수많은 감정이 담겨져 전해졌다.

"당연히 해야 할 일을 했을 뿐. 고맙소."

무혼의 얼굴에서 처음으로 안도의 표정이 떠올랐다.

그때였다.

"형님!"

한쪽 갈대 숲에 몸을 숨기고 있던 임수행과 홍이지가 튀어나왔다.

"수행, 무사했구나!"

"네, 죄송합니다. 말도 없이 먼저 떠나서."

살펴보니, 옷이 찢어지고 약간의 상처를 입은 듯하지만 그다지 별다른 이상은 보이지 않는다.

"무사하니 됐다."

진고영의 입가에 떠오른 안도하는 웃음에 임수행은 가슴이 뭉클해졌다. 역시 형제가 있다는 것은 좋은 것이다.

옆에 멀뚱히 서 있던 홍이지가 샘이 나는가 보다.

"쳇, 무게 잡는 건 여전하네."

"홍 낭자도 무사해서 다행이오."

"됐네요. 엎드려 절 받기는 싫네요."

"이지, 형님한테……."

뾰로통한 홍이지.

"알았…… 어."

응? 어쩐 일이지?

남녀 간의 일에 문외한인 진고영이 의아한 표정으로 두 사람을 바라볼 때였다.

콰광!

강렬한 기운이 폭발하는 소리에 고개를 돌려보니 육정기와 초륜이 각기 세 걸음씩 물러선 것이 보인다.

그러나 육정기는 창백한 안색인데 웃음을 짓고 있는 반면 초륜의 얼굴은 악귀처럼 일그러져 있다.

"웅풍사자검…… 마… 개?"

"흐흐. 알아주니 고맙긴 한데 말이야, 일단 한 수 더 받아 보더라고! 간다! 아자!!"

후웅!

또다시 몰려가는 웅풍사자검강에 초륜의 안색이 누렇게 떠간다. 그는 그제야 이들이 누구인지를 알아챘다. 육정기뿐이라면 문제가 될 것도 없었다. 문제는 이들과 함께 움직이는 한 사람, 그의 이름은 초륜의 얼굴을 누렇게 탈색시키기에 절대 부족함이 없는 이름이었으니…….

쩌저저…… 콰광!

무식하기 그지없는 육정기다운 힘의 정면 대결. 청망검과 초륭의 첨검이 부딪치며 사방으로 비산하는 검의 기운들.

"크으읍……."

신음을 흘리며 다섯 걸음을 물러서는 초륭의 눈이 사방을 휘둘러본다. 육정기는 안중에도 두지 않고.

그러다 초륭의 눈은 오 장여 떨어진 곳, 혁련유화의 앞에 서 있는 키가 큰 젊은 자에게 고정이 되어버렸다.

"시, 신협?! 진고영?!"

고오오…….

그의 떨리는 한마디는 일순간에 태풍이 되어 장내를 휩쓸어 버렸다.

한쪽에서 싸움판을 쳐다보며 초륭과 합세해야 할지 어쩔지 고민에 빠져 있던 위평의 눈이 경악으로 크게 뜨이고, 그 옆에서 두 주먹을 움켜쥐고 금방이라도 달려들 것만 같던 안홍휘의 두 손이 맥없이 풀려 버렸다.

비검단을 에워싸고 있던 무사들이 주춤주춤 뒤로 물러선다. 심지어 잘 싸우고 있던 무양단 살귀들의 움직임마저 둔해져 버렸다. 그런 반면에 오히려 힘이 더 나는 사람들도 있었다.

그 미세한 차이로 인해 전장의 상황이 급변하고 비명이 터지기 시작했다.

이수양의 비도가 무양단 살귀 중 하나의 눈을 꿰뚫어 버렸다.

악대헌의 사인도가 살귀의 허리 어름을 쓸어버리자 핏물이 분수가 되어 솟구친다.

"으라차!"

쾅!

"끄어억!"

방거산의 쇠몽둥이가 허둥거리는 갈의인의 머리를 빗겨 치며 어깨뼈를 부숴 버린다.

그야말로 눈 깜짝할 사이에 벌어진 일이었다. 모든 것이 초룡의 입에서 진고영의 이름이 불려지며 일어난 어이없는 결과였다.

정신없이 물러나는 무양단의 살귀들을 쫓아 위경리가 신형을 날리자, 다른 사람들도 기회를 놓치지 않으려 무기를 치켜들고 몸을 날린다.

초룡은 정신이 없었다. 자신의 말 한마디가 가져온 결과치고는 너무나 큰 피해를 입어버렸다. 하기는 자신조차 놀라서 몸이 굳을 지경이니 다른 사람은 오죽했으랴. 그렇다고 두려움을 모르는 무양단의 살귀들마저 흔들리다니…….

그의 앞으로 다가오는 육정기의 입에서 비웃음이 가득 피어오르더니,

"음하하! 이따위 잡졸들로 우리를 잡겠다고?"

아니다 다를까, 무식하게 검을 휘둘러온다. 머리를 쪼개 버리겠다는 듯. 마침내 참지 못하고 초룡의 입에서 한마디가 튀어나온다.

"무식한 새끼!!"

"그래, 나 무식하다! 에라이! 뒈져라!!"

자신의 한마디에 눈에서 불을 뿜어내며 달려드는 육정기가 초룡에게는 정말 무식한 한 마리의 산돼지와도 같았다. 하지만 문제는 상대가 그만이 아니라는 것이다. 옆에서 검을 세우며 말없이 자신을 주시하고 있는 백리웅천, 그 역시 결코 육정기에 뒤떨어지지 않는 고수였으

니……. 한 놈이라면 모를까 두 놈은 초룡으로도 벅찬 것이 사실이었다.

한쪽에선 위경리가 합세하자 무양단의 살귀들은 하나둘 쓰러져 간다. 그러면서도 악착같이 달려들지만 이미 대세는 기울어진 상황. 오직 육정기와 백리웅천이 합세해서 상대하고 있는 초룡만이 고군분투하고 있을 뿐이다.

운룡상단의 위평이나 안홍휘 등은 이미 싸우는 것을 포기한 상태이니 싸움은 끝난 거와 다름이 없었다.

모두가 그렇게 생각하고 있을 때였다.

아무런 말도 없이 혁련유화의 곁에 서 있던 진고영의 눈이 깊게 잠겨 들어갔다.

'또 있다. 멀리…… 오십여 장. 빠르게 다가온다. 사악한 기운, 적이다!'

손이 도를 잡아갔다.

언뜻 진고영의 행동을 느낀 무혼의 눈에 의아한 표정이 떠올랐다. 싸움은 거의 다 끝나가고 오직 초룡만이 남았거늘… 왜?

의문이 미처 답을 구하기도 전이었다. 진고영의 신형이 눈앞에서 사라져 버렸다.

'엇?'

획, 고개를 돌려 뒤쪽을 바라보았다. 저만치 날아가는 진고영이 보인다. 가공할 속도에 놀랄 사이도 없이 그가 도를 빼어 드는 것이 눈에 들어오고, 어느 순간엔가 안개 사이로 흐릿한 세 개의 그림자가 보였다. 그때였다.

번쩍! 허공에서 금빛 뇌전이 대기를 찢어버렸다. 갈기갈기 찢어지는 대기가 비명을 지르는 것만 같이 느껴진다. 무혼은 자신도 모르게 두 주먹을 불끈 쥐고 앞을 노려봤다.

신형을 날린 진고영이 무명도를 빼어 들고 일순간에 적을 쳐간 것은, 그들이 너무 위험한 기운을 품고 있었기 때문이다.

누군지는 모른다. 다만, 그 하나하나가 위경리나 육정기에 못지않은 위험한 기운을 품고 있는 것 같다.

그냥 놔두었다가 장내로 날아들면 누군가는 피해를 봐야 한다. 그것이 누가 될지는 몰라도 자신이 바라는 상황은 절대 아니었다.

수천제마력을 끌어올려 무명도에 주입했다. 무명도가 희열을 노래한다. 뭔가 몰라도 이전과는 조금 다른 기분이 든다. 진고영은 그 기분 그대로 날아오는 자들을 쳐다보며 떨어져 내렸다.

그자들이 보인다. 세 명. 괴이한 행색이다. 전신을 백포로 가린 자들, 유령 같은 움직임. 그들도 자신을 알아보고 손을 쳐들고 있다. 시뻘건 도를 쳐들고 있다. 그 손에, 도에 살기가 가득 담겨 있다. 역시 적이 분명하다. 그렇다면 손에 사정을 둘 필요는 없을 것이다.

콰아아!

번! 쩌저적!

금빛 뇌전이, 떨어져 내리는 진고영의 무명도에서 줄기줄기 뻗쳐 나간다. 놈들은 뇌전을 빤히 쳐다보다가 손을 들어 내친다. 도를 들어 쓸어온다. 그들의 손에서 붉은 장강이, 도강이 허공을 뒤덮어온다.

금빛 뇌전, 붉은 장강, 시뻘건 도강, 한순간에 부딪친 강기의 격돌이 대기를 진공의 상태로 만들어 버렸다. 찰나,

콰콰쾅!!

우르르르……. 쩌저적!!

비명도 없이 홀홀 날아가는 백포인들의 눈에는 경악이 떠오르고 입에서는 피가 내뿜어진다. 그들을 덮쳐 가는 진고영의 도에서 다시 뇌전이 인다. 갈기갈기 찢어지는 대기가 비명을 지른다. 산산이 부서지는 안개가 공포에 차 도망을 친다.

쿠르르르…….

시커먼 도신이 금빛 뇌전을 실은 채 백포인들을 덮쳐 가자 그들의 신형이 사방으로 흩어져 버렸다. 그 뒤를 쫓아 하나의 붉은 불꽃이 금빛 광휘에 휩싸여 쏘아져 간다.

"케엑!"

괴이한 비명 소리. 정통으로 수천제마인에 가슴을 적중당한 백포인 중 하나가 비명을 지르며 널브러지고,

우르르…… 쿠구구궁!

쩍!

휘돌아간 금빛 뇌전에 또 다른 백포인의 머리가 반쯤 꺾어지며 삼장 밖으로 나가떨어진다.

순식간에 둘이 쓰러지고 이제 나머지 하나의 백포인만이 남았다. 시뻘건 도기를 뿜어내던 자.

쭈욱 미끄러지던 진고영의 신형이 어느 순간에 여덟 개로 늘어나더니, 그의 몸에서 여덟 개의 벼락이 대지에 내리 꽂혔다.

콰콰콰쾅!

"크어억!!"

대지가 공포에 차 울부짖더니 비명을 지르며 찢겨져 나간다.

이마에 길게 뇌전 문양이 새겨진 백포인이 빛바랜 눈빛을 한 채 진

고영을 쳐다본다. 그런 그의 가슴이 뻥 뚫린 채 시커멓게 그슬려 있었다. 그곳에서 검붉은 핏물이 분수처럼 솟아올라 백포를 적셨다.

그야말로 순식간에 벌어진 일. 다른 사람들이 느닷없이 터져 나온 굉렬한 뇌음에 눈을 돌렸을 때는 이미 상황이 끝나가고 있었다. 무혼만이 그나마 처음부터 끝까지 봤을 뿐이었다. 하지만 마지막 광경만으로도 모두의 얼굴이 해쓱하니 질리기에는 부족함이 없었다.

신협 진고영. 그의 위명이 결코 그의 모든 것을 표현하는 것이 아니었다.

고요히 가라앉은 장내의 사람들은 모두가 진고영만을 쳐다보고 있었다.

한쪽에서 들리는 무양단 살귀들의 신음 소리와 여전히 대치하고 있는 육정기와 초륭이 아니었다면 이곳에서 싸움이 벌어졌다는 것조차 잊어버릴 정도였다.

혁련유화의 곁으로 돌아온 진고영이 그녀를 바라보며 물었다.

"저들에 대해 아는 게 있소?"

어이없다는 듯한 표정을 지으며 그녀가 대답했다.

"그럼, 누군지도 모르고 죽였단 말인가요?"

보일 듯 말 듯 얼굴에 떠오른 붉은 기운.

"그게…… 나는 그 누구라도 당신과 나의 친구들을 위협하려는 자는 용서하고 싶지 않았소. 더구나 사악한 기운을 지닌 자라면 더욱더."

진고영의 단호한 대답에 빙그레 웃음을 지으며 그녀가 말했다.

"너무 걱정 마세요. 저들은 분명 산장에서 비밀리에 키웠다는 자들일 거예요. 저도 직접 본 적은 없지만 말은 들었거든요. 비록 위기를 대비해서 키운 자들이라고 들었지만. 사실 너무 살기가 짙은 데다 마공을 익혔다는 말을 듣고 저도 마음에 안 들었어요. 그렇다고 죽기를 바란 것은 아니지만."

"음……."

그녀의 마지막 말에 문득 진고영은 자신이 너무 생명을 경시하는 것이 아닌가 생각이 들어 마음이 무거워졌다. 아무리 적이라고 하지만 벌써 하루 사이에 열 명이 넘는 인명을 살상했다. 사람이 사람을 죽이는 것이 아무렇지도 않게 생각된다는 것, 그 자체가 마치 자신이 변질되어 버린 것 같은 생각이 든 것이다.

그러나 또다시 이런 상황이 온다면… 그는 손을 쓸 수밖에 없을 것이다. 주위의 사람들을 보호하기 위해서라도.

'후우. 강호의 생활이 왠지 나하고는 맞지 않는 것 같구나. 부모님의 원한만 갚고 나면……'

가슴 한 켠에서 강호 생활에 대한 회한이 일고 있을 때였다.

떠더덩! 콱!

"크억!"

한쪽에서 검이 부딪치는 소리와 함께 비명이 터졌다. 고개를 돌려보니 육정기의 검이 초륭의 가슴에 박혀 있는 것이 보였다. 옆에서는 백리웅천이 거친 숨을 몰아쉬며 검을 늘어뜨리고 있다.

"퉤! 젠장! 더럽게 질긴 놈이네."

피를 뱉어내며 말하는 육정기도 결코 온전하지는 못한 모습이었다. 풀어진 머리, 창백한 안색, 전신의 찢어진 옷자락, 어디 하나 성한 곳이 없었다. 그나마 초륭이 진고영으로 인해 흔들리고 백리웅천이 도와주었기에 망정이지, 그렇지 않았다면 이 정도로 끝나지 않았을 것이다.

"그러게 누가 방정 떨며 나서라던?"

위경리가 안됐다는 표정으로 혀를 차며 끌탕을 치자 육정기의 눈초리가 사납게 올라갔다. 그러거나 말거나 위경리는 진고영을 돌아보며 말했다.

"진 아우, 가세."

그리고 혁련유화를 향해 미소를 지으며,

"유화 소저도."

그 모습을 바라보던 육정기는 속이 울렁거리는 것을 참으며 굳은 결심을 했다.

의형이 되어가지고 위로는 못해줄망정 약을 올리다니. 으드득…….

'언제고…… 기회는 있을 것이다. 그때는 똥통으로 기어들어 가고 싶은 맘이 들도록 놀려주리라!'

우흐흐……. 위경리가 똥통으로 기어들어 가는 모습을 상상하자 자신도 모르게 웃음이 나온다.

"크크크……."

순간,

"되게 혼나더니 미쳤나? 왜 혼자 실실 웃고 지랄인감?"

위경리가 그의 가슴에 화살을 꽂아버리고 앞장서서 발걸음을 옮겼다. 그러자 모두가 그 뒤를 따라간다.

'젠장……. 의형만 아니면 콱!'

구겨진 인상의 육정기마저 뒤처져 떠나간다.

떠나가는 그들을 누구도 붙잡지 않았다. 붙잡을 수도 없었지만.

孤影　第八章

1

산들거리는 바람 따라 안개가 흘러간다.

뿌연 하늘 중천에 떠오른 해님조차 안개에 가려 둥근 제 모습을 발가벗은 채 그대로 보여준다.

동정운무(同庭雲霧), 오시가 다 되도록 흩어지지 않고 호숫가를 뒤덮은 안개가 동정호를 더욱 아름답게 만들어주고 있었다.

짙은 안개, 찰랑이는 물결, 은색 비늘로 부서지는 동정호의 물길을 따라 한 척의 배가 소리없이 미끄러져 나아간다. 배에는 삼십여 명의 인원이 승선해 있건만, 배 안은 유령선마냥 고요함만이 맴돌다 안개 속으로 스러지고 있었다. 누구도 지금의 감정을 말로써 표현하지 못하고 가슴속에서만 떠올리고 있는 것이다.

천은산장에 잠입한 지 만 하루 만에 수많은 일이 벌어졌다. 마치 하루가 일 년같이 느껴지는 시간이었다. 백령곡에서는 죽을지도 모른다는 생각마저 했었다. 나중에 생각하니 모두가 살아 나왔다는 것이 기적처럼 느껴질 지경이었다.

그리고 결국, 자신들이 계획했던 대로 동정호에 몸을 실었다. 다행히 부상당한 사람들이 약속 시간에 맞춰 도착했기에 제시간에 출발할 수가 있었다.

하지만 아직 끝난 것은 아니었다. 동정호의 뱃길조차 천은산장의 영향력이 절대적으로 미치는 곳이었으니.

그나마 운룡상단이 천은신녀 혁련유화에게 검을 들이대지 않았다는 것이 앞으로의 갈 길에 위안이 될 뿐이었다.

그렇게 동정호를 가르며 항해하기를 두 시진. 비명과 같은 울부짖음이 선실 안에서 울려 나왔다.

"아니야!! 이럴 수는 없어!! 이럴 수는……! 아아악!!"

날카로운 음성이 비통한 심정을 담고 동정호의 깊은 곳으로 잠겨 들어갔다.

"흑흑……. 엉엉엉!! 어머니!! 아버지!!"

처절한 슬픔이 담긴 울음소리에 지나가던 물새들도 고개를 저으며 날아간다.

혁련유화, 그녀가 마침내 장무담이 남긴 서신을 무혼에게서 건네 받은 것이다.

*   *   *

풍이를 통해 전해진 서신을 다 읽은 백리단황의 시선이 눈앞에 무릎을 꿇고 있는 호공탁으로 향했다.

"네가 무엇을 잘못했는지 깨달았느냐?"

"예… 주군."

"그래? 그렇게 하루 만에 깨달을 일을 잘못 판단해 백여 명에 이르는 본 보의 정예들을 잃었다. 네가 나의 말을 듣지 않은 것은 문제 삼지 않을 수 있으나 그로 인해 정예 고수들이 죽어간 것은 문제 삼지 않을 수가 없다."

"죽을죄를…… 크흑!"

"죽는다 해서 될 일이 아니다, 호공탁!"

불같은 백리단황의 눈길에 호공탁은 온몸이 불구덩이에 빠져드는 것만 같았다.

"풍이로부터 연락이 왔다. 어제 하루 만에 천은산장은 엄청난 손실을 입었다 한다. 그럼에도 진고영 일행은 아무도 죽지 않고 천은산장을 빠져나갔다. 심지어는 염천초와 금왕 노적문마저 진고영에게 당했다고 한다. 너는 그 일을 어찌 생각하느냐?"

"맙소사!!"

경악이 장내를 휩쓸었다. 세상에 삼십삼천 중에서도 강하기로 손꼽을 만한 고수가 금왕 노적문이다. 한데 그런 금왕마저 진고영에게 당했다니……!

아무도 백리단황의 물음에 답할 수가 없었다. 그들로서는 하늘들의 싸움에 이러쿵저러쿵 말할 자격이 없는 것이다.

"백 명의 무사가 죽어가며 제압한 반혈인이라는 괴물을 진고영은 혼자서 제거했다. 그 일 또한 어찌 생각하느냐."

유구무언.

"그럼에도 진고영과 그 일행은 도주하기가 바쁜 상황이었다."

백리단황의 말이 이어질수록 수그러진 사람들의 어깨가 비 맞은 참새들처럼 파들파들 떨리고 있다.

"분명한 일에 대해 직시하지 않고 자존심만 세우려 한다면 그 결과는 파멸밖에 없다는 점을 모두가 명심해야 할 것이다. 그들은 그 점을 누구보다 잘 알고 있기에 정면 대결을 피하며 적들을 교란했고, 성공했다. 한데 우리는 어떠한가?"

불길을 토해내는 백리단황의 눈길이 하나하나 등판에 불화살이 되어 꽂힌다.

"앞으로 본좌의 명령을 어기는 자는…… 본좌의 형제라 하여도 용서치 않을 것이다. 그 점 머리 속, 가슴 깊숙이 철저히 새겨두도록!"

"존명!"

"명심하겠습니다, 주군……!"

호공탁과 백리단유 등을 내보낸 백리단황이 고개도 돌리지 않은 채 입을 열었다.

"그대의 생각은 어떤가?"

뒤쪽에서 조용한 음성이 울렸다.

"일단은 이곳을 임시 총단으로 하여 천은산장의 움직임을 제어하는 것이 좋을 듯합니다."

"이곳 예춘을 임시 총단으로 한다?"

"강적이 가까이 있다는 것만으로도 상대는 절로 긴장될 수밖에 없습니다. 그러다 보면 함부로 움직일 수가 없게 되지요. 게다가 이곳은 정보를 모으고 놈들을 지켜보기에 최적의 장소입니다."

"흠……."

“신협이 혁련유화를 구해간 이유가 무엇이든 천은산장은 이 일로 크게 흔들릴 수밖에 없을 것이고, 신협은 또다시 기회를 노려 천은산장을 치게 될 것입니다. 그때가 되면 하루라는 시간이 곧 천하의 쟁패를 가름하는 시간이 될 것입니다.”

“그러기 위해선 놈들과 가까운 곳에 우리의 힘을 집결시켜야 한다?”

“가능한 한 최대한 모아야 합니다. 약하면 오히려 놈들에게 잡아먹히게 됩니다.”

“잡아먹힌다? 그거참, 왠지 섬뜩하군. 후후후.”

“강한 자만이 살아남을 수 있는 것이 강호라 하더군요.”

“누가 보면 자네를 강호 생활 수십 년은 한 사람처럼 알겠군. 하하하!”

백리단황의 웃음도 뒤에 서 있는 자에게는 별다른 감흥을 주지 못했는지 여전히 변함없는 음성만이 나직이 흘러나온다.

“일 년…… 일 년 안에 모든 것이 결정될 것입니다.”

“일 년이라…….”

백리단황의 음성이 은은히 떨려 나왔다. 그조차도 강남의 패권을 두고 십수 년을 다투어왔던 천은산장과의 싸움이 일 년 안에 끝날 것이라는 말에는 격한 감정이 치솟아오르는 것이다.

“너무 짧지 않나?”

“안 되면 되게 할 것입니다…….”

백리단황의 뒤쪽 휘장 안에 있던 독목인(獨目人)의 외눈에서 한 서린 눈빛이 새파랗게 번뜩였다.

2

아무런 생각도 할 수가 없다. 온 세상이 자신을 버린 것만 같다. 손에 든 두툼한 서신이 동정호를 내려다보는 절벽 위의 만근바위보다 더 무겁게만 느껴진다.

사실일까? 할아버지의 서신이 정말 사실인 것일까? 사실일 것이다. 손에 쥔 서신에는 할아버지의 서신만 있는 것이 아니다. 어머니…… 얼굴도 생각나지 않는 어머니의 서신도 끼어 있다. 한이 사무쳐 가슴을 쥐어뜯으며 피를 토하는 심정으로 쓰여진 서신이.

오! 하늘이여!! 유화는 어찌하라고…….

왜 저의 가슴을 갈기갈기 찢어 하늘을 바라볼 수조차 없는 아픔을 주시는 겁니까!

어머니, 어머니, 불쌍한 어머니……. 유화는 어떻게 해야 하나요!

아버지는…… 불쌍한 아버지는 어떻게, 어디에 계시는 겁니까!

소리없이 흘러내리는 눈물이 앞섶을 적시다 못해 바닥으로 흘러내릴 지경이 되었건만 그녀의 눈에선 끊임없이 한이 녹은 눈물이 흘러내린다.

하지만 누구도 그녀의 슬픔을 거두어줄 수는 없었다. 아무도 대신해 줄 수 없는 이십수 년의 세월인 것이다.

손에 들린 빛바랜 서신이, 방울진 눈물에 흐느끼는 것만 같다. 젖어드는 서신에서 할아버지의 말소리가 귓속으로 파고드는 것만 같다.

이 세상에서 제일 사랑하는 손녀 유화에게.

우리 유화가 이 서신을 읽을 때쯤이면 이 할아비는 먼 길을 떠나고 있을지 모르겠구나. 솔직히 말하면 이 서신을 유화가 읽어보지 않기만을 부처님께 빌고 있단다. 하지만 언젠가는 때가 올 것이고, 그때가 오면 너는 이 글을 읽을 수밖에 없게 될 것이다.

유화야, 우선 네가 명심해야 할 것이 있단다. 그것은 지금부터 할아비가 하는 말이 모두 사실이라는 것이다. 조금도 더하지도, 조금도 빼지도 않았으니 읽고 나거든 모든 판단은 네가 하도록 하거라.

그러니까 이십삼 년 전이었다.

네 어머니는 나의 큰 제자인 설평인과 정을 나누고 있었다. 나는 그 사실을 알고 너의 어머니에게 몹시 뭐라고 했단다. 비록 설평인을 아끼기는 했지만 나는 네 어머니가 무공을 모르는 평범한 사람과 가정을 갖기를 바랐단다. 하나 사람의 정분은 마음대로 되는 것이 아니었던가 보다.

나의 반대 속에, 어느 날 너의 어미와 설평인은 행방을 감추어 버렸다. 두 사람이 가까워지는 것을 반대한 할아비의 결정을 정면으로 거부한 것이었다. 격노한 나는 두 사람을 찾아 일 년여를 헤매었지만 두 사람의 그림자도 찾지 못하고 집으로 돌아와야만 했다.

허탈한 심정으로 두 사람에 대한 것을 포기하다시피 하고 있던 때였다. 호남의 명문 천은산장의 새로운 장주인 혁련유천이 너의 어미를 데리고 왔다. 그리고 두 사람이 혼약을 맺으려 하니 허락해 달라고 하더구나. 도대체 무슨 일인가 했었다. 설평인은 어디 가고 혁련유천이란 말인가. 나이 차이도 많은 데다가 그 역시 무림의 인물이었기에 나는 반대를 하려 했다. 한데… 어쩐 일인지 너의 어미가 간곡히 허락을 청하더구나. 그 바람에 나는 화를 못 이기고 네 맘대로 하라며 승낙을 하고 말았다.

그리고 일 년이 지난 어느 날, 천은산장에서 서신이 한 통 도착했다. 네 어미가…… 죽었다는 연락이었다. 나는 정신없이 천은산장으로 달려갔지만, 내가 볼 수 있는 것은 싸늘히 식은 딸의 모습뿐이었다. 그제야 나는, 내가 얼마나 딸에게 잘못을 범했는지를 깨달았단다. 차라리 설평인과의 관계를 허락했으면 이리 빨리 죽지는 않았을 것을… 참으로 후회막급하기 이를 데 없었다. 하지만 이미 때늦은 후회였다. 그래서 그날 이후 나는 딸이 남긴 마지막 핏줄인 너를 돌보며 여생을 보내려 결심했단다.

그런데 네 어미의 마지막 유품을 정리하다가 우연히 이상한 것을 발견하게 되었다. 그것은 네 어미의 옷자락 깊은 곳에 꿰매어져 있던 서신이었다.

그 서신에 쓰인 바대로라면, 네 어미의 체질이 특수한 삼음맥임을 안 혁련유천이 설평인을 인질로 네 어미와 강제로 혼인을 올렸다는 내용이었다. 한데 괴이하게도 그는 잠자리를 요구하지 않았고, 오직 뱃속의 아이에게만 신경을 쓰고 있다는 것이었다. 그 이유를 알기 위해 네 어미는 혁련유천에게 많은 것을 물어봤지만, 그는 아무런 대답도 주지 않고 오직 아이를 잘 낳으라는 말만 했다 한다.

왜 그럴까. 네 어미는 나름대로 그의 생각을 알려고 많은 것을 알아봤다고 한다. 그리고 마침내 혁련유천이 노린 것은 자신이 아니라 뱃속에 있는…… 너, 천음신맥의 기운이 깃든… 내 사랑하는 손녀라는 것을 알아내고는 참으로 어이가 없고 허탈해서 넋이 다 빠질 지경이었다고 한다. 하지만 이미 네가 태어날 때가 다 되었으니……. 아마 네 어미로서는 어찌할 수도 없는 상황이었을 것이다.

마지막에 남긴 글을 보면 네 어미는… 네가 태어나면 자신이 죽을지도 모른다는 사실을 알고 있었음에도… 너와 네 아비인 설평인 때문에 어쩔 수 없이 죽음을 받아들인다는 것이었다. 그리고 혁련유천이 너를 어디에 이용하려 했는지 알아낸 듯했지만 급박한 상황에 제대로 글을 남기지는 못한 것 같더구나.

유화야, 나의 사랑하는 손녀야. 나는 그 사실을 알고 미칠 것 같은 분노로 혁련유천에게 도를 겨누었다. 그러나 돌아온 것은 처참한 패배뿐이었다. 믿을 수 없게도 혁련유천의 무공은 이미 나의 벽을 넘어 또 다른 경지에 다다라 있었던 것이다. 천하에 누가 있어 그자를 꺾을 수 있을까.

그 후 나는 아무런 표시도 내지 않고 손녀를 보호한다는 미명 아래 산장에 머무르며 혁련유천과 천은산장에 대해 조사를 하기 시작했다. 하지만 조사를 하면 할수록 천은산장의 숨겨진 모습 속에 잠자고 있는 힘을 느끼고 놀라지 않을 수 없었단다. 가공할 힘, 엄청난 세력, 일개 장원의 힘이라 하기에는 너무도 큰 힘이었다. 과거 할아비와 같이 삼십삼천으로 불리던 고수들이 천은산장의 그늘 아래 웅크리고 있고, 절정의 고수들이 그 수를 헤아리기조차 힘들 정도이니, 진정 하늘도 놀라고 땅도 놀랄 지경이었다.

게다가 정체를 알 수 없는 고수들이 은밀하게 계속 포섭되는 것이 곧 무슨 일이라도 저지를 것만 같이 보였단다.

그러던 어느 날, 감천상과 술을 같이하던 중 우연히 한 가지 사실을 알게 되었다. 그것은 바로 혁련유천의 무공에 대한 비밀이었다.

혁련유천의 무공, 그 기본은 수라혈마기라는 무공이라 했다. 한데 그 무공을 육성 이상 익히면 양기가 쇠해지고 음기가 강해져 여인을 품을 수도, 자식을 생산할 수도 없다는 것이었다. 문득 네 생각이 들더구나. 해서 곰곰이 생각해 보았다. 그리고 한 가지 사실에 대해 확신을 갖게 되었다. 그것은…… 너의 어미가 남긴 말대로, 너의 어미가 결코 혁련유천과 관계를 맺지 않았음이 사실이라면… 그렇다면 나의 손녀는 내 딸 규연이와 설평인과의 사이에서 생긴 아이임이 분명하다는 것이었다.

그 후 나는 너를 보호하기 위해서라도 혁련유천과의 충돌을 멈추고 봉공

전에 들어박혀 세월을 보내야만 했단다. 그러면서 나름대로 은밀히 사람들을 길렀단다. 아마 그중 한 사람이 너를 인도하고 있을 것이다.

그러던 어느 날 오랜만에 강호에 나간 나는 뜻밖의 가능성 하나를 발견하게 되었다. 우습게도 나의 무공이 깨어지면서 찾게 된 것이었지.

내가 알기로 당금 천하에서 혁련유천을 일 대 일로 상대할 수 있는 사람은 몇 되지 않는다. 하나 그중에 혈왕은 혁련유천과 형제간이고, 무제 백리단황이 대단하다고는 하나 혁련유천의 수라혈마기를 상대하기에는 역부족이다.

또한 구대문파에 숨은 고수들이 많다 하나 이 할아비를 능가할 고수는 없다고 봐야 한다. 게다가 그들은 혈왕을 상대하기조차 벅차할 것이다.

오직 한 사람, 신협 진고영.

아직 나이는 어리나 그의 무공이라면… 아마도 혁련유천을 상대할 수 있지 않을까 생각된다. 물론 천은산장의 세력을 감당할 수 있는 세력도 있어야 하겠지만, 알아본 바에 의하면 그의 주위로 수많은 고수들이 몰려들고 있고 대풍운보와 철검산장이 그를 돕고 있으니, 그야말로 혁련유천을 상대할 수 있는 유일한 사람이라 할 수 있을 것이다.

유화야, 이제 나는 그에게 너를 부탁하려 한다. 혁련유천의 마수에서 너를 구해달라 할 것이다. 성공하고 못하고는 하늘에 맡기는 수밖에 없겠지만, 그라면…… 하늘조차 움직일 수 있을 것이라 생각한다.

유화야, 사랑하는 나의 손녀야. 이 할아비는 한시도 너를 사랑하지 않은 적이 없었단다.

부디 너의 어미의 한을 갚고, 죽었는지 살았는지도 모르는 나의 제자이자 너의 아비인 설평인을 찾기 바란다.

　　　　　　　　사랑하는 손녀 유화에게 못난 할아비가 남긴다.

"그래요, 할아버지…… 이제부터 설유화라 할게요. 흑……. 그럴게요. 제가 할게요. 어머니, 아버지의 한을 제가 풀어드릴게요."

마지막으로 보았던 외조부의 모습이 가냘픈 가슴에 대못이 되어 박히는 것만 같았다. 그 오랜 세월 동안 얼마나 가슴이 아팠을까. 가녀린 손녀를 걱정하며 얼마나 애가 탔을까.

처연한 표정으로 고개를 드는 설유화의 옥수 사이로 빛바랜 서신 하나가 미끄러져 떨어졌다.

아버님, 이 글을 아버님이 보실 수나 있을지……. 혹여나 보시거든 우리 아이를 보살펴 주세요.

악마에게 잡혀 있는 설 대가를 구해주세요.

악마는 우리 아이가 천음신맥이란 걸 알고 있었어요. 그래서…….

악마… 그는 악마예요. 매일 우리 아이에게 기괴한 내력을 주입하고 있어요.

오오, 제발 이게 꿈이었으면……. 불쌍한 내 아이… 가련한 설 대가…….

…이제야 알았어요. 악마가… 악마가 내 아이를 이용해서……. 안 돼! 막아야……. 아버지, 오오…… 제발…….

두서없이 급박하게 쓰인 서신의 끝자락 글이 보인다.

보는 이로 하여금 스멀스멀 알 수 없는 두려움이 발가락 끝에서 머리끝까지 기어오르게 만드는 글이었다. 마치 악마를 눈앞에 두고 떨리는 손으로 써 내려간 것 같은 글씨였다.

공포에 휩싸인 장규연, 유화의 어머니가 죽기 전 혼신의 기력을 짜내 하고자 한 말이었다.

마음이 여린 혁련유화가, 아니, 이제는 설유화가 된 그녀가 한 서린 울음을 터뜨릴 수밖에 없는 마지막 유언이었다.

고요함 속에 빠르게 나아가는 배의 선수에 서 있던 진고영은 햇살에 밀려 스러지는 안개를 바라보며 자신도 의식하지 못하는 사이에 두 주먹을 움켜쥐고 있었다.

'이겨내시오. 이겨내야만 하오. 내가 아는 당신은 강한 여인, 어떤 고난도 이겨낼 수 있는 여인이오. 모자라는 부분은 내가 채워줄 것이오. 그러니 일어나시오. 그러면 당신 뜻대로 할 수 있을 것이오, 유화.'

스러지는 안개 사이로 저 멀리 햇살 아래 어머니의 눈이 보인다. 유화의 눈은 어머니를 닮았다. 그러니 그녀는 모든 슬픔, 고통을 이기고 일어설 수 있을 것이다.

진고영의 의식 저편에서 뭉게구름처럼 피어오르는 격정이 외치고 있었다.

'누구도… 세상의 그 누구라도 내가 사랑하는 사람들을 아프게 한 자는 용서치 않으리라!'

3

"용서치 않으리라! 놈들을 하나도 남기지 말고 죽이리라!"

질척거리는 핏물을 딛고 날듯이 걸음을 옮기는 남궁수의 중얼거림은 뒤따라가는 모든 무검단 무사들의 가슴에 칼날로 후비듯이 파고들었다.

사백의 무검단이 정문을 통해 흑곡을 쳐들어간 것은 세 시진 전이었다.

일류고수의 대부분이 빠져나간 흑곡 따위를 공격하면서 암습을 한다는 것은 대무림련의 무검단이 할 짓이 아니라는 생각에 정문을 부수며 쳐들어갔다.

텅 빈 것처럼 보이는 흑곡 내부에는 이백여 흑곡 무사가 도열한 채 그들을 기다리고 있었다. 가소롭기 짝이 없는 자들이었다. 얼핏 봐도 별 볼일 없는 무사들이 대부분이었다. 그런데도 도망갈 생각도 하지 않고, 항복할 생각도 없는 그들은 그저 가벼운 여흥거리에 지나지 않는 자들이었다. 최소한 처음에는 그리 생각했다.

무검단의 무사 일백을 보냈다. 그들이면 충분할 거라 생각했다. 그때 흑곡의 대전 안에서 삼십 명의 흑의인이 쏟아져 나왔다.

남궁수는 생각했다.

'놈들이 숨어서 기습에 대비하고 있다가 의외로 정면으로 쳐들어오니 이제야 나오는구나.'

추가로 무사들을 보낼 필요는 없을 거라는 생각에 달려가는 일백 무사의 무위를 구경하며 느긋이 웃음 짓고 있을 때였다. 옆에 있던 무검단의 제삼대주 곽진태가 넌지시 물어왔다.

"단주, 저희가 지원을 해야 하지 않겠습니까?"

청성의 이대제자인 곽진태의 말에 남궁수는 고개를 가로저었다.

"그대는 저들을 우리 무검단의 일대가 처리하지 못할 거라 생각하는가?"

"그건 아닙니다만……."

"그럼 구경이나 하세."

그랬는데…… 상황은 생각지도 못한 방향으로 흘러갔다.

처음 놈들의 모습이 이상하다는 것을 발견한 것은 곽진태였다.

"단주, 놈들의 움직임이 좀 이상합니다."

"음?"

"본래 흑도 놈들은 자신들이 약하다 생각하면 결코 먼저 달려드는 놈들이 아닙니다. 한데 저놈들은……."

자세히 보니 그의 말대로였다. 삼십의 흑의인들, 그들은 마치 죽으려 작정이라도 한 것마냥 정면으로 치고 들어오고 있었다. 시뻘건 눈을 한 채. 그리고 처절한 싸움이 벌어지기 시작한 것은 그때부터였다. 순식간에 이십여 명 무검 일대 무사들이 그들과 뒤엉키고 피가 튀기 시작했다. 그제야 남궁수는 떠나기 전 동방설리가 말한 혈정마단에 대한 주의 사항이 떠올랐다.

"모두 물러서서 방어하며 시간을 끌어라! 한 시진만 지나면 놈들은 힘을 쓰지 못한다! 그때까지는 적극적인 공격을 자제하고 방어에 치중하도록! 곽진태, 가라!"

"예, 단주!"

구파의 제자들이 대다수인 일대와 삼대를 먼저 전장으로 집어넣으며 남궁수는 속으로 웃음 짓고 있었다.

놈들이 생각보다 일찍 혈정마단을 사용했지만 모든 것이 계획대로 진행되고 있었다. 그래서 그는 웃을 수 있었다. 하지만 시간이 흐르고 한 시진이 지나면서 그의 눈에 의혹이 깃들기 시작했다.

예상대로라면 놈들이 반응을 보이기 시작할 시간이 되었다. 한데 여전히 붉게 빛나는 눈으로 거센 공격을 가하고 있다. 놈들에게서 마단의 약효가 떨어지기를 기다리는 사이 오십여 명의 무사가 쓰러지거나 심한 부상을 입고 물러나고 있었다. 일반 무사들 백여 명이 죽거나 쓰러졌지만 흑의를 입은 혈안의 무사들은 여전히 날뛰고 있었다.

이를 지그시 깨물며 남궁수가 소리쳤다.

"이대와 사대 모두 나가라!"

기다리고 있었다는 듯 이백의 무사가 뛰쳐나갔다. 남궁수도 사위를 쓸어보며 뒤따라갔다.

또다시 반 시진이 지났다. 놈들의 저항이 여전하다. 어찌 된 일인가? 지금쯤 제풀에 지쳐 쓰러져야 할 놈들이 아닌가. 한데 왜 쓰러지지 않는단 말인가. 정보가 잘못됐단 말인가?

결국, 싸움을 시작한 지 두 시진이 지나서야 미친 듯이 달려들던 놈들이 하나둘 쓰러져 간다. 굳이 검으로 찌를 필요도 없었다. 휘두르던 자세 그대로 제풀에 쓰러져 간다. 마침내 마단의 약 기운이 떨어진 것이다. 하지만…… 남궁수는 더 이상 득의하며 웃을 수가 없었다.

그렇게 되기까지, 기세등등했던 무검단원들이 백여 명이나 희생된 것이다. 뭐가 어떻게 되는지 생각할 겨를도 없었다. 혈정마단을 복용한 놈들은 그야말로 미친놈들이었다. 검으로 찔러도, 도로 베어도 고통을 느끼지 못하는지 물러서지 않고 오직 달려들 뿐이었다. 그 바람에 놈들의 가슴에 검을 찔러 넣고도 거꾸로 놈들의 칼에 목이 떨어져 나가는 무사가 있었다. 놈들의 사지를 베어내고도 물러설 사이도 없이 자신의 팔다리가 잘려 나가는 무사도 있었다. 아비규환이었다.

두려움이 무검단 모든 무사들 사이에 자리를 잡아가고 있었다. 겨우 겨우 놈들을 모두 베어냈건만 이겼다는 생각에 환호를 지르는 사람은 하나도 없었다.

흑곡을 빠져나가는 무검단원들의 등줄기에는 흐르다 식은 땀줄기만이 남겨지고, 그들의 가슴 깊은 곳에는 이런 지옥 같은 싸움이 이제 시작이라는 생각에 무거운 돌덩이들이 하나씩 얹혀져 있을 뿐이었다.

특히 남궁수의 얼굴은 야차와 같이 일그러져 있었다.

첫 전투에서 이겼으되 이겼다는 생각이 들지가 않았다. 여흥거리로 생각했던 싸움에서 이 할이 넘는 인원이 희생됐다. 그것은 생각지도 못했던 결과였다. 단 한 번도, 가정으로라도 이런 결과는 아예 머리에 떠올리지 않았던 것이다.

분노, 분노만이 남궁수의 머리 속에 가득 차 올랐다.

"이제부터는 단 한 놈도 용서치 않으리라! 절대 방심하지 않고 쳐부수리라!"

어둠의 그림자를 어깨 위에 짊어진 무검단을 이끌고 혈정곡으로 치달려가는 남궁수의 두 눈에서 광기 서린 안광만이 불꽃처럼 타오르고 있었다.

4

그 시각 호복 무당산 무당파의 중지 중의 중지, 자소전에는 수십 명의 도인이 모여 있었다. 그런 도인들의 표정은 한결같이 굳어져 있었고, 도저히 일어날 수 없는 일이 일어난 것을 믿을 수 없다는 표정들이었다. 그렇게 한참 동안을 꼭 다문 입들이 열릴 줄을 모르고 닫혀만 있자 분기를 못 참은 전대의 원로이며 자소전의 전주인 무운자의 고함 소리가 자소전을 울렸다.

"그래서! 어떤 자의 소행인지 아직 그 흔적도 찾지 못했단 말인가? 왜 말들이 없는가!"

"참으로 송구스러워 사숙께 드릴 말씀이 없사옵니다."

자소전의 경비를 책임졌던 허명 도장이 고개를 수그리며 죄를 청하지만 무운자의 노한 표정은 조금도 가실 줄을 몰랐다.

"지금 그런 말을 듣자 하는 게 아니지를 않느냐?"

답답한지 무운자는 무릎을 꿇고 있는 제자들을 돌아보았다.

"그래, 아무도 이 일에 대해서 아는 사람이 없단 말이냐? 우리 무당이 언제부터 아무나 들어와서 살인을 저지르고 다녀도 되는 곳이 되었단 말이냐?"

묵묵부답, 누구도 입을 열어 말할 수가 없었다. 그만큼 새벽녘에 일어난 일은 무당의 모든 제자들을 충격으로 몰아넣기에 부족함이 없었다.

허 자 배의 제자 한 명과 청 자 배의 제자 다섯 명이 소리없이 죽었다. 그리고 하나의 물건이 사라졌다.

언뜻 보면 강호에서 능히 일어날 수 있는 일이었다. 하지만 이곳은 무당이다. 그것도 가장 중요한 전각 중 하나인 자소전이었다. 그러니 그런 일이 일어나서는 안 되는 곳인 것이다. 최소한 무당의 사람들은 그렇게 생각해 왔었다. 한데 마치 그런 무당을 비웃듯이 자소전의 내부에서 여섯 명의 제자가 죽었다, 흔적도 없이. 그야말로 귀신이 곡하고 태상노군이 땅을 칠 노릇이었다.

하루 종일 모든 제자들이 달라붙어 무당산 일대를 뒤졌다. 조그마한 흔적이라도 찾기 위해서. 하지만 그 누구도 범인의 흔적으로 보이는 수상한 행적을 찾은 자가 없었다. 흔적을 못 찾았으니 뭐라 할 말도 없었다.

모두가 꿀먹은 벙어리처럼 입을 다물고 있자, 안 되겠는지 한쪽에서 눈을 감고 생각에 잠겨 있던—사실은 졸고 있었지만—무요자가 입을 열었다.

"험, 무운 사형, 제가 한 말씀 드려도 되겠습니까?"

"음…… 말해 보게."

탐탁지 않은 사제였지만 지금은 썩은 새끼줄에라도 희망을 걸고 싶은 판국이었다.

"지금 참회전에 갇힌 허진에게 이 일을 맡기면 어떨까 합니다만……."

"허진에게?"

"허진은 전날 잃어버렸던 묵안고를 되찾아온 전력이 있지요."

무운자의 이마가 찌푸려졌다.

"하지만 허진은 비밀을 지키지 못하고 거꾸로 상대에게 당하며 본파의 명예를 실추시켰다는 이유로 스스로 벌을 청해 갇히지를 않았는가?"

"그 당시 허진을 일패도지시켰던 상대는 지금 신협이라는 이름으로 천하를 진동시키는 자이지요."

무운자가 아무런 말이 없자 무요자가 계속 말했다.

"게다가 허진은 스스로 벌을 청했지 누가 벌을 준 것이 아니지 않습니까? 그렇다면 그에게 이번 일을 맡긴다 해도 아무것도 걸릴 것이 없지요. 오히려 자신의 실책을 만회할 수 있는 기회이니 허진도 마다하지 않을 듯싶습니다만."

"으음……."

"사실 무공만으로 따진다면 허진보다 강한 제자들이 여럿 있지요. 하지만 강호를 횡행하며 어떠한 사건을 풀어나간다는 것은 무공의 고하로만 되는 일이 아니지요."

"진정 허진이 가장 적임자라 생각된다 이 말인가?"

"어리석은 저의 생각으로는 그렇습니다. 그리고 모자라는 무공은 몇 사람 보필할 사람을 붙이면 될 일이니 그리 염려하지 않아도 될 일이지 싶습니다."

"후우, 진정 안에서 해결할 수 없는 일이란 말인가?"

"이미 장문 사형께서도 이번 일에 대해서는 자소전에서 알아서 해결하라 하지를 않았습니까? 무림련의 일 때문에 아무래도 분담해서 일을 처리해야 할 것 같다고 말입니다."

"음… 알았네. 한데 누구를 같이 보낼 생각인가?"

"무량수불……."

나직하니 도호를 외우던 무요자의 눈이 번뜩였다.

"소제가 몇 명 데리고 가지요."

순간 무운자의 눈이 질끈 감기고 눈썹이 파르르 떨렸다.

'끄응. 저 말썽꾸러기 사제가 웬일로 관심을 가지고 말한다 했더니 저런 꿍꿍이를…….'

"진정… 자네가 가야만 하겠는가? 웬만하면……."

"저도 그간 밥 먹은 값을 해야 하지 않겠습니까? 게다가 좀 알아볼 것도 있고 말입니다. 무량수불."

갈수록 태산. 무운자는 안 된다는 말이 목구멍을 뚫고 나와 입술 끝에 걸렸지만 차마 밖으로 뱉어내지는 못하고 그저 무요자의 요란스레 굴러가는 눈동자만 쳐다볼 뿐이었다.

'알아볼 것이란 것이 뭔지는 몰라도 불안하기 그지없구나. 휴우.'

하지만 어쩌랴. 나서는 이는 없고 해결을 하기는 해야 할 일이니…….

무운자는 한쪽에서 고개를 수그리고 있는 허양에게 고개를 돌렸다.

"모두 돌아가 대기하도록 하고, 허양은 가서 허진을 데려오너라."

"예, 사숙."

석양이 붉게 물든 구름을 이끌고 서산머리에 걸쳐졌을 때쯤 허양이 허진을 데려왔다. 그리고 허진은 새벽에 일어난 제자들의 죽음과 묵안고의 분실 사건에 대해서 자세한 이야기를 들을 수 있었다.

"맙소사!"

아무것도 모르고 있다가 날벼락을 맞은 꼴이었다. 무당의 본산에서 제자들이 다수 시신으로 발견되고, 심처에 보관되었던 물건이 분실되다니……. 자신이 어떻게 찾아온 물건인데…….

허진은 떨리는 가슴을 부여잡고 묻지 않을 수가 없었다.

"진정… 묵안고가 없어졌습니까?"

고개를 끄덕이는 무운자의 표정으로 보아 결코 헛말이 아님을 안 허진은 머리 속이 텅 비는 충격에 휩싸였다. 그러다 문득 무창에서 진고영이 했던 말이 생각났다.

"소리없는 마고가 울리면 아수라가 현신한다."

정확한 뜻은 지금도 모른다. 그런데 왜…… 왜 이렇게 몸이 떨린단 말인가. 하지만 그의 마음을 알 길이 없는 무운자는 허진을 재촉하기만 할 뿐이었다.

"하니 너는 지금 즉시 범인을 찾는 일에 착수하도록 하거라."

"……예, 사숙."

"무요가 제자들을 이끌고 너를 도와줄 것이다. 부디 범인을 꼭 색출해서 본 파의 위엄을 세우도록 하라."

"예… 예? 무요 사숙께서?!"

번쩍 쳐드는 허진의 놀란 얼굴에 십 년간 손 한 번 안 댄 우물의 이끼처럼 불안감이 잔뜩 끼어 있자 무운자는 차마 '어쩔 수 없었느니라'라는 말은 못하고, 그럴 줄 알았다는 듯 고개를 창밖에서 떠오르는 둥근 달로 향하더니 돌아올 줄을 몰랐다.

'그놈의 달 밝기도 하다. 험험……'

적성전으로 돌아온 허진의 표정은 참담하기 그지없었다.

끝내는 묵안고가 일을 내버린 것 같다. 아직 무운 사숙이나 무요 사숙이나, 아니, 무당의 모든 어르신들이 묵안고에 대해서 너무 가볍게 생각하는 것만 같았다. 하기야 자신 역시 진고영의 말을 듣기 전에는 그런 생각에서 벗어나지 못했으니 말해 무엇 하랴. 오직 바라는 것은 묵안고가 생각보다 그다지 중하지 않은 물건임을 바라는 수밖에.

그런데… 무요 사숙이 자기를 따라 강호에 나간다니……. 걱정이 태산이었다. 천방지축에 황소 고집을 지닌 사숙이었다. 무당에서도 단 두 사람, 장문인인 무연 사백과 무당의 호랑이 무경 사숙만이 그분을 다스릴 수 있을 뿐이다.

‘후우… 제발 말썽은 없어야 할 텐데……. 에라, 모르겠다. 일단 그 일은 나중에 걱정하고, 현장을 먼저 봐야겠다.’

허진은 시신들이 놓여진 추령전을 들러 예를 올리고 시신들의 상태를 살펴보았다. 미세한 혈흔, 핏자국이 아니면 알 수도 없을 만큼 작은 상흔들. 절로 소름이 돋아 이 사이로 신음이 새어 나올 지경이다.

‘으음……. 하나같이 제대로 반항도 못해 보고 당했다.’

도대체 어떤 놈들이기에 무당의 고수들이 반항할 시간도 없었단 말인가. 추령전을 나와 자소전으로 향하는 허진의 마음에 무거운 추가 하나 매달렸다.

언뜻 보면 하나의 건물 같았지만 자소전은 세 채의 전각으로 구성되어 있다. 그중 사건이 일어난 곳은 서쪽 끝에 있으면서 가장 경계가 삼엄한 건물이었다. 소 잃고 외양간 고치는 격이지만 십여 명의 제자가 눈을 부라리며 전각을 지키고 있었다. 그들은 허진이 이번 사건의 조사를 담당하고 있다는 것을 알고 있었기에 누구도 그의 앞을 가로막을 생각을 하지 않았다.

제자들의 인사를 받는 둥 마는 둥 허진은 서쪽 건물로 들어가며 천천히 사방을 훑어보았다. 사건이 일어난 시각은 어스름한 새벽녘이라 했다. 그렇다면 경계가 가장 허술한 때. 아마 놈들은 철저한 조사 끝에 침입했을 것이다. 그렇지 않다면 아무에게도 들키지 않게 살인을 하고 물건을 훔친다는 것이 불가능했을 것이다. 적어도 이곳은 무당의 본산 중에서도 중지 자소전인 것이다.

건물 안으로 들어가 천장을 올려다보았다. 저곳, 대들보 위에서 한 사람이 당했다고 했다. 눈을 지그시 감고 상황을 반추해 보았다.

암은의 손에서 하나의 얇은 지도(紙刀)가 쏘아져 나갔다. 수유의 순
간, 건너편 대들보에서 경계를 서고 있던 청상의 목을 한줄기 바람이
쓸고 지나갔다. 그야말로 소리없는 죽음이었다. 미처 비명도 지르지
못하고 쓰러지는 청상의 몸을 소리없이 날아간 암은이 붙들고 대들보
위에 내려놓자 또 다른 그림자 하나가 유령처럼 벽을 타고 내려간다.
귀요였다.

허진은 벽을 쳐다보았다. 그곳에 청호가 죽어 있었다 했다. 벽에 기
댄 채 꼿꼿이 서서.

한줄기 물방울 줄기가 벽을 타고 내려가더니 청호의 머리 뒤에서 폭
발하듯이 튕겨져 나왔다. 고통을 느낄 시간도 없었다. 쩍 벌린 입만이
그가 얼마나 놀랐는지를 보여주고 있었고, 이마에서는 그저 작은 핏방
울만이 한 점 맺혔을 뿐. 소리없는 귀요의 웃음이 청호의 머리 뒤에서
하얗게 피어났다.

고개를 돌리자 자소전의 본전으로 통하는 문 안쪽의 손잡이가 피로
물들어 있는 게 보인다. 허진은 손잡이를 쓸어 만져 보았다. 놈이… 이
곳을 침범했던 놈의 숨결이 느껴지는 것만 같았다.

막 방으로 들어서던 허정의 두 눈이 청호의 초점 잃은 눈에 못 박혀
놀람으로 홉떠질 때, 소리없는 빛줄기가 그의 정수리로 내리 꽂히고 있
었다. 한순간 머리 위에서의 살기를 느낀 허정이 몸을 틀며 두 손을 쳐
들어 올려 허공을 휘돌려 쳤다.

면장의 기운, 은근하면서도 강력하기 이를 데 없는 장력이 허공을 타고 적을 향해 몰아쳐 가면, 어떤 놈인지는 몰라도 정체를 드러낼 수밖에 없으리라. 허정은 최소한 그렇게 생각했다. 빛줄기를 막아가는 자신의 손이 뚫리고 정수리에 지도가 꽂히기 전까지는.

찰나의 시간, 허정은 머리 속이 하얗게 비어가자 쓰러지는 몸을 주체하려 문고리를 잡았다. 하지만 그의 몸은 이미 통제력을 잃은 상태였다.

가공할 놈들이다. 허정의 무위는 결코 자신에 비해 약하지가 않았다. 그럼에도 불구하고 소리도 지르지 못하고 당했다. 아무리 방으로 들어오던 중이어서 방심했다고는 하지만, 그렇다고 경고를 보내기도 전에 당하다니. 놈은—아니, 흔적으로 봐서는 놈들일 것이다—놈들은 가공할 무공에 유령 같은 잠입술을 지닌 놈들이다. 대체 어떤 놈들일까? 어디서 온 놈들일까?

지하로 내려가는 비밀 문은 어찌 알았을까. 허진은 놈들이 무공뿐 아니라 정보에서도 매우 밝은 놈들일 거라는 생각이 들었다. 비밀 문을 알지 못하고서는 묵안고를 그림자도 남기지 않고 훔쳐 갈 수 없었을 것이다. 결국 놈들은 개인이라기보다는 단체에 속한 놈들일 것이다. 빠져나가면서 세 명을 더 죽였다.

그때는 이미 묵안고를 손에 넣었을 것이다. 그렇기에 일체의 망설임도 없이 손을 썼다.

허진의 두 눈이 가늘게 떨리며 부서진 방문을 향했다.

지하의 밀실을 나오는 암은의 눈에 막 교대를 하기 위해서 들어서던 두 명의 도인이 보였다. 순간적으로 손이 떨쳐지고, 두 자루의 지도가 아무런 생각 없이 건물 안으로 들어서던 도인들의 이마로 파고들었다.

놀란 표정이 가관이다. 꿈에도 생각하지 못했던 황당한 일을 당한 듯한 표정이다. 손을 들어 지도를 막아내려 하지만 이미 지도는 그들의 이마를 파고든 이후였다. 뒤따라 들어오던 다른 한 명의 도인이 입을 벌려 소리치려 한다. 그런 그의 머리 위를 하나의 검은 그림자가 뒤덮어 버렸다.

"끄어억!"

목이 꽉 막혀 버린 듯한 답답한 신음 소리와 함께 여섯 번째 도인이 무너져 내린다.

우두둑!

움켜쥔 손가락 사이로 문 창살이 부러져 나간다. 그런 그를 뒤로하고 암은과 귀요의 유령 같은 신형이 새벽의 안개 사이로 흩어지듯이 사라져 버렸다.

허진은 소름이 돋았다.

단호한 손속, 철저하게 흔적을 남기지 않은 행동. 전문가 중의 전문가 솜씨였다. 이들에 비하면 일전의 신영초자는 그저 단순한 도둑이었을 뿐이다. 이번 사건도 단순한 도둑들의 소행이라면 얼마나 좋을까.

하지만 그것은 단지 자신의 희망 사항일 뿐이라는 것을 허진은 이미 온몸으로 느끼고 있었다.

현장을 돌아보는 중에도 살이 떨리고, 암울한 불안감이 떠나지를 않고 있었던 것이다.

날이 밝자 허진과 무요자를 비롯해서 열 명에 이르는 무당의 제자가 산문을 나섰다. 그들의 표정은 굳은 각오와 암울한 불안이 교차되어 보이고 있었다. 오직 무요자만이 별다른 표정도 없이 얼굴 잔뜩 궁금증만을 담은 채 허진을 힐끔거리고 있었다. 무언가 할 말이 있는 듯 보였다.

허진은 무요자의 표정을 보고 벌써부터 골치가 아파왔다. 분명 무요 사숙의 머리 속에는 범인들에 대한 생각보다 다른 생각으로 가득 차 있을 것이란 것이 허진의 생각이었다.

그리고 그의 기대(?)에 어긋나지 않게 산을 떠난 지 한 시진도 되지 않아 무요자가 허진에게 넌지시 말을 걸어왔다.

"음… 허진."

"예, 무요 사숙."

"그… 진고영이라는 아이가 그렇게 세던가?"

끄응. 그럼 그렇지…….

"예, 셉니다."

"이번 일이 끝나고 나면… 음, 돌아가는 길에 한 번 만날 수 있을까?"

푸우… 나도 모르겠다.

"아마 곧 만날 수 있을 겁니다."

"응?"

눈이 동그랗게 커지는 무요자. 허진은 그를 보지도 않고 말했다.

"지금 그를 만나러 가는 길입니다. 무.요. 사.숙."

허진의 말에 무요자의 눈이 가늘게 떨린다. 무엇 때문일까? 그의 깊은 눈 저 안에서는 회한이 소용돌이치고 있었다.

'그럼 그놈도 만나겠군. 이십 년 만인가? 후우…….'

『고영』 6권에서…

청 어 람 신 무 협 판 타 지 소 설

최고의 신무협 작가 『설봉』의 최신작!

다시 한번 당신을 잠 못 들게 만들
불후의 대작!

사자후
獅 子 吼

사자후(獅子吼) / 설봉 지음

깊게 깊게 빠져드는 몰입의 세계!
온몸을 전율케 하는 찌를 듯한 강렬함을 느낀다!

그에게서는 묘한 악취가 풍겼다. 그가 창을 겨눴을 때……

화염이 이글거리는 눈동자를 보았을 때……

비로소 악취의 정체를 짐작해 냈다.

피와 땀이 켜켜이 쌓여 자연스럽게 뿜어져 나오는 살인마의 냄새.

그는 허명(虛名)을 좇아 바무를 즐기는 낭인(浪人)이 아니라 야성(野性)이 살아서 꿈틀거리는 진짜 살인마였다.

투지가 끓어올라 활화산처럼 꿈틀거렸다.

그의 눈길을 정면으로 맞받으며 묘공보(妙空步)를 밟기 시작했다.

우리의 첫 만남은 그렇게 시작되었다.

- 환봉개(幻棒丐)의 회고록(回顧錄) 中에서 -

유행이 아닌 자유추구 -
WWW.chungeoram.com